BASTIAN ZACH

O Weihnachts-grauen

ABGRÜNDIGE WEIHNACHTSZEIT Die Weihnachtszeit – festlich, hoffnungsvoll, romantisch. Manch eine Geschichte ist ganz anders, als man erwartet. Manchmal überraschend, zuweilen morbid, und doch immer irgendwie verzaubernd:

Ein Weihnachtsputz wider Willen. Ein Adventskalender, der ein dunkles Geheimnis birgt. Ein lang ersehnter Kuss unter dem Mistelzweig mit schwerwiegenden Folgen. Das Fest, die Schwiegermutter und ihr gefräßiges Hündchen. Ein teuflisches Spiel am Weihnachtsabend. Eine Feier, die so ganz anderes verläuft als geplant. Ein Brief ans Christkind und sein schicksalhafter Weg über den Atlantik. Und eine sagenumwobene Weihnachtskatze …

12 morbide Weihnachtsgeschichten für die Adventszeit. Manchmal abgründig, manchmal fantastisch, aber immer mit viel Herz – und einem (bösen) Schmunzeln.

© Christine Zach

Bastian Zach wurde 1973 in Leoben geboren und verbrachte seine Jugend in Salzburg. Das Studium an der Graphischen zog ihn nach Wien, als selbstständiger Schriftsteller und Drehbuchautor lebt und arbeitet er seither in der Hauptstadt. 2020 wurde sein Krimi-Debüt »Donaumelodien – Praterblut« für den Leo-Perutz-Preis nominiert. Die Liebe zu historischen Geschichten und zum besonderen Flair der Weihnachtszeit inspirierten ihn zu diesen Geschichten.

BASTIAN ZACH

O Weihnachts-grauen

GMEINER

MORBIDE WEIHNACHTSGESCHICHTEN

Immer informiert

Spannung pur – mit unserem Newsletter informieren wir Sie
regelmäßig über Wissenswertes aus unserer Bücherwelt.

Gefällt mir!

Facebook: @Gmeiner.Verlag
Instagram: @gmeinerverlag
Twitter: @GmeinerVerlag

Besuchen Sie uns im Internet:
www.gmeiner-verlag.de

© 2023 – Gmeiner-Verlag GmbH
Im Ehnried 5, 88605 Meßkirch
Telefon 0 75 75 / 20 95 - 0
info@gmeiner-verlag.de
Alle Rechte vorbehalten
1. Auflage 2023

Herstellung: Julia Franze
Umschlaggestaltung: U.O.R.G. Lutz Eberle, Stuttgart
unter Verwendung eines Fotos von: © https://commons.wikimedia.org/
wiki/File:%22New_Year_Greeting.%22.jpg
Druck: GGP Media GmbH, Pößneck
Printed in Germany
ISBN 978-3-8392-0499-3

Gewidmet all jenen, die sich noch verzaubern lassen.

Inhalt

I.
Die Adventsuhr

1906

Brich an, du schönes Morgenlicht

(Text: Johann Rist, 1641 / Melodie: Johann Schop, 1641)

Brich an, du schönes Morgenlicht,
und lass den Himmel tagen!
Du Hirtenvolk, erschrecke nicht,
weil dir die Engel sagen,
dass dieses schwache Knäbelein
soll unser Trost und Freude sein,
dazu den Satan zwingen
und letztlich Frieden bringen.

Willkommen, süßer Bräutigam,
du König aller Ehren!
Willkommen, Jesu, Gottes Lamm,
ich will dein Lob vermehren;
ich will dir all mein Leben lang
von Herzen sagen Preis und Dank,
dass du, da wir verloren,
für uns bist Mensch geboren.

Lob, Preis und Dank, Herr Jesu Christ,
sei dir von mir gesungen,
dass du mein Bruder worden bist
und hast die Welt bezwungen;
hilf, dass ich deine Gütigkeit
stets preis in dieser Gnadenzeit
und mög' hernach dort oben
in Ewigkeit dich loben.

Ein garstiger Hustenanfall riss ihn aus dem Schlaf, ließ ihn sich aufbäumen.

Erst allmählich und mit kratzigem Hals sank er wieder auf den Rücken und kam zur Ruhe. Verwundert blickte der junge Mann um sich. Seine Augen funkelten mit jener allumfassenden Neugierde, die sonst nur Kindern innewohnte.

Wo war er?

Er setzte sich im Bett auf. Die Stube kam ihm vertraut vor, aber er wusste nicht, wie er hierhergelangt war. Der eiserne Ofen in der Ecke strahlte noch ein wenig Wärme aus, die Fenster waren mit Vorhängen aus dickem Stoff verhangen. Dahinter erstrahlte Licht, als würde die Mittagssonne an einem herrlichen Sommertag hereinscheinen.

Die kleinen Wolken, die der Atem des Mannes verursachte, bezeugten jedoch, dass es Winter sein musste.

Ein wenig fröstelnd schlüpfte er aus dem Bett und zog sich einen schweren Hausmantel über.

Wo zur Hölle war er?

Der Mann ging durch den Raum, ließ die Fingerspitzen seiner rechten Hand über die Schellackpolitur der Kommode gleiten, was ein quietschendes Geräusch erzeugte.

Von einem Tischchen nahm er ein Buch zur Hand, blätterte darin. Obwohl der geschundene Buchrücken wie auch die abgegriffenen Seiten davon kündeten, dass es oft gelesen worden war, konnte er sich nicht an den Inhalt erinnern.

Er hob eine leere Tasse, die danebenstand, roch daran. Das scharfe Aroma eines Anisschnapses schoss ihm in die Nase, trieb ihm Tränen in die Augen und schnitt sich unter seine Stirn.

In diesem Augenblick waren all seine Fragen wie weggeblasen.

Er hieß Stanislaus Wolff, war fünfunddreißig Jahre alt und von Beruf Buchhalter in einer Kanzlei.

Stanislaus hob das Kinn, blickte prüfend in einen Spiegel. Sein Antlitz war fahl. Der spitze Ansatz seines braunen gescheitelten Haares fiel schütter aus. Seine rechte Schläfe zierte eine gerötete, wulstige Narbe.

Stanislaus berührte sie. Ein eigenartig elektrisierender Schmerz ließ ihn zusammenzucken. Seine Stirn durchzogen Falten, wohl berufsbedingt, wie Stanislaus mutmaßte, vom vielen Grübeln über den Zahlen. Dafür strahlten seine blauen Augen eine Lebensfreude aus, die zum Rest seiner Erscheinung nicht passen wollte. Seinen Mund hatte er zu einem Schmunzeln verzogen.

Beim Anblick seines Spiegel-Ichs keimten sogleich Zweifel in ihm auf, gepaart mit einer urtümlichen, bedrohlichen Angst.

Wie kam es, dass er sich nach dem Aufwachen an nichts erinnern konnte? Wann war er das letzte Mal seiner Profession nachgegangen? Und – war Buchhalter überhaupt noch seine Profession?

Ein gerahmter Scherenschnitt neben dem Spiegel vermittelte zumindest die Gewissheit, dass dies seine Behausung war, gab dieser doch eindeutig sein kantiges Profil wieder.

Stanislaus schritt zum Fenster, öffnete die schweren Vorhänge und schloss sogleich die Augen, so grell leuchtete die verschneite Winterlandschaft hinein.

Nachdem er sich an die Helligkeit gewöhnt hatte, nahm er einen roten Apfel, der verwaist in einer Schale am Fensterbrett lag, biss hinein und sah gedankenverloren hinaus. Eisblumen bildeten einen breiten Saum auf dem Glas, rahmten pittoresk die kahlen Bäume ein, die sich unter der Schneelast beugten wie Diener vor ihrem Gebieter, dem Winter.

Auch wenn sich Stanislaus noch so anstrengte, er vermochte nicht zu sagen, was er am heutigen Tag tun sollte, denn er wusste nicht, was er gestern getan hatte. Oder den Tag davor. Überhaupt herrschte in ihm eine schreckliche Erinnerungslücke, die bis in den letzten Herbst zurückreichte – war es überhaupt der *letzte* Herbst? Erst von da an konnte er rückwirkend sagen, was er getan hatte.

Sechs Tage die Woche war er frühmorgens aufgestanden, hatte sich gewaschen, rasiert und gekämmt. Er hatte sich seinen Tagesanzug angezogen und war zur Arbeit in die Kanzlei gegangen. Abends um sechs hatte er den Bleistift weggelegt, war in eine seiner sechs liebsten Restaurationen eingekehrt, die er alternierend zu besuchen pflegte, hatte ein Abendmahl eingenommen und war nach zwei Krügen Bier schließlich nach Hause gegangen.

In seiner Stube hatte er dann erledigt, was die Sauberkeit und seine Ordnungsliebe mahnten. Um elf Uhr war er ins Bett geschlüpft, hatte zumeist noch eine halbe Stunde im Schein einer Petroleumlampe gelesen und war dann eingeschlafen.

An seinem freien Tag liebte es Stanislaus, den Zoologischen Garten zu besuchen, beobachtete die Tiere oder lauschte einem der Militär-Konzerte, die dort veranstaltet wurden. Oder er ging ans Ufer der Elbe und sah den Dampfschiffen dabei zu, wie sie an- und ablegten.

Er bemerkte einen Taschenkalender, in dem die Seiten November und Dezember aufgeschlagen waren. Im November war jeder Tag durchgestrichen, im Dezember die ersten zwölf.

Demnach musste heute wohl der dreizehnte Dezember sein, mutmaßte Stanislaus. Er nahm den Bleistift, der danebenlag, und strich den heutigen Tag durch. Er setzte sich auf die Stirnseite seines Betts und verputzte den Apfel mit Strunk und Stiel.

Da bemerkte er, dass etwas auf dem geschundenen Bretterfußboden vor seiner Wohnungstür lag – ein großes Kuvert, das jemand durch den Spalt geschoben haben musste.

Er stand auf, ging zur Tür und nahm den Briefumschlag. Er entriegelte das Schloss, öffnete die Tür und blickte in den düsteren Flur. Keine Menschenseele weit und breit.

Plötzlich wurde die Tür neben der seinen aufgerissen.

Stanislaus zuckte zusammen.

Eine Frau um die vierzig streckte den Kopf heraus, entblößte ein beinahe zahnloses Grinsen. »Ah, der Herr Wolff! Dass man Sie auch wieder mal sieht! Dacht schon, Sie seien hin.«

Stanislaus schüttelte den Kopf. »Noch bin ich es nicht.« Er verharrte kurz. »Sagen Sie, was ist heut für ein Tag?«

Die Frau lachte auf, grunzte dabei durch die Nase. »Sie sind mir einer! Aber wenn es Ihnen Freude bereitet: Der Dreizehnte im Dezember ist heut.«

Stanislaus bedankte sich höflich und wollte gerade wieder seine Tür schließen, als die Frau nachsetzte: »Wollen Sie mir heut Abend Gesellschaft leisten? Hab eine Flasche Korn ergattert!«

Ein schnelles »Nein danke«, gefolgt vom noch hastigeren Schließen der Tür und dem beinahe schon panisch schnellen Verriegeln des Schlosses, beendete für Stanislaus das Experiment der Erforschung des Unbekannten vor seinen vier Wänden.

Er setzte sich an den kleinen Tisch, legte das braune Kuvert darauf und starrte es eine gefühlte Ewigkeit lang an. Es maß um die dreißig mal dreißig Zentimeter und war flach wie eine Flunder. Weder Absender noch Adressat waren angegeben, frankiert hatte man es auch nicht. Irgendwer musste es also persönlich unter seiner Tür hindurchgeschoben haben. Nur wer?

Schließlich dämmerte dem Buchhalter, dass er es wohl nicht durch bloßes Anstarren herausfinden würde.

Er löste die Verschnürung der Spagatschnur, öffnete die Lasche des Kuverts und fasste hinein. Dann zog er ein Kartonblatt heraus, in den gleichen Maßen des Kuverts.

Darauf war, in bunten Farben, ein Ziffernblatt gedruckt, in dessen Mitte das Jesuskind in der Krippe ruhte. Rundherum standen die Nummern dreizehn bis vierundzwanzig. Daneben befand sich jeweils ein Kästchen mit perforiertem Rand. Ein Zeiger aus Messingblech komplettierte die Uhr. Unter dem Ziffernblatt erkannte Stanislaus ein weihnachtliches Bild, das zwei spielende Kinder in einem verschneiten Wald zeigte.

An drei Seiten hatte jemand den Karton offenbar aufgeschnitten und anschließend wieder zugeklebt.

Wer würde ihm etwas Derartiges schenken, überlegte Stanislaus. Und was war das überhaupt? Es musste eine Art Kalender für Kinder sein, die den Heiligen Abend nicht mehr erwarten konnten und so jeden Tag ein Türchen aufmachen durften.

Eine – Adventsuhr. Aber warum ausgerechnet für ihn?

Er blickte noch einmal ins Kuvert und bemerkte, dass sich darin ein kleiner Zettel versteckt hielt. Er zog ihn heraus, wendete ihn und las darauf eine handschriftliche Nachricht.

Öffne mich, erinnere dich
Ein Türchen am Tag
Mehr ich nicht mag
Vergiss mein nicht

Wer hatte ihm diese seltsam verklausulierte Nachricht geschrieben? Und weshalb? Und überhaupt – was bedeutete sie?

Stanislaus begann der Kopf zu schmerzen. Ein Hämmern pochte darin im Gleichklang mit seinem Herzschlag, eine vermeintliche Strafe für das viele Grübeln.

Der Buchhalter überlegte, ob er die eigentümliche Uhr wegwerfen oder weiterschenken sollte, doch seine Neugierde obsiegte. *Ein Türchen am Tag,* hieß es. Und da man heute den dreizehnten Dezember schrieb, war es wohl nur rechtens, die dafür vorgesehene Stanze zu öffnen.

Stanislaus ritzte mit den Fingernägeln entlang der Perforation, bog die Pappe ein wenig vor und zurück und öffnete schließlich, untermalt von einem knatternden Geräusch, das erste Fenster.

Darin stand auf einem offensichtlich nachträglich eingeklebten Stück Papier: »Albertplatz«.

Stanislaus haderte kurz mit sich. Dann zog er seinen dicken Mantel an, band sich einen Wollschal um den Hals, setzte eine Wollhaube auf und machte sich auf, seine Behausung zu verlassen – denn er wusste, wo sich der Platz befand.

Die Hauptstraße mit den Gleisen der Straßenbahn durchschnitt den kreisrunden Albertplatz. Stanislaus stand in dessen Mitte, eingerahmt von den Zwillingsbrunnen »Stürmische Wogen« und »Stille Wasser«, die ob des Winters jedoch in einen schützenden Mantel aus Holz gehüllt waren.

Unschlüssig, was er nun tun sollte, schlenderte Stanislaus auf und ab, umkreiste einmal die Grünfläche. Doch er bemerkte nichts, was besondere Aufmerksamkeit verdiente. Vielleicht, so kam ihm in den Sinn, erlaubte sich nur jemand einen Streich mit ihm. Oder der Bote hatte sich schlichtweg in der Tür geirrt und das Kuvert war für jemand anders bestimmt gewesen.

Da das Pochen in seinem Kopf wieder stärker wurde, beschloss der Buchhalter, sich ein wenig Ruhe zu gönnen, und suchte hierzu die einzige Parkbank am Platz auf. Er setzte sich, obwohl die Bretter vom Schnee gänzlich vereist waren, und erfreute sich der kalten Sonnenstrahlen auf seinem Gesicht.

Genüsslich schloss Stanislaus die Augen.

Mit einem Mal durchzuckten Blitze die mit Adern durchzogene Röte seiner Lider. Ein Gefühl bemächtigte sich seiner, als würde er in einen Malstrom hinabgesogen, in einen Strudel aus Erinnerung und Verdrängung, aus Raum und Zeit. Stanislaus sah sich selbst, wie er an dieser Bank kniete, das Gesicht schmerzverzerrt. Eigenartige Stimmen prasselten auf ihn ein, ein nicht enden wollender Strom aus Blut verlief zwischen seinen Fingern und plätscherte auf das Holz der Bank.

Mit einem Schrei sprang Stanislaus auf, wich von der Parkbank, als würde sie Gift versprühen. Einige Passanten warfen ihm verwunderte Blicke zu, die dem Buchhalter jedoch gleichgültiger nicht sein konnten. Was zur Hölle war ihm gerade widerfahren?

Verwirrt sah er um sich. Doch alle anderen schienen schlicht ihrem Tagwerk nachzugehen.

Stanislaus stürzte zur Bank hin, begann, mit bloßen Fingern Schnee und Eis von der Sitzfläche zu kratzen.

Zu seinem Entsetzen legte er frei, wovon er keine Ahnung hätte haben dürfen: dunkel verfärbtes Holz, als hätten die Bretter gierig etwas aufgesogen – Stanislaus' Blut.

Getrieben wie ein Tier in einem Käfig schritt der Buchhalter in seinem Zimmer auf und ab. Sein Verstand war nicht imstande zu begreifen, was er eben erlebt hatte, geschweige denn fähig, es in einen Zusammenhang zu setzen, der nur im Entferntesten Sinn ergab.

Als mit der Vielzahl an Fragen auch das Pochen in seinem Kopf stärker wurde, füllte Stanislaus die Tasse auf dem Tischchen bis zur Hälfte mit Anisschnaps und trank sie auf ex. Dann setzte er sich auf den hölzernen Stuhl und starrte aus dem Fenster, hoffend, dass all das Sinn ergeben würde.

Doch diese Hoffnung sollte sich nicht erfüllen. Verwirrt von seinen Überlegungen, benebelt von zu viel Schnaps und mit stechenden Kopfschmerzen erlöste Stanislaus irgendwann ein tiefschwarzer Schlummer.

Wie ein Ertrinkender japste Stanislaus nach Luft und riss die Augen auf.

Wo war er?

Er setzte sich im Bett auf. Die Stube kam ihm vertraut vor, aber er wusste nicht, wie er –

Da fiel sein Blick auf eine bunte Adventsuhr, die auf dem Tischchen an einer leeren Flasche lehnte.

Schlagartig wusste der Buchhalter, wer er war, wo er war und vor allen Dingen, was sich am Vortag zugetragen hatte.

Stanislaus stürzte aus dem Bett, griff sich die Adventsuhr und öffnete das Fenster mit der Nummer »14« darauf. Wieder fand er ein nachträglich eingeklebtes Stück Papier vor, darauf geschrieben: »Dreikönigskirche«.

Nachdem er sich hastig angezogen hatte, lief Stanislaus aus seiner Wohnung, als wäre der Teufel persönlich hinter ihm her.

Südlich des Albertplatzes und mit ihm verbunden durch die Hauptstraße erhob sich das Gotteshaus. Sein Turm aus

Sandstein, den Statuen der vier Evangelisten sowie der Heiligen Drei Könige zierten, war erst fast fünfzig Jahre zuvor errichtet worden.

Außer Atem erreichte Stanislaus das barocke Bauwerk. Sein Atem dampfte an der kalten Luft, als würde sich eine Lokomotive in voller Fahrt befinden. Mit auf die Knie gestützten Händen stand er inmitten des Bürgersteigs, nur darauf bedacht, nicht die Besinnung zu verlieren. Er wischte sich den Schweiß vom Gesicht, durch den sich alles noch eisiger anfühlte, dann ließ er den Blick über das Bauwerk und die angrenzenden Gebäude schweifen. Einen Anhaltspunkt suchte er jedoch vergebens. Er ging zum Eingangstor, rüttelte daran. Doch die Dreikönigskirche war versperrt.

Daraufhin umrundete er das Gebäude zur Hälfte und legte an dessen Westseite, gegenüber dem Marktbrunnen, erneut eine Verschnaufpause ein. Nachdem er auch hier keinerlei Anzeichen für etwas Ungewöhnliches entdecken konnte, stapfte Stanislaus in einer Gasse an der Südseite durch kniehohen Schnee wieder Richtung Hauptstraße.

Ob der Anstrengung wurden seine Kopfschmerzen so heftig, dass der Buchhalter stehen blieb und am liebsten den Schädel gegen die Kirchenmauer geschlagen hätte, damit ihn die Ohnmacht erlösen würde. Er merkte, wie er kurzatmig wurde. Funken tanzten vor seinen Augen, alles um ihn herum begann sich zu drehen.

Er stützte sich an der Mauer der Kirche ab.

Allmählich verklangen Kurzatmigkeit und Schwindelgefühl. Er nahm die Hand von der Mauer.

Mit entsetztem Blick stolperte er nun zwei Schritte rückwärts, fiel rücklings in den Schnee. Dort an der Mauer, wo gerade seine Hand geruht hatte, befand sich ein dunkler, beinahe schwarzer Fleck in Form einer Hand. Seiner Hand.

Stanislaus rappelte sich auf, prüfte, ob ihm sein Geist etwas vorzugaukeln versuchte, was nicht da war, aber tatsächlich – Form und Größe stimmten genau überein. Vielleicht war das Dunkle dort sogar sein Blut, wie zuvor auf der Bank.

Wieder beutelte ihn die Erinnerung, wieder sah er sich, blutüberströmt an die Kirchenmauer gestützt, schwankend und stöhnend.

Stanislaus bemühte sich, nicht in Panik zu geraten. Wenn er tatsächlich hier gewesen war, dann musste das, was er gestern gesehen hatte, davor oder danach geschehen sein. Wenn er nur wüsste, wann –

Vielleicht sollte er gleich alle Türchen des Kalenders aufmachen und allen Anweisungen folgen?

Ein Türchen am Tag, mehr ich nicht mag.

Sosehr es Stanislaus auch unter den Fingernägeln brannte, er musste seine Ungeduld bändigen. Denn er vermochte nicht abzuschätzen, ob neben der örtlichen Komponente auch eine zeitliche vom Konstrukteur des Kalenders einberechnet worden war.

Ein Türchen am Tag.

Auf dem Weg nach Hause setzte dichtes Schneetreiben ein. Der Buchhalter fror immer mehr, und da er seit einem Tag nichts mehr gegessen hatte, kehrte Stanislaus in einer Kellergaststätte ein. Dort aß er einen sämigen Linseneintopf mit knusprigem Schwarzbrot und ließ den Tag bei einigen kühlen »Feldschlösschen« Lagerbieren ausklingen.

»Goldener Reiter«.

Zum siegreichen Sprung ansetzend erhob sich die lebensgroße Reiterstatue von ihrem steinernen Sockel in den blitzblauen Winterhimmel. Das Reiterstandbild König August des Starken richtete sich gen Osten, wo sich das Königreich Polen erstreckte. Sein Königreich. Einst in Kupfer getrieben, erstrahlte die vergoldete Reiterstatue triumphal und bar jeden Schnees in der Sonne, kündete von alten, glorreichen Zeiten.

Nicht so glorreich war es Stanislaus zumute. Trotzdem er schon Dutzende Male um das Standbild geschritten war, trotzdem er das Geländer, das den Sockel einfasste, an allen möglichen und unmöglichen Stellen berührt hatte, wollte sich an diesem dritten Tag keine Erinnerung einstellen.

Mehrmals ging er den Platz ab, vom Kriegsministerium im Süden bis zum Beginn der Hauptstraße, wo sich zwei zwanzig Meter hohe Fahnenmasten aus Bronze in den Himmel reckten, die jenen am Markusplatz in Venedig nachempfunden worden waren.

Enttäuscht und zornig, dass er so närrisch gewesen war zu glauben, ihn würde jeden Tag eine Offenbarung ereilen, trottete Stanislaus wieder heimwärts.

Als das fahle Licht des Morgens greifbar wurde, war Stanislaus bereits stundenlang wach. Ein dumpfes Dröhnen im Schädel hatte ihn geweckt, die Gedanken rund um den Adventskalender hatten ihn wach gehalten. Verflogen war die Euphorie des gestrigen Morgens, an dem er es nicht hatte erwarten können, das dritte Türchen zu öffnen.

Stanislaus rang mit sich, ob er heute überhaupt ein Türchen öffnen sollte. Eine neuerliche Enttäuschung würde ihn wohl endgültig an seine Wohnung ketten, würde ihm den letzten verbliebenen Willen rauben, nach draußen zu gehen oder am öffentlichen Leben teilzunehmen.

Als die Turmuhren Mittag schlugen, lag der Buchhalter immer noch im Bett. Der Adventskalender ruhte am Tischchen, mit nur drei geöffneten Türen.

Um zwei Uhr am Nachmittag zwang die Notdurft Stanislaus, sich anzuziehen und den Abtritt im Hof aufzusuchen.

Von der klirrenden Kälte des grauen Winternachmittags wachgerüttelt, rang er sich endlich dazu durch, das vierte Türchen zu öffnen – auch wenn er sich selbst zusicherte, diesbezüglich keinerlei Schritte am heutigen Tag unternehmen zu wollen.

Stanislaus blickte nach oben. Über ihm erhoben sich die gewaltigen Bögen der Augustusbrücke. Mit ihren vierhundert Metern Länge verband sie eindrucksvoll die Dresdner Neustadt mit der Altstadt, während zu Füßen ihrer mächtigen Pfeiler die gefrorene Elbe ruhte.

Das Ächzen und Knacken der Eisplatten fuhr Stanislaus durch Mark und Bein, doch er wusste, dass er dies noch ein Weilchen erdulden musste. In einer Stunde würde die Dämmerung über die Stadt hereinfallen und jede Chance zunichtemachen, noch etwas herauszufinden – zu viel Zeit hatte der Buchhalter verstreichen lassen, ehe er sich aufgerafft hatte.

»Augustusbrücke. Unter den Bögen.« Das war der heutige Hinweis gewesen, und da die Brücke auf der Altstadtseite direkt in einen Wall mündete, konnte mit »Unter den Bögen« nur die Seite der Neustadt gemeint sein. Allerdings, so stellte Stanislaus fest, gab es hier nicht sonderlich viel zu sehen. Gemauerte Brückenpfeiler, gemauerte Gewölbe, alles in Eis und Schnee erstarrt.

Darauf bedacht, auf dem gefrorenen Boden nicht auszurutschen, setzte Stanislaus einen Fuß vor den anderen, durchschritt vorsichtig den ersten riesigen Bogen, bis er an dessen anderem Ende wieder ins Freie trat. Eine Vision oder gar Erleuchtung hatte er jedoch nicht erfahren.

Unter dem zweiten und dritten Bogen erging es Stanislaus gleich.

Beim letzten Brückenbogen jedoch stach dem Buchhalter eine Unregelmäßigkeit in dem ansonsten ebenmäßig verwitterten Ziegelwerk ins Auge. Er trat näher heran, betastete die Stelle. Auf seiner Augenhöhe hatte irgendetwas ein Stück aus dem Ziegel gesprengt, in Form eines Kegels und in der Größe einer Faust.

Vielleicht war aber auch schlicht ein Kahn dagegengeschrammt, als die Elbe Hochwasser führte, kam Stanislaus in den Sinn. Dennoch übte die Einkerbung eine ungewöhnliche Faszination auf den jungen Mann aus.

Und wenn schon, dachte er und setzte sich, den Rücken ans Mauerwerk gelehnt. Nun war er schon einmal hier, da konnte er auch noch ein wenig verweilen. Zumindest so lange, bis ihn die Kälte in die Knochen biss.

Er zog sich die Wollmütze über die Ohren, den Schal über die Nase, winkelte die Beine an und vergrub seine Hände unter den Achseln.

Die Dämmerung kroch herein, raubte der Stadt die Farben, dem Treiben die Melodie und den Straßen das Leben.

Stanislaus schreckte hoch, er musste eingeschlafen sein. Ein Knall zischte ihm ins Gehör, wog grausam im Gewölbe hin und her. Schatten wüteten über das Mauerwerk. Geschrei vermischte sich mit dem Hall zu einer kaum ertragbaren Kakophonie. Der Buchhalter spürte, wie ihn etwas nach rechts riss, unbändig und grausam –

Einen Augenblick später war plötzlich wieder alles so wie zuvor: nächtliche Stille, nur unterbrochen vom Rattern der Straßenbahnen oben auf der Brücke und vom Knacken des Eises auf der Elbe.

Trotzdem wusste Stanislaus, dass an diesem Ort etwas seinen Anfang genommen hatte, etwas, was ihn – er schluckte –, etwas, was ihn zum Goldenen Reiter geführt hatte, ja, daran erinnerte er sich nun, und weiter, zur Dreikönigskirche und von dort aus zum Albertplatz. Ein Ereignis, das für diese grässliche Narbe an der Schläfe verantwortlich war und wohl auch dafür, dass ihm jegliche Erinnerung an die letzten Monate fehlte.

Er kratzte sich unter der Haube. Welches Spiel trieb der Macher der Adventsuhr mit ihm? Und vor allen Dingen: Was würde ihn am Ende erwarten? Erleuchtung? Der Tod?

Doch ehrlich gesagt war Stanislaus das gänzlich gleich. Er hatte Blut geleckt, und dieses Gefühl beflügelte ihn zum ersten Mal seit einer Ewigkeit.

Der nächste Tag brachte eine Überraschung mit sich. Stanislaus hatte sich bereits Mantel und Schal übergezogen und war bereit gewesen, zu seinem nächsten Ziel aufzubrechen, da stand hinter dem Adventstürchen nur: »Klopf, klopf«.

Intuitiv blickte der Buchhalter zu seiner Wohnungstür, öffnete sie und bemerkte einen Brief, der zwischen Zarge und Blatt eingeklemmt worden war und nun zu Boden fiel.

Gerade noch bevor Stanislaus' Nachbarin ihre Tür entsperren konnte, hatte der die seine bereits wieder geschlossen. Er ließ seinen Mantel zu Boden fallen, setzte sich auf den Stuhl vor dem Fenster und entfaltete den Brief.

Wenn Sie haben wollen, was nicht Ihnen gehört, kommen Sie morgen nach Einbruch der Dunkelheit unter die Augustusbrücke. Bringen Sie 500 Mark mit.

»Fünfhundert Mark«, flüsterte Stanislaus ehrfürchtig. Dafür müsste er über drei ganze Monatslöhne sparen. Aber was war mit der Nachricht eigentlich gemeint? Was wollte er haben, was ihm nicht gehörte? Soweit sich der Buchhalter erinnern konnte, hatte er immer ein zurückgezogenes, beinahe spartanisches Leben geführt, einzig bestimmt von der Liebe zu seiner Arbeit und den Unternehmungen an seinen freien Tagen. Beim besten Willen mochte er sich nicht einer unerfüllten Begehrlichkeit entsinnen.

Stanislaus strich das Papier glatt, klemmte es in den Rahmen mit dem Scherenschnitt neben dem Spiegel. Hier sollte es bleiben, Ansporn und Warnung zugleich.

In den folgenden Tagen führte die Adventsuhr den Buchhalter kreuz und quer durch Dresdens Innenstadt, unter anderem zur Restauration zum Lincke'schen Bad nahe der Elbe, wo er allein an einem Tisch sitzend einige Gläser Wein trank. Zum Inneren Neustädter Friedhof, dessen Nordmauer das imposante zwölf Meter lange Relief des »Dresdner Totentanzes« beherbergte. Dort schritt Stanislaus die Reihen der Gräber ab, die letzten Ruhestätten ihm unbekannter Menschen. Und zum Altmarkt im Herzen der Stadt, wo der alljährliche Striezelmarkt abgehalten wurde. Dort tummelten sich Menschen Ameisen gleich zwischen den Verkaufsständen der Handwerker, erwarben Christbäume und Christbaumschmuck, traditionsreiche Klöppelspitze und einzigartige Schwibbögen oder standen gesellig bei heißem Gewürzwein und Pfefferkuchen zusammen.

Stanislaus schlenderte ebenfalls zwischen den kleinen Hütten hindurch, ohne zu wissen, wonach genau er Ausschau halten sollte. Am frühen Abend nahm die Besucherzahl spürbar zu, weshalb der Buchhalter wieder heimwärts ging.

Die Enttäuschung darüber, dass in ihm keine neuen Erinnerungen entfacht worden waren, schlug ihm schwer aufs Gemüt.

In den Tagen darauf ging es für Stanislaus nicht viel besser weiter. Im Zoologischen Garten mochte er sich nicht an der »reichhaltigen Sammlung von Tieren« erfreuen. In einem Blumengeschäft begannen nur seine Nase zu jucken und seine Augen zu tränen. Und in einem Laden für Hutmode fühlte er sich gänzlich deplatziert, da er schlichtweg keinen Bedarf für einen neuen Hut hatte.

Es folgten weitere Orte, die Stanislaus zwar grundsätzlich kannte, die aber keine Erinnerungen in ihm weckten.

So geriet das tägliche Öffnen eines Kästchens immer stärker zur lästigen Pflichtübung. Die vorgegebenen Orte wirkten willkürlich und ohne jeden Zusammenhang ausgesucht. Vielleicht, kam Stanislaus erneut in den Sinn, wurde er einfach nur vorgeführt von einem liederlichen Menschen, der sich auf seine Kosten amüsierte.

Am neunzehnten Dezember beinhaltete die Adventsuhr jedoch eine Überraschung: einen mehrfach zusammengefalteten Zettel.

Stanislaus blätterte ihn auf, las den Text darauf und besah sich die Zeichnung daneben – ein Steckbrief. Was zur Hölle sollte er mit einem Steckbrief? Er konnte sich nicht entsinnen, eine Charlotte Rilke zu kennen. Gesucht wurde sie unter anderem wegen Diebstahls und Bettelei, wofür sie bereits mehrere Wochen im Gefängnis verbracht hatte. Auch die Personenbeschreibung – neunzehn Jahre alt, braunes Haar, braune Augen, gesunde Gesichtsfarbe, schlanke Statur – lösten bei Stanislaus nicht den Anflug einer Erinnerung aus. Vermutlich trafen diese Angaben auf ein Drittel der jungen Frauen in Dresden zu. Die Zeichnung, die sich neben dem Text befand, war ebenso schlampig wie krude.

Am nächsten Tag lotste die Adventsuhr Stanislaus zu einem weiteren Reiterstandbild, diesmal von König Johann, am Theaterplatz vor Hofkirche und Hoftheater.

Ein eisiger Wind schnitt Stanislaus ins Gesicht, kroch bei jeder sich bietenden Möglichkeit in seinen Mantel, in die Hosenbeine oder die Ärmel. Um den Sockel des Denkmals zu berühren und so vielleicht erneut Erinnerungen auszulösen, hatte sich Stanislaus die Lederhandschuhe ausgezogen und alles, was sich in Griffweite befand, abgetastet. Doch außer dem Umstand, dass sich seine Hände nun klamm und steif anfühlten, war nichts geschehen.

So stand er allein da, die Hände in die Manteltaschen gesteckt, sein Gewicht von einem Bein aufs andere verlagernd und auf und ab wippend, in der Hoffnung, dies würde ihn nicht ganz so schnell auskühlen lassen.

Aber es half alles nichts, musste sich Stanislaus schließlich eingestehen. Er würde hier verlassen stehen bleiben, ohne neue Erkenntnis und ohne dass jemand auf ihn zukommen würde.

In dem Augenblick offenbarte sich ihm ein Bild – vor seinem geistigen Auge sah er sich selbst hier an diesem Ort stehen. Doch der Wind war angenehm lau, die späte Nachmittagssonne gerade dabei, unterzugehen. Genau wie jetzt wartete er auf jemanden, genau wie jetzt schwand mit jedem Herzschlag die Hoffnung, es würde etwas geschehen. Sein Sommer-Ich, wie er es gerade getauft hatte, entstellte jedoch keine Narbe an der Schläfe. Dafür schmerzte die Erkenntnis tausendmal mehr, versetzt worden zu sein, als das Gefühl, sich an nichts erinnern zu können.

Auf wen nur hatte er gewartet? Vielleicht könnte es ihm die ominöse Frau sagen, die steckbrieflich gesucht wurde? Nur kannte Stanislaus keine kriminelle Person.

Vielleicht, so hoffte er, als er den Weg nach Hause beschritt, würde ihm der eine oder andere Schluck Anisschnaps helfen. Und wenn schon nicht seiner Erinnerung, dann zumindest seinem Körper dabei, sich aufzuwärmen und in einen tiefen Schlaf zu sinken.

Antriebslos aß Stanislaus ein Stück Schwarzbrot mit Käse, starrte dabei auf den vermaledeiten Kalender. Nur noch vier Tage bis Weihnachten. Dann würde der Spuk endlich ein Ende haben. So oder so. Ohne eine Hoffnung zu hegen, öffnete er das Kästchen des Tages und las ebenso hoffnungslos »Café Central«.

Vor dem Schaufenster der Gaststätte konnte Stanislaus sich zwar daran erinnern, dass er hier bereits zu Gast gewesen war und ein köstlich erfrischendes Eis verspeist hatte. Aber ob allein oder zu mehreren, wusste er nicht mehr, ebenso wenig, wann er das Café besucht haben sollte.

Den Großen Garten mit seinen weitläufigen Parkanlagen, Seen und dem barocken Lustschloss überflog Stanislaus am nächsten Tag nur mit einem Blick.

Die vorgegebene Kutschenfahrt trat er nicht an.

Dann war er endlich gekommen: der vierundzwanzigste Dezember. Das letzte Türchen harrte seiner Öffnung und Stanislaus seiner Erlösung. Trotz aller Fehlschläge zitterte der Buchalter, denn gleich würde er sehen, wohin ihn der

letzte Tag schicken würde. Umso größer fiel seine Enttäuschung aus – ins letzte Türchen hatte jemand mit einer Feder
nur eine Hühnerkeule gekritzelt.

Wütend schleuderte Stanislaus den Kalender in eine Zim-
merecke, schenkte sich Anisschnaps ein und trank das Gläs-
chen ex auf nüchternen Magen. Der revoltierte sogleich,
woraufhin der Buchhalter beschloss, dass es eigentlich an
der Zeit war, sich zu belohnen. Als zu qualvoll hatte er die
letzten elf Tage empfunden. Auch wenn sich sein Zustand
ein wenig gebessert hatte – er wachte nun nicht mehr ohne
jede Ahnung auf, wer oder wo er war –, so wollte er sich
am heutigen Heiligen Abend etwas Besonderes gönnen:
ein saftiges Stück Fleisch, das er in einer Pfanne auf seinem Ofen zubereiten wollte. Ob ihn die Darstellung der
Hühnerkeule dazu inspiriert hatte, erörterte er nicht weiter.

»Fleischerei Lange und Söhne«, prangte in großen Lettern
über dem Geschäft. Pralle Würste im Schaufenster lockten, machten aus vorbeigehenden Passanten Kundschaft.

»Ich bitte um ein schönes Stück vom Schweinenacken«,
orderte Stanislaus beim Fleischermeister, dem man ob seines geröteten Gesichts und seiner Leibesfülle eine gewisse
Ähnlichkeit mit dem ursprünglichen Aussehen seiner Ware
nicht in Abrede stellen konnte.

Der Metzger erledigte die Bestellung mit Hingabe,
wickelte das Fleisch, das zwei Finger hoch und die Größe
von zwei Handflächen maß, in Wachspapier, band dieses mit
einer Schnur zusammen und überreichte es stolz Stanislaus.

Der beglich den Preis, nahm das Fleisch entgegen und
war gerade im Begriff zu gehen, als ihn etwas innehalten
ließ – eine Gestalt, die aus dem Raum hinter der Theke her-
vorlugte. Eine Frau mit großen, dunklen Augen, hellblon-

dem Haar und schmalen Lippen, die ein keckes Lächeln umspielte.

Als die Frau merkte, dass Stanislaus sie ansah, erstarb das Lächeln jäh, hastig verschwand sie hinter der Tür.

Der Buchhalter wollte etwas sagen, wusste jedoch nicht, was. Trotzdem der Blickkontakt nur wenige Herzschläge lang gedauert hatte, beschlich Stanislaus das eigenartige Gefühl, die Frau schon einmal gesehen zu haben. Er zuckte mit den Schultern. Wahrscheinlich hatte er schon einmal hier eingekauft, befand er und verließ das Geschäft.

Draußen setzte er sich auf eine Parkbank, die bereits von ihrer Schneelast befreit worden war, und dachte nach. Das gekaufte Stück Fleisch wog gewichtig in seinen Händen. Immer wieder schweiften seine Gedanken zu dem ab, was sich heute Abend auf seinem Teller wiederfinden würde, saftig zubereitet und köstlich duftend.

Eine Unebenheit an der Unterseite des Pakets irritierte ihn mit einem Mal. Stanislaus drehte es um, sah genau hin: Mit verschnürt befand sich dort eine getrocknete Blume mit blauer Blüte. Ein Vergissmeinnicht.

Vergiss mein nicht.

Stanislaus sah sich selbst dabei, wie er eine solche Blume pflückte. Sah sich selbst, wie er sie jemandem schenkte – einer Frau, deren blondes Haar engelsgleich in der Herbstsonne erstrahlte. Die ihn umarmte, ihre Wange gegen die seine presste und ihm Schmeicheleien ins Ohr flüsterte, die ihm Gänsehaut bereiteten.

Ein Tag im letzten Herbst flammte auf, der schönste seines Lebens. In Begleitung war er im Großen Garten spaziert, hatte in Begleitung eine Fahrt mit einer Kutsche unternommen und war anschließend auf ein zart schmelzendes Speiseeis ins »Café Central« eingekehrt, ebenfalls in Begleitung.

Mit ihr.

Stanislaus' Atem ging stockend. Die Frau hatte damals etwas in ihm geweckt, was er bis dahin nicht gekannt hatte – eine Sehnsucht, so allumfassend, dass nichts mehr von Bedeutung war, wenn er es nicht mit ihr teilen konnte.

Sie liebte es, Tiere im Zoo zu beobachten, das wusste er mit einem Mal wieder. Blumen liebte sie beinahe ebenso. Und irgendwann wollte sie sich einen besonders modischen Hut kaufen, darauf sparte sie. Ihre Mutter lag auf dem Neustädter Friedhof begraben, dort, wo er vor wenigen Tagen achtlos vorbeigeschlendert war.

Und sie verbarg ein Geheimnis, das hatte sie ihm gebeichtet. Doch worum es sich handelte, hatte sie ihm erst erzählen wollen, wenn sie ihn besser kannte.

Immer heftiger geriet Stanislaus' Atmung, immer beklemmender schnürte sich sein Brustkorb zusammen.

Stanislaus kippte von der Bank, schlug mit der Narbe auf seiner Schläfe auf dem vereisten Kopfsteinpflaster auf und verlor die Besinnung.

Blinzelnd öffnete der Buchhalter die Augen. Er saß auf einem Stuhl, während ihm ein beißender Geruch in der Nase stach.

»Geht es dir gut?«

Die Frau aus der Fleischerei kniete vor ihm, schwenkte ein Riechfläschchen vor seinem Gesicht hin und her.

»Minna?« Stanislaus musste niesen. »Entschuldigung. Ja, es geht schon wieder«, meinte er, obwohl ihm der Kopf gehörig dröhnte. Er blickte sich um.

»Wir sind hinten im Laden«, erklärte die Frau.

»Minna?«, wiederholte er.

Sie nickte, wobei sich ihre Augen mit Tränen füllten. »Ich

kann es nicht glauben, aber ... es hat funktioniert.« Sie wurde ernst. »Du weißt doch, was geschehen ist, oder?«

»Ich –« Stanislaus brach ab. Zu viele Bilder prasselten auf einmal auf ihn ein, ließen ihn daran zweifeln, ob das, was er gerade erlebte, der Wirklichkeit entsprach.

Minna legte ihre Hand auf die seine. »Es tut mir so leid. Ich kann mir kaum vorstellen, was du durchmachen musstest. Aber bitte glaube mir, ich wollte das alles nicht.« Sie wischte sich die Tränen weg. »Ich wollte es wirklich nicht.«

»Ich fürchte, ich kann dir nicht ganz folgen.«

Minna lächelte scheu.

Dann erhob sie sich, presste ihre Wange gegen die seine und flüsterte: »Ich bin die, die dich liebt. Und ich bin auch die, wegen der du beinahe gestorben wärst.«

Der Buchhalter wollte etwas entgegnen, aber seine Kehle fühlte sich mit einem Mal viel zu eng an, um zu sprechen.

»Alles, worum ich dich bitte«, fuhr Minna fort, »ist, dass du mir die Möglichkeit gewährst, mich zu erklären. Danach verschwinde ich für immer aus deinem Leben, wenn du das möchtest.«

»Hast du mir die Adventsuhr geschickt?«, keuchte Stanislaus, doch wusste er die Antwort bereits.

Die Nacht hatte in allen Fenstern der Stadt Lichter entfacht. Die Straßen waren wie leer gefegt, aus vielen Kirchen tönte stimmungsvoller Gesang. Der Heilige Abend wurde mit jener allumfassenden Eintracht begangen, die den Rest des Jahres über gänzlich fehlte.

Stanislaus lief schon wieder in seiner Wohnung auf und ab wie ein getriebenes Tier. Wenn ihn die Frau am heutigen Abend versetzen würde, wenn sie nur ein hinterlistiges Spielchen mit ihm trieb, das schwor er sich, dann würde er –

Ein Klopfen.

Er öffnete.

Schüchtern betrat sie die Stube, in gleicher Manier nahm sie Platz.

Der Buchhalter schenkte zwei Gläser Wein ein. Ohne ein weiteres Wort hielt er ihr die Adventsuhr hin, seufzte.

Minna schluckte, trank das Glas Wein leer. »Ich wusste mir nicht mehr anders zu helfen«, begann sie stockend. »Du warst so schwer verwundet und am Morgen danach, da –«

Sie brach ab. Schenkte sich selbst nach, trank.

»Lass uns von vorn beginnen«, meinte sie mit einem betonten Augenaufschlag. »An einem Tag im September bist du zum ersten Mal in der Fleischerei gewesen. Du konntest den Blick nicht von mir lassen und hast trotzdem keinen Versuch unternommen, mich anzusprechen.« Sie lächelte verschmitzt. »Das fand ich reizend, denn das zeugt davon, dass du mit dem Herzen denkst. Zwei Tage später kamst du wieder, tags darauf erneut. Ohne ein Wort zu viel. Also habe ich dich angesprochen, auch wenn ich danach eine Standpauke des Meisters über mich ergehen lassen musste ... aber was bedeutet das schon für ein bisschen Glück im Leben?«

Stanislaus nickte stumm, beinahe teilnahmslos. Doch in seinem Kopf rasten die Gedanken.

»Als wir uns trafen, brachtest du mir ein Sträußchen Vergissmeinnicht mit. Wir haben dann einen wunderschönen Tag miteinander verbracht. Eine romantische Kutschenfahrt, wir flanierten im Großen Garten und –«

»Und waren Eisessen im ›Café Central‹. Daran erinnere ich mich wieder.«

»Ja? Erinnerst du dich auch an unsere gemeinsame Nacht?«

Stanislaus schwieg.

»Das macht nichts. Am Morgen musste ich wieder zur Arbeit, aber wir verabredeten uns für den Abend.«

»Beim Reiterstandbild am Theaterplatz.«

Minna nickte.

»Aber du bist nicht gekommen.«

Wieder ein Nicken, gefolgt von einem schweren Seufzen. »Ich konnte nicht. Denn … meine Vergangenheit hatte mich eingeholt. Mein Geheimnis.« Sie deutete auf den Steckbrief, der ebenfalls auf dem Tisch lag.

Mit schnellen Blicken verglich Stanislaus die Beschreibung mit der Person. »Das bist du?«

»Das war ich, vor vielen Jahren. Charlotte ist natürlich nicht mein richtiger Name und meine Haare sind gefärbt. Aber was bedeuten schon Äußerlichkeiten?« Sie zuckte mit den Schultern. »Mein Leben war vorgegeben: Ich sollte den Beruf meiner Eltern weiterführen, so wie ich damit begonnen hatte, seit ich denken kann. In Braunseifen in Böhmen, in einer Flachsspinnerei. Mein Vater hockte am Webstuhl, meine Mutter am Scherrahmen und ich am Spulrad. Die beiden mit verkrüppeltem Rücken und keuchendem Husten, vierzehn Stunden und mehr am Tag. Zu wenig, um zu leben, gerade genug, um nicht zu sterben. Und alle zwei Wochen gab es ein Stück Fleisch für uns vom Hundeschlächter, wenn es gut ging. Also habe ich mich dazu entschieden, Diebesgesellin zu werden.« Sie grinste breit. »Und ich war nicht schlecht darin. Allerdings musste ich Geld für meinen Schutz abliefern. Bis ich es eines Tages nicht mehr tat.«

»Du bist fortgelaufen?«

»Ja. Ich bin nach Dresden gekommen und fand mein Auskommen als Gehilfin in der Fleischerei.«

»Entschuldige, aber was hat das alles mit mir zu tun, mit uns?«

»An dem Abend, als du vergeblich auf mich gewartet hast, an dem du vermutlich dachtest, ich würde nur mit dir spielen – da hat er mich gefunden, mein alter Chef.«

»Der, dessen Schutzgeld du geprellt hast?«

Plötzlich begann alles, was Stanislaus die letzten Tage erlebt hatte, Sinn zu ergeben. Er holte einen weiteren Zettel hervor. »Deshalb der Erpresserbrief? Ich sollte dich freikaufen?«

»Er hatte uns beide am Vorabend beobachtet.« Sie brach in Tränen aus. »Es tut mir so leid.«

»Habe ich … das Geld bezahlt?«

»Woher hättest du es denn nehmen sollen?«, schluchzte sie. »Trotzdem bist du zum Treffpunkt gekommen. Nur anstatt Geld nahmst du eine Pistole mit.«

»Tatsächlich?« Der Buchhalter wurde blass. »Habe ich damit geschossen?«

»Nein«, beruhigte ihn Minna. »Aber ich habe es. Nach einem Handgemenge habe ich damit meinen ehemaligen Chef erschossen. Seine Handlanger haben die Flucht ergriffen.«

Stanislaus erinnerte sich nun – der nächtliche Treffpunkt unter der Augustusbrücke. Die Gauner im flackernden Schein eines Lagerfeuers. Das Knallen eines Schusses. Und dann – noch ein Schuss.

Sie blickte ihm in die Augen. »Weißt du, er war früher grob zu mir.« Ihr Blick geriet starr. »Sehr grob. Also habe ich noch eine Kugel auf ihn abgefeuert, um auf Nummer sicher zu gehen.«

»Wo hast du ihn getroffen?«

»Nirgends. Ich habe dich getroffen.«

Instinktiv griff sich Stanislaus an die Schläfe, spürte die wulstige Narbe.

»Irgendwo muss die Kugel abgeprallt sein und hat dich dann –« Sie brach ab. »Ich habe dich verarztet und hierhergebracht.«

»Aber wir mussten Pausen einlegen«, sprach Stanislaus wie in Trance. »Beim Goldenen Reiter, bei der Dreikönigskirche und am Albertplatz.«

Minna raunte zustimmend. »Ja. Auf dem Weg hast du mir erzählt, wo du mich überall gesucht hast, nachdem ich dich versetzt hatte. Dann bist du hier im Bett eingeschlafen.« Sie griff seine Hand, drückte sie. »Doch als du zwei Tage später wieder aufgewacht bist, konntest du dich an nichts erinnern. Nicht an den Abend, nicht an unser Kennenlernen, nicht an mich. Du bist fuchsteufelswild geworden, dachtest, ich würde dich bestehlen. Und du hast mit der Polizei gedroht.«

»Dein alter Steckbrief.«

»Ja. Ich hatte Angst, dass man mich wiedererkennen und ins Gefängnis werfen würde, so unwahrscheinlich das auch war. Also bin ich gegangen. Zwei Mal habe ich danach noch versucht, dich zu treffen, aber du warst irgendwie ein anderer Mensch geworden. Ich weiß auch nicht.«

»Also hast du mir die Adventsuhr gebastelt, in der Hoffnung, dass ich mich doch wieder an dich erinnere?«

»Verrückt, ich weiß.«

Er lächelte. »Nicht so verrückt, wie du vielleicht meinst. Denn ich erinnere mich an dich. Und ich erinnere mich auch an uns und an diesen einen besonderen Tag im Herbst.«

Sie zog die Nase hoch. »Wirst du mir irgendwann verzeihen können?«

Stanislaus' Blick fiel auf die Adventsuhr, glitt zum Fenster, vor dem ein dichter Vorhang aus Schneeflocken trieb, und weiter zu der Frau ihm gegenüber, die ihn mit einer solchen Hoffnung ansah, dass ihm die Knie weich wurden.

Trotzdem stand er auf, zog sie zu sich hoch und küsste sie zärtlich.

»Es gibt nichts zu verzeihen, Minna. Du bist nun bei mir und ich habe das Gefühl, dass das alles ist, was ich zum Glücklichsein brauche. Danke für das schönste Weihnachtsgeschenk überhaupt.«

Eng umschlungen standen die beiden da, hielten einander fest und wussten, dass keiner mehr ohne den anderen sein wollte.

Mit einem Mal löste er sich, blickte Minna erschrocken an. »Was, wenn ich morgen wieder nicht weiß, dass ich dich liebe?«

Sie lächelte sanft. »Dann werde ich alles daransetzen, dass du dich erinnerst. Und den Tag darauf. Und auch den Tag darauf. Mein ganzes Leben lang.«

II.
Die Weihnachtsfeier

1880

In dulci iubilo

(Kirchenlied aus dem 15. Jahrhundert)

In dulci iubilo cantate domino
nostri cordis gaudium in praesaepio
et fulget ut lux solis in matris gremio
ergo merito
iubilizat cor omne mentis tripudio

O Jesu parvule langueo post te
laetum fac cor meum tu puer optime
et tuum fer auxilium tu puer inclite
trahe me post te
ad regnum patris tui tu princeps gloriae

Ubi sunt gaudia
plena gloria ubi canunt angeli
di nova cantica nam sonat vox laetitiae
in regis curia eia qualia
laetam mentem faciat Christi praesentia

Maria nostra spes
da virgo nobilis
ne nos repellat fragiles tua progenies
nostra dele peccamina laudanda species
vitam nobis des et nostra sit hereditas
aeterna requies

Wie jedes Jahr, so hatte Graf Casimir auch in diesem von Schlenther zu einem weihnachtlichen Festmahl geladen. Heuer hatten ihm jedoch – wohlgemerkt zu seiner höchst freudigen Überraschung – besonders illustre Persönlichkeiten zugesagt. Männer und Frauen aus vieler Herren Länder, verbunden durch persönliche Errungenschaften, ihren außergewöhnlichen Intellekt sowie die Fähigkeit, Sprachbarrieren als solche nicht zu kennen.

Bereits seit Wochen hatte Graf Casimir alles minutiös geplant, war jedes noch so kleine Detail im Geiste durchgegangen, damit es am heutigen Abend zu keinerlei Unzulänglichkeiten kommen würde.

Seine Dienerschaft hatte er tagtäglich gedrillt, hatte sie wieder und immer wieder angewiesen, was zu tun und was tunlichst zu unterlassen sei – und dabei geflissentlich über das eine oder andere genervte Augenrollen mit der dafür nötigen blaublütigen Gleichgültigkeit hinweggesehen.

»Nur eine zufriedene Dienerschaft ist eine gute Dienerschaft«, hatte ihm sein seliger Herr Papa eingebläut, und Graf Casimir war stets bemüht gewesen, diesem Leitspruch Rechnung zu tragen. So kannte er im Gegensatz zu manch anderem Aristokraten kein Zaudern, sich zu entschuldigen, wenn er zu ruppig agiert hatte, zeigte keine Scheu davor, selbst mit anzupacken, wenn es die Situation erforderte.

Diesem Verhalten geschuldet fühlte sich Graf Casimir trotz der Weitläufigkeit seines Herrenhauses gut behütet und geborgen, liebevoll umsorgt und im Grunde wunschlos glücklich.

Nun, kurz bevor die ersten seiner acht geladenen Gäste eintrafen, schritt er noch einmal die festlich gedeckte Tafel ab und spürte, wie sich sein Herzschlag beschleunigte. Hatte er wirklich an alles gedacht?

»Planung ersetzt Zufall durch Irrtum*.« Ein weiterer Leitspruch seines seligen Papas, und doch konnte nichts besser jene Stimmung beschreiben, in der sich Graf Casimir gerade wiederfand.

Hatte die Dienerschaft darauf geachtet, dass das aufgedeckte Porzellan auch makellos glänzte? Hatten die Gehilfen das Silberbesteck so poliert, dass die Gäste beim Anblick desselben meinen konnten, sie sähen in einen Spiegel? Und wenn ja, lagen die jeweils benötigten Teile in der richtigen Reihenfolge?

Ein prüfender Blick: die Gabeln links vom Gedeck, Messer und Suppenlöffel rechts davon. Dessertbesteck mittig darüber, der Brotteller links der Besteckreihe. Alles zueinander parallel und in der richtigen Abfolge der kredenzten Speisen.

Wie im Wahn sausten Graf Casimirs Augen über die Tafel, auf und ab, kreuz und quer. Fehler vermochte er jedoch keine zu erkennen.

Die Paraffinkerzen in ihren vielarmigen Ständern waren gerade eben erst entfacht worden, ließen den gesamten Saal in warmem Licht erstrahlen, während vor den hohen Fenstern der Schnee in dicken Flocken zur Erde taumelte.

Ein letztes Mal richtete sich Graf Casimir den weißen Querbinder, strich sich Weste und Gehrock glatt. Dann holte er seine Taschenuhr hervor und maß prüfend die Zeit. Noch eine Minute, dann schlug es sieben Uhr Abend.

»Sine tempore« hatte er am Beginn auf der schriftlichen Einladung hinzufügen lassen – »ohne Zeit«, also pünktlich. Dem akademischen »c. t.« konnte er noch nie etwas abge-

---

* Anm. des Autors: Der Satz wird Albert Einstein zugeschrieben.

winnen, schien diese Viertelstunde in seinen Augen doch nur als Ausrede jenen dienlich, die ihr Leben und damit ihre Lebenszeit nicht im Griff hatten.

Mit einem Mal schwangen die Türen auf und Graf Casimirs Gäste betraten den Festsaal.

Das Herz des Gastgebers machte buchstäblich einen Freudensprung.

Alle, ja wirklich alle waren sie gekommen!

»Lieber Herr Engels, welch Freude, Sie begrüßen zu dürfen!«

Casimir eilte zu einem Mann in dunklem Anzug, mit kurz geschnittenem Haar und einem Bart, der an die Schnauze eines Walrosses erinnerte. Die Augen des Gesellschaftstheoretikers und Philosophen wirkten wach und gutherzig.

»Ich danke für die Einladung, Herr Kollege«, murmelte Engels in seinen Bart, wobei er mehrere Verbeugungen andeutete.

Doch Casimir war im Geiste bereits bei seinem nächsten Gast.

»Meine aufrichtige Verehrung, Frau Müller!«

Der Graf griff die Hand besagter Dame und machte einen Diener samt Handkuss. Dass die Witwe dem Bürgertum entsprang, war Casimir einerlei, empfand er doch ihre überall gerühmte Wohltätigkeit als äußerst inspirierend.

»Schön, dass Sie es einrichten konnten!«

Die Witwe kicherte verschämt.

»Herr Nobel!«

Casimir huschte zum nächsten Gast, einem Mann, der auf die fünfzig zuging. Der Erfinder hielt mehrere Hundert Patente und ein beachtliches Vermögen inne. Dennoch wirkte sein Auftreten bescheiden, sein Blick voller Demut.

»Sehr freundlich von Ihnen, mich heute einzuladen, Herr von Schlenther«, meinte Nobel mit ehrlicher Bewunderung. »Insgeheim habe ich darauf schon einige Jahre gewartet, wenngleich ich nie zu hoffen wagte.«

»Von nun an sind Sie jedes Jahr gern gesehener Gast, mein Bester«, schmetterte ihm Casimir jovial entgegen, ehe er seine Hand dem nächsten Gast entgegenstreckte.

»Madame von Kohlrausch! Sie sehen von Jahr zu Jahr jünger aus!«

Die Aristokratin warf galant den Kopf nach hinten, gefolgt von einem verschmitzten Lächeln. »Ein kultivierter Charmeur, wie immer. Wenn mein Gemahl nur ein Fünkchen Ihres Charismas sein Eigen nennen könnte, würde ich mich im höchsten Glück wähnen. Aber ihn interessieren nur seine dämlichen Aktienkurse.«

»Dann muss er wohl mit Blindheit geschlagen sein.« Sanft strich Casimir Margarete von Kohlrausch über die Wange.

»Count von Schlenther, welche Freude, Sie wiederzusehen«, sagte ein alter Mann mit Halbglatze und dichtem Rauschebart und unüberhörbarem britischen Akzent.

»Mister Darwin! What an honor!«, begrüßte ihn der Graf mit festem Handschlag. »Eine Ehre, dass Sie den weiten Weg von der Insel auf sich genommen haben.«

Der andere zuckte lapidar mit den Schultern. »Sollte es meine letzte Reise gewesen sein, sollte sich das Ziel eben lohnen. Und eine Invitation von Ihnen verheißt durchaus, jenen Lohn zu offerieren.«

»Sehr großzügig von Ihnen«, meinte Casimir und wies dem greisen Mann einen Platz an der Tafel zu.

»Welch lieblichen Klang vernehmen meine Ohren?«, tirilierte eine Frau Anfang dreißig, die dem Akzent nach offenkundig aus den Vereinigten Staaten stammte. »Sie sprechen ja Englisch!«

»Only if I have to«, entgegnete Casimir mit schiefem Grinsen. »Great to see you, my dear.«

Victoria Brown gab dem Grafen ein Küsschen auf jede Wangenseite. »So intim begrüßt man sich in Paris, wie ich erfahren durfte. Erstaunlich für ein so schmutziges Volk, finden Sie nicht?« Victoria errötete. »Oh my, haben Sie etwa Gäste aus Frankreich geladen?«

Casimir deutete auf den Mann hinter Victoria. »Darf ich vorstellen: Louis Pasteur, ein wahrlich bedeutender Wissenschaftler.«

Ein älterer Mann mit Seitenscheitel und gepflegtem Vollbart schlug die Haken zusammen. »Enchanté.«

»Entschuldigen Sie.« Victoria senkte beschämt den Blick. »Ich liebte es, in Paris Absinth zu trinken.«

»Ich werde vom *faire la bise* absehen«, meinte Pasteur grimmig. »Auch wenn ich mich extra frisch gemacht habe, schmutziger Halunke, der ich war.«

»Nochmals: Entschuldigung.«

Betreten wies Casimir Victoria und Pasteur ebenfalls einen Platz an der Tafel zu und fragte sich innerlich, ob es nicht ein Fehler gewesen war, sie einzuladen. Allerdings war ihr erst im letzten Jahr verstorbener Gemahl ein enger Freund von ihm gewesen und daher fühlte sich der Graf ihr irgendwie verpflichtet.

»Grüß Gott, Herr von Schlenther.«

Die Worte ließen den Gastgeber herumwirbeln. Ihm gegenüber stand ein Mann um die vierzig, eine Nickelbrille auf der Nase, in kirchlicher Tracht und mit einem schweren güldenen Kreuz um den Hals – Hofburg-Pfarrvikar Johann Baptist Schneider.

»Eure Eminenz!« Casimir schüttelte mit beiden Händen die Hand des Kirchenmannes. »Auch Euch Gott zum Gruße. Willkommen in meinem bescheidenen Zuhause.«

Flink ließ Schneider seinen Blick durch den opulenten Saal wandern. »Von solch einer Bescheidenheit können die meisten Menschen nur träumen, das wissen S' schon?«

»Nun ... ich gebe regelmäßig für die Armenhäuser«, rechtfertigte sich Casimir, ohne genau zu wissen, warum.

»Gehen S', das weiß unser Herr auch zu schätzen.« Der Vikar machte ein Kreuzzeichen. »Besitz an sich ist ja auch keine Sünd. Und ein leerer Bauch studiert nicht nur ungern, er will auch nicht predigen. Daher dank ich recht schön für die Einladung.«

Casimir schritt mit dem Kirchenmann zur Tafel und stellte sich an ihre Stirnseite. Er betrachtete die Runde und freute sich spitzbübisch, dass tatsächlich alle der acht geladenen Gäste gekommen waren.

»Ein Wort, wenn Sie erlauben!«

In gespielter Demut neigte Casimir den Kopf und breitete die Hände aus, dem Erlöser am Kreuz nicht unähnlich. In dieser Haltung wartete er, bis alle Gespräche verstummt waren.

»›Reich sind die, die wahre Freunde haben‹, pflegte mein seliger Herr Papa zu sagen. Und wie bei den meisten anderen Dingen hatte er auch damit recht. So darf ich am heutigen Abend mit Fug und Recht behaupten, ein wahrlich reicher Mann zu sein.«

Anerkennend klopften die Anwesenden auf den hölzernen Tisch.

»Gerade rund um Weihnachten ist es wichtig, seine Liebsten um sich zu scharen«, fuhr Casimir fort. »Deshalb würde mein Vater, hätte der Herr ihn nicht so frühzeitig zu sich

45

gerufen, auch an der Tafel sitzen. Und meine Frau Mutter nicht, denn Familie kann man sich bekanntlich nicht aussuchen. Was man sich nicht aussuchen kann, kann man aber zumindest meiden. Umso wichtiger ist es, in der Wahl seiner Freunde Sorgfalt walten zu lassen. In diesem Sinne wünsche ich euch, meine lieben Freunde, ein frohes Fest und seid gewiss, dass ich euch im Herzen trage.«

Erneutes zustimmendes Klopfen.

Casimir setzte sich und gab der Dienerschaft, die ruhig im Hintergrund gewartet hatte, mit einem Wink zu verstehen, dass sie damit beginnen durften, die Speisen zu kredenzen.

Daraufhin trug ein Dutzend weiß gekleideter Lakaien Töpfe, silberne Platten und Schalen in den Saal, stellten diese auf die Tafel.

Verschiedene klare und gebundene traditionelle Suppen sowie eine indische Vogelnest-Suppe läuteten herrlich dampfend den Beginn des Mahls ein. Es folgten gedämpfte Seezunge mit Austern in gebundenem Fischfond und Hummer in Gallert für all jene, die den Früchten des Meeres zugetan waren. Englischer Hammelrücken, süß-saure Gänsekeule, Fasan, Suprême von der Gänseleber, garnierter Rehrücken und Wachteln ließen das Herz des Gourmets für heimische Arten höherschlagen. Dazu wurden Kartoffeln, Apfelrotkohl und Serviettenknödel gereicht sowie Früchte und Salat. Den Abschluss bildeten Makronen mit Sahne, Eis und Käsestangen.

All diese Speisen verströmten köstliche Düfte, die sich nach kurzer Zeit zu einem Geruchskonglomerat im Saal vermischt hatten, so dick, dass man meinen konnte, man könne sich allein daran satt essen.

Dies traf jedoch nicht auf die neun Herren und Damen zu.

Sie schenkten sich Rot- und Weißwein ad libitum und passend zur jeweiligen Speise selbst nach und begannen zu essen, als hätten sie gerade eine Hungersnot überstanden.

Langsam entwickelten sich zwischen den Gästen Gespräche.

»Sehr beeindruckend, Ihre Erfindung«, meinte Friedrich Engels zu seinem Tischnachbarn, ohne von der Truthahnkeule zu lassen.

Alfred Nobel nickte. »Verbindlichsten Dank. Eine solche Errungenschaft ist aber natürlich das Werk vieler Hände und fordert auch seinen Preis. Mein lieber Bruder kam bei der Entwicklung leider ums Leben.«

»Das tut mir leid zu hören. Aber Revolutionen fordern eben Opfer. Und eine Revolution auf dem Gebiet der sicheren Handhabung von Sprengstoff ist Ihre Erfindung allemal.«

»Mit Revolutionen scheinen Sie sich ja auszukennen, was man so liest, Herr Engels. Und Kompliment zurück: ein höchst interessantes Gedankenexperiment, das Sie da vorexerzieren.«

Engels hielt die Truthahnkeule hoch, als würde er damit anstoßen. Nobel hob sein Glas.

»Hätte ich gewusst, dass ich neben einem Mann der Kirche sitzen würde, hätte ich mir etwas Hochgeschlosseneres angezogen«, raunte Margarete von Kohlrausch und drückte mit beiden Händen auf ihren prallen Busen, den ihr Mieder kaum bändigen konnte.

Vikar Schneider zuckte mit den Schultern. »Wenn der Herr Sie so reich belohnt hat, warum damit geizen?«

Er nippte vom Wein, ohne den Blick vom Dekolleté der Adeligen zu nehmen.

Mit fortlaufendem Mahl reduzierten sich die Gespräche an der Tafel immer mehr auf höfliche Aufforderungen, man möge dies oder jenes reichen, auf Lobpreisungen auf die Köche und auf Verkündigung des eigenen Völlegefühls.

Schließlich, so schien es, war keiner der Speisenden mehr in der Lage, auch nur eine einzige Makrone zu essen. Die Herren versuchten, sich mit einem Hohlkreuz Platz für den gefüllten Wanst zu schaffen, die Damen ergaben sich ob ihrer engen Mieder einer Kurzatmigkeit, die zuweilen knapp an einer Ohnmacht vorbeischrammte.

»Ich muss meine Aussage von vorhin korrigieren«, japste Vikar Johann Baptist Schneider schließlich mit stockender Stimme. »Mit einem dermaßen vollgestopften Ranzen könnt ich keinesfalls eine Predigt abhalten.« Er stieß ein keuchendes Lachen aus.

»Don't worry«, warf Darwin ein, der zu Casimirs Linken saß. »Ich vermeine, eine Predigt weniger und ein gutes Buch mehr würde unseren Bürgern wohltun.«

Der Vikar richtete sich pikiert die Nickelbrille und kniff die Augen zusammen. »Und mit welcher Autorität vermeinen S' das, Herr, äh –«

»Darf ich vorstellen, Eminenz?«, bemühte sich der Graf. »Charles Darwin. Seines Zeichens Naturforscher.«

Der Vikar überlegte einen Augenblick lang, dann entgleiste ihm das Gesicht. »Ah, weiß schon! Sie sind der, der diesen himmelschreienden Blödsinn von der Entstehung der Arten publiziert hat, stimmt's? Der gern vom Affen abstammen möcht. Meiner Seel!«

Darwin strich sich gelassen über seinen dichten weißen Vollbart. »Da unterliegen Sie einem Irrtum, *Mister* Schneider. Wissenschaft hat nichts mit *Wollen* oder *Nichtwollen* zu tun. Es ist vielmehr unabdingbar zu erkennen, dass die Dinge schlicht so sind, wie sie sind. Die Schöpfung der Erde und seiner Bewohner in sieben Tagen ist eine formidable Gutenachtgeschichte, aber eben auch nicht mehr. Ich *will* also nicht vom Affen abstammen, ich *stamme* von ihm ab. Sie im Übrigen auch.«

Der Kirchenmann schlug mit der flachen Hand auf den Tisch. »Was erdreisten Sie sich? Das ist Blasphemie!«

»Dass ich nicht lache!«, brachte sich Friedrich Engels lautstark ein, der am Ende der Tafel saß. »Blasphemie ist der verabscheuungswürdige Hammer des Klerus wider die Vernunft! Wenn es nach den Kirchenbonzen ginge, würden wir heute noch so hausen wie vor tausend Jahren: auf einer Scheibe im geozentrischen Universum, im Dreck und am Hungertuch nagend, während sich die Pfaffen in ihren Pfründen suhlen wie die fetten Mastschweine, die sie sind!«

»Meine Herren, ich bitte Sie!«, versuchte sich Casimir in Beruhigung. »Unterschiede in der Weltanschauung sind doch das Salz in der Suppe einer jeden guten Gesellschaft. Lassen wir die Vernunft regieren, nicht das verbale Schwert.«

»Und doch muss ich für Herrn Engels eine Lanze brechen«, warf Victoria Brown ein. »Auch wenn ich Herrn Engels Hetzschriften in keinster Weise zustimmen kann, sollte sich die Kirche doch auf das konzentrieren, was sie im Kern am besten kann: den Menschen Trost spenden, die es nötig haben. Regieren sollten jene, die was davon verstehen.«

Engels lächelte finster. »Mit Verlaub, Frau Brown, aber eine solch einfältige Meinung kann nur die Bourgeoisie vertreten, fehlgeleitet von ihrer zügellosen Profitgier. Ihresgleichen neidet dem Klerus einzig die Macht, der diese immer noch innehält. Und doch brauchen sie ihn, um auch weiterhin den sozialen Mord zugunsten der eigenen Bereicherung vorantreiben zu können.«

Sowohl Victoria als auch der Vikar gaben Engels mittels einer Geste mit der Hand zu verstehen, was sie von ihm hielten.

Amüsiert trank Darwin sein Glas leer und schenkte sich reichlich nach.

»Ist es nicht einerlei, was der eine oder andere hier am Tische von sich gibt?« Pauline Müller verschränkte die Arme vor ihrer Brust. »Im Endeffekt läuft es doch darauf hinaus, dass der Großteil der Menschheit in ihr unwürdigen Verhältnissen darben muss, während sich eine Minderheit an ihnen unanständig bereichert. Und da ist es gänzlich unerheblich, ob es sich um körperliche Ausbeutung wie im Falle der Fabriken Ihres Mannes handelt, Frau Brown, oder um geistige Knechtschaft wie bei Ihnen, Herr Vikar.«

»Bravo!« Engels klopfte seine Zustimmung. »Nur weiter so!«

Pauline wandte sich dem Applaudierenden zu: »Sie, mein Bester, sind lieber auch schön ruhig! Denn das von Ihnen propagierte Prinzip, dass Gleichheit mit Gerechtigkeit gleichzusetzen sei, verfehlt die Realität auch um Längen.« Sie schob die Augen zusammen, sodass sie schielte. »Alle Menschen sind gleich.« Pauline lachte laut aus. »Die Menschen sind eben *nicht* alle gleich! Auch vermögen sie nicht, die gleichen Leistungen zu erbringen, körperlich wie geistig. Oder wollen Sie, dass ein Schmied die Statik einer Brücke berechnet? Oder ein Mathematiker eine Kette schmiedet, die eine gewisse Last tragen muss?«

»Das habe ich so nie gesagt«, verteidigte sich Engels. »Was wollen Sie von mir?«

»Weiber«, murmelte Nobel kopfschüttelnd.

»Und dennoch läuft es nur auf eines hinaus«, stieß Pauline nach. »Weg mit dem Joch des ererbten Status, einschließlich aller Privilegien! Ja, da bin ich bei Ihnen. Aber bei aller Philanthropie muss man halt auch verstehen, dass manche Menschen einfach Trottel sind. Punkt aus.«

»Hört, hört!« Darwin prostete Pauline zu und trank. »So manch ausgestorbene Spezies würde Ihnen da ebenfalls beipflichten.«

Pauline nickte ihm dankend zu.

»Um Himmels willen!« Nobel reckte theatralisch die Hände in die Luft. »Weit sind wir gekommen, dass wir den Frauenzimmern nun auch Mitsprache am Tische einräumen!«

Pauline rümpfte verächtlich die Nase. »Nur weil eine Frau eine für Sie unangenehme Meinung vertritt, heißt das noch lange nicht, dass sie damit nicht recht hat.«

»Also ich finde, genau das heißt es«, stichelte Pasteur breit grinsend.

»Was wollen Sie denn noch alles?« Nobel fuchtelte wie wild vor Pauline herum. »Männer regieren die Welt – und die Frauen regieren die Männer. War schon immer so. Und auf einmal reicht das nicht mehr?«

Pasteur spitzte süffisant die Lippen. »So mancher Mann wird doch lieber von einem anderen Mann regiert.« Er blickte zum Vikar. »Sie wissen, was ich meine, Hochwürden?«

Dem schoss die Wut ins Antlitz.

Doch Louis Pasteur fuhr ungeniert fort. »Wie auch immer. Ein Mann der Wissenschaft sollte immer ein offenes Ohr wie auch einen offenen Verstand haben. Denn recht hat, wer recht hat, unabhängig von Geschlecht, Religion oder Rasse. Sonst stellt man Unschuldige an den Pranger, heißt sie Pharisäer, Hexen oder gar – Kriegstreiber. Kommt Ihnen bekannt vor, oder nicht, Herr Nobel?«

Der Erfinder verzog angewidert den Mund, schwieg jedoch. Was hätte er auch entgegnen können? Dass andere seine Patente für ihre sinistren Ziele missbrauchten, stieß Nobel regelmäßig sauer auf. Aber das waren zumindest die sinistren Ziele von Männern. Kaum vorstellbar, wenn auch noch Ehefrauen, Mütter oder Töchter gegen ihn die Stimme erhoben.

Er schenkte sich nach, trank und bekräftigte sich insgeheim, warum er sich eine Geliebte und keine Gemahlin hielt.

»Mein lieber Pasteur«, unternahm Casimir einen weiteren Versuch, das Gespräch am Tisch in zivilisierte Bahnen zu lenken. »Was macht Ihre Arbeit an Impfstoffen?«

Der stützte sich selbstbewusst mit einer Hand am Tisch auf. »Danke der Nachfrage. Ein sensationeller Durchbruch steht bevor, werter Graf von Schlenther, so viel kann ich Ihnen versichern. Der Milzbrand bei Kühen, Pferden und Schafen wird bald schon der Vergangenheit angehören. Und das ist erst der Auftakt!«

»Versündigen S' sich nicht am Menschen«, mahnte Vikar Schneider mit erhobenem Zeigefinger. »Sonst rotten Sie womöglich des Herrn Schöpfung aus.«

Darwin stieß ein verächtliches Stöhnen aus. »Sie schon wieder.«

»Nicht ich. Die Kirche!«

»Jaja, Bescheidenheit ist eine Zier«, ätzte Pauline.

»Wie anmaßend von Ihnen, Frau Müller«, entgegnete Margarete von Kohlrausch voll Abscheu. »Jedoch nicht verwunderlich. Der Pöbel rebelliert eben ungeniert, wenn man ihn lässt!«

»Als ›schmutziger‹ Franzose darf ich Ihnen, Madame von Kohlrausch, sogleich eine Warnung aussprechen«, sagte Pasteur ruhig. »Denn es waren nicht die Köpfe des ungeniert rebellierenden Pöbels, die in Frankreich zu Hunderten rollten. Es waren die jener inzüchtigen Familien, die meinten, von Geburt an etwas Besseres zu sein.«

»Wir *sind* etwas Besseres!«

Darwin beugte sich zu seiner Sitznachbarin. »In einem darf ich Ihnen recht geben, Frau Müller. Unter den Menschen gibt es wahrlich viele Trottel.«

Pauline kicherte und legte beiläufig ihre Hand auf die von Darwin.

Margarete von Kohlrausch sprang auf, den Kopf hochrot, und deutete mit dem Finger auf die verwitwete Wohltäterin. »Entschuldigen Sie sich augenblicklich, Sie impertinente Person, Sie!«

Darwins Blick geriet schwärmerisch. »Ah, jetzt geht das Stutenbeißen los.«

Engels lehnte sich amüsiert zurück, genoss ebenfalls das Schauspiel.

Casimir blickte atemlos von einer Person zur anderen, verstand nicht, wie aus seinem perfekt geplanten Mahl ein solcher Streit hatte entstehen können.

»Besser Brot mit Freuden als Braten mit Zank«, hätte sein Herr Papa gesagt und damit recht behalten. Dennoch wollte Casimir die Flinte noch nicht ins Korn werfen.

»Liebe Freunde, es ist doch Weihnachten!«, rief er mit Verzweiflung in der Stimme. »Lasst uns auf das besinnen, was uns eint!«

»Triebe und Durst«, flüsterte Darwin und trank gehörig vom Rotwein.

»Die Freude über die Geburt Jesu!«

Der Vikar faltete die Hände.

Pauline rollte mit den Augen.

Engels hielt sich die Hand vor den Mund und neigte den Kopf zu Nobel. »Noch so ein heidnischer Brauch, den sich die liebe Kirche Untertan gemacht hat. Denn die Bibel nennt gar kein Geburtsdatum. Die Römer hingegen schon.«

»Ach nein?«

»Ja. Sie feierten am 25. Dezember das Geburtsfest von Sol Invictus, ihrem unbesiegbaren Sonnengott.«

»So unbesiegbar scheint er mir nicht gewesen zu sein«, meinte Nobel, »wenn ihn heute kaum noch einer kennt.«

Engels grinste feist. »Sagen Sie das aber nicht dem Kuttenträger da vorn. Wenn er erkennt, dass die Götter mit den Menschen sterben, tut er sich womöglich noch was an. Und Selbstmord wird bei den Christen gar nicht gern gesehen.«

»Sol Invictus und Jesu Geburt – ein doppelt guter Vorwand, um zu feiern, das muss ich gestehen.« Nobel hob das Glas, stieß mit dem Philosophen an.

Casimir hatte sich in der Zwischenzeit erhoben, sowohl Margarete von Kohlrauschs Hand wie auch die von Charles Darwin ergriffen und begann voller Inbrunst, »Stille Nacht« zu intonieren.

Zögernd standen die anderen am Tisch ebenfalls auf und stimmten in den Gesang mit ein, wohl schlicht, weil sich das so gehörte.

Nachdem das letzte »Schlaf in himmlischer Ruh« verklungen war, wandten sich die Gäste einander zu und wünschten sich einträchtig »Frohe Weihnachten«.

Casimir begann, sich wieder ein wenig zu beruhigen. Mit Freude im Herzen sah er, dass doch eine gewisse Einigkeit herrschte.

Zumindest bis zu dem Augenblick, als sich Pauline Müller und Charles Darwin immer stürmischer zu küssen begannen.

Victoria Brown lachte gellend auf.

Margarete von Kohlrausch wandte sich angewidert ab. Sie suchte Schutz bei Vikar Schneider, der sie fester an sich drückte, als es notwendig gewesen wäre.

Engels und Nobel begannen, einander immer heftiger zu schupsen, schleuderten sich in unverständlichem Kauderwelsch Beschuldigungen an den Kopf.

Louis Pasteur ließ sich auf seinen Platz fallen, den Blick starr. Immer stärker wurde sein Körper von Zuckungen heimgesucht, während ihm Speichel aus dem Mundwinkel tropfte.

Casimir stakste ungläubig rückwärts. Sein penibel geplantes, heiß ersehntes Fest war gänzlich aus den Fugen geraten. Was in Gottes Namen hatte er im Vorfeld nicht bedacht? Alle Gäste waren handverlesen. Mit einigen verband ihn sogar eine langjährige Freundschaft. Dass man bei gewissen gesellschaftlichen Themen nicht immer einer Meinung sein konnte, war ihm natürlich bewusst, aber sich zu benehmen, als wäre man in einem Irrenhaus, war durch nichts gerechtfertigt.

Ein Schrillen durchfuhr Casimirs Kopf, als würden Dutzende Kinder auf einmal loskreischen. Immer weiter entfernte er sich von der Tafel, die einem Sodom und Gomorrha glich.

Erneut das Schrillen.

Seine Dienerschaft stürmte in den Saal, versuchte, die Gäste voneinander zu trennen, ganz gleich, ob sie miteinander rangen oder sich innig liebten.

Dann stieß Casimir gegen etwas.

Erschrocken wandte er sich um – er stand vor einem seiner Diener, einem bulligen Menschen, gut zwei Köpfe größer als er selbst.

»Ich hatte es Ihnen prophezeit«, sprach der Diener mit tiefer Stimme. »Ich hatte es prophezeit und Sie hatten es negiert.«

»Mein Fest«, stammelte Casimir. »Ich wollte doch nur –«

»Aber das weiß ich doch.« Der Diener legte dem Grafen die Hand auf die Schulter, mit eisernem Griff. »Wir alle wissen es. Und es ist gut. Nun aber ist es an der Zeit.«

Casimir blickte sich panisch um. »Zeit? Wofür? Und überhaupt: Wie reden Sie mit mir? Nehmen Sie Haltung an, Sie gelackter Lakai!«

Der Diener lächelte sanft, blickte Casimir tief in die Augen. »Für Sie ist es an der Zeit. Kommen Sie, Herr Schlenther.«

Er führte den Grafen, der keiner war, durch den Festsaal, der keiner war. Vorbei an den Gästen, die es nicht gab, und weiter durch das Herrenhaus, das nicht existierte.

In seinem Schlafgemach ließ sich Casimir auf sein Himmelbett fallen, das aus einer Pritsche bestand, und harrte regungslos aus, bis ihm die beruhigende Injektion verabreicht worden war.

Vor dem vergitterten Fenster der Zelle trieben immer noch dicke Schneeflocken ihr Unwesen, während die Nacht Einzug hielt.

Kurz bevor ihn der Rausch übermannte, schwor Casimir von Schlenther sich, dass er im nächsten Jahr erneut zu einem Weihnachtsfest laden würde.

Nur diesmal würde alles wie am Schnürchen laufen …

III.
Der Werkelmann

1910

Menschen, die ihr wart verloren

(Text und Melodie: Christoph Bernhard Verspoell, 19. Jhd.)

Menschen, die ihr wart verloren,
lebet auf, erfreuet euch!
Heut ist Gottes Sohn geboren,
heut ward er den Menschen gleich.
Lasst uns vor ihm niederfallen,
ihm soll unser Dank erschallen:
»Ehre sei Gott, Ehre sei Gott,
Ehre sei Gott in der Höhe!«

Welche Wunder reich an Segen
stellt uns dies Geheimnis dar!
Seht, der kann sich selbst nicht regen,
durch den alles ist und war.
Lasst uns vor ihm niederfallen …

Selbst der Urquell aller Gaben
leidet solche Dürftigkeit!
Welche Liebe muss der haben,
der sich euch so ganz geweiht!
Lasst uns vor ihm niederfallen …

Menschen! Liebt, o liebt ihn wieder
und vergesst der Liebe nie!
Singt mit Andacht Dankeslieder
und vertraut, er höret sie!
Lasst uns vor ihm niederfallen …

Im Grunde meines Herzens bin ich kein schlechter Mensch –
auch wenn ich Grässliches getan habe. Doch just am Heiligen Abend sollte mich das Schicksal schließlich einholen ...

Ich war nie der Scharfsinnigste, auch nicht der Bestausse-
hende. Aber ich verstand, mich immer irgendwie durch-
zuwursteln.

Gut, vielleicht grübelte ich zu viel.

Aber ich tat stets nur, was ich tun musste, um zu überleben. Denn nicht alle sind mit dem goldenen Löffel im
Mund geboren worden. Die wenigsten, wenn man genau
hinsieht. In welchem Land du zur Welt kommst, in welches
Elternhaus du hineingeboren wirst ... Wer entscheidet das?

Der da oben im Himmel? Und wenn ja, wer entscheidet es für all jene, die nicht an ihn glauben? Oder für jene,
die in Ländern aufwachsen, in denen eine andere Religion
herrscht? Sprechen sich die Götter ab?

Je älter ich werde, desto mehr komme ich zu der Überzeugung, auf solche Fragen nie eine Antwort zu erhalten.
Das Leben ist ein Vabanquespiel, bei dem nur gewiss ist,
dass nichts gewiss ist.

Ebenso wenig weiß ich, wann mein Lebenslicht erlöschen wird. Manches Scheusal erfreut sich selbst mit sieb-
zig noch bester Gesundheit, während ein liebender Fami-
lienvater mit Mitte zwanzig tot vom Hocker fällt.

Derlei Willkür habe ich zeit meines Lebens als himmel-
schreiende Ungerechtigkeit empfunden. Aber vielleicht
gehorcht ja alles einem höheren Plan? Denn auch keinem
Plan zu folgen, bedeutet, dass man einem folgt – eben dem,
keinen zu haben.

Wie gesagt, ich grüble zu viel.

Die Schlussforderung aus all diesen Überlegungen jedoch

ist, dass wir zu Lebzeiten versuchen sollten, uns das irdische Dasein so angenehm wie möglich zu machen. Uns und unseren Lieben.

»Nütze den Tag.«

Das hat mir mein seliger Vater schon als zehnjähriger Bub eingebläut, bevor er mich frühmorgens losschickte, auf dass ich mit vollen Säcken am Abend wiederkommen sollte. Wenn ich das nicht tat, würde mich eine ordentliche Tracht Prügel für den nächsten Tag anspornen.

Es dauerte nicht lange und ich war angespornt. Und wie ich es war!

Ich durchstreifte die Stadt, begann auszuloten, wo sich ein Fünf-Finger-Rabatt lohnen könnte und wovon man die Finger lieber lassen sollte. Und ich begann, mich mit anderen Gleichgesinnten anzufreunden – sofern es Freundschaft unter Dieben überhaupt gab.

Denn nicht nur die Gesellen waren eigen, ihre Sprache war es ebenso.

Anfangs war ich ein »Mutzn«, ein unbeholfener Bub. Aber nicht lange, denn ich lernte schnell. Ein »Deckel« war ein Gendarm, und wenn er mich »flebbte«, wollte er meine Papiere sehen. Eine Falle war eine »Fliagn«. Der Hausmeister war der »Hausmotzl«, und so weiter. Alles, was die Lebenswelt der Gauner berührte, hatte einen besonderen Namen. So blieb man unter sich.

Zu einer bestimmten Gruppe wollte ich jedoch nie gehören.

Allein auf mich gestellt entwickelte ich mich zu so etwas wie einem Meister im Taschelziehen. Das plumpe Berauben irgendwelcher Passanten überließ ich den Dummen, die zumeist schnell erwischt wurden.

Vom Tegetthoff-Denkmal als zentralem Treffpunkt über die Prater Hauptallee mit ihren Kaffeehäusern bis in den

Wurstelprater selbst – da rollte der Kreuzer natürlich entbehrlicher als in den anderen Bezirken der Donaumetropole. Aber die Leute waren dort auch vorsichtiger.

Daher trieb ich mich vornehmlich in der Inneren Stadt herum, zwischen Stephansdom, Hofburg und Kaiser-Ferdinands-Platz. Den wohlsituierten Bürger lenkte ich mit einer vifen Frage oder einem fidelen Kunststück ab, und schon war ich im Besitz seiner Taschenuhr, seines Portemonnaies oder Sonstigem von Wert.

Trotzdem war ich immer darauf bedacht, nicht gierig zu sein. Wenn man zu viel wollte, flog man auf und landete im Knast, das lernte ich ebenso schnell.

So verbrachte ich aufopfernde, rückblickend betrachtet dennoch schöne Jahre – bis mein Vater verstarb, als ich siebzehn war. Ob an der Schwindsucht, am übermäßigen Genuss von Alkohol oder Tabakwaren, werde ich nie erfahren, wahrscheinlich eine Kombination von allem.

Die nächsten Jahre über ging es mir gut, ich hatte ja nur mehr ein Maul zu stopfen – meines. Und ich war genügsam.

Nachdem mich jedoch mein Vermieter aus dem Haus geworfen hatte, weil er meinte, ich mache seiner verkrätzten Tochter schöne Augen, ging es bergab mit mir. Wahrscheinlich hatte er schlicht einen Dummen gesucht, der das Trutscherl ehelichen würde – aber da war er bei mir an den Falschen geraten.

Es folgten zugige Schlafstellen unter Brücken, in desolaten Massenquartieren oder im Winter in überfüllten Wärmestuben, mit dem Elend der Welt auf Augenhöhe. Je verzweifelter ich wurde, desto unvorsichtiger wurde ich auch. Mit Schrecken erkannte ich schließlich, dass ich mir nie überlegt hatte, was geschehen würde, wenn ich zu alt dafür war, die Leute mit Kunststücken und großen Kinderaugen abzulenken.

Denn ein Kind war ich schon lange nicht mehr.

Ich sah nur einen Ausweg. Ich meldete mich zur k. u. k. Kriegsmarine.

Allen Widrigkeiten zum Trotz, die ein solch ungewohnt durchorganisierter Tagesablauf mit sich brachte, erhielt ich zumindest Kleidung und Verpflegung. Und wenn ich fror, wurde ich dafür immerhin besoldet. Ich konnte zwar nicht schwimmen, aber die meisten meiner Kameraden bei der Kriegsmarine konnten das ebenso wenig.

Dass mich mein Dienst bis ins ferne China verschlagen würde, hätte ich mir natürlich niemals träumen lassen. Und auch nicht, dass ich mit zwei gesunden Beinen hinfahren, jedoch mit nur einem gesunden Bein zurückkehren würde.

Der Verlust ereignete sich jedoch nicht bei der siegreichen Erstürmung Pekings oder der anschließenden Befreiung der dort belagerten Menschen.

Ich rutschte einfach auf den nassen Planken aus und rammte mir ein rostiges Metallwerk in die Wade. Auf den ersten Blick keine große Sache.

Aber von da an musste ich Tag für Tag zusehen, wie die Entzündung schlimmer wurde. Eigenartig, wie schnell man sich für etwas entscheidet, das man noch kurz zuvor für undenkbar gehalten hat. In meinem Fall bedeutete es, dem Bein »Lebwohl« zu sagen. Auch weil unser Herr Doktor mit der Knochensäge besser bewandert war als mit seinem Wissen über Arzneien.

So stand ich schließlich wieder in Wien – einige Jahre älter, mit Holzbein, aber ohne Einkommen. Doch Maria Theresia wusste, dass auch für uns Krüppel Platz in der Gesellschaft sein musste, und hatte daher Lizenzen für den Broterwerb mit dem »Werkel« ausstellen lassen.

Werkelmann zu sein, ist ein schöner Beruf. Das Spiel der Drehorgel erfreut die Menschen. Es reißt sie für die Dauer eines Stücks aus ihren Sorgen, lässt sie beschwingt mitsummen, zuweilen sogar tanzen. Auch für die Kinder ist es stets ein Mordsbahöl, wenn der »Drahrer« kommt und die Melodien aus den Pfeifen durch die Innenhöfe schallen.

Mit der Ausstellung meiner Lizenz konnte ein neues Kapitel in meinem Leben aufgeschlagen werden!

Es heißt zwar, dass der Applaus des Künstlers Lohn sei, aber das kann nur behaupten, wer sich nicht um das tägliche Brot sorgen muss. Für mich war der wahre Klang des Applauses immer das Geräusch der in Papier gewickelten Kreuzer, wenn sie auf das Straßenpflaster schlugen, von begeisterten Zuhörern aus den Fenstern der Innenhöfe geworfen. Ein Klang, dumpf und kaum wahrnehmbar, aber für mich hell und klar.

So kam ich eigentlich gut über die Runden. Ganz gut, wohlgemerkt, aber eben auch nicht mehr.

Ohne es darauf anzulegen, wusste ich irgendwann, an welchen Orten oder zu welchem Anlass die Leute mehr zu geben bereit waren, und danach richtete ich mein Tagwerk.

Wetterscheu durfte man natürlich nicht sein, und auch wenn mich mein Beinstumpf an kalten Tagen grässlich schmerzte, war ich nie verdrossen, auch im Herbst und Winter das Werkel zu drehen.

Die schönste Zeit im Jahr war für mich immer die Weihnachtszeit. Die Leut waren in einer besonderen Stimmung und grantelten ein bisschen weniger als sonst. Wenn die Gaslaternen wie matte Sterne in der knisternden Kälte funkelten und man den Duft von Glühwein und Punsch erschnupperte, wurde einem sogar im knurrenden Bäuchlein warm.

Allerdings waren das nicht die einzigen Gründe, warum

ich die Weihnachtszeit liebte. Denn wenn die Dunkelheit über die Stadt fiel, erkannte der aufmerksame Werkelmann, der ich war, wer früher von der Arbeit nach Hause kam, wer regelmäßig in die Kirche ging und vor allen Dingen: wann eine Wohnung menschenleer stand.

Gelegenheit macht Diebe.

Und ich war der ideale Falott – wer würde schon einen musizierenden Krüppel wie mich verdächtigen, in Behausungen einzubrechen? Noch dazu, weil ich dort nur so viel stahl, dass es manch einem vermutlich gar nicht auffiel.

Wie ich bereits sagte: Wer zu viel will, fliegt auf.

Besonders reiche Beute machte ich stets am Heiligen Abend, wenn die Leut in der Kirche waren. Da wusste ich, ich hatte genügend Zeit, um mich umzusehen, um abzuwägen, was ich erbeuten wollte, und um ungesehen wieder zu entkommen.

Da im Jänner die Einnahmen eines Werkelmanns ohnedies mager waren, weil die Leut über die Festtage zu viel ausgegeben hatten, schuf ich mir auf diese Weise jahrein, jahraus einen schönen Geldpolster.

Was meine Einbrüche jedoch bei den Leuten hervorriefen, die nach der Kirche wieder nach Hause kamen, daran hatte ich kaum gedacht. Und wenn, habe ich es meinem Seelenheil zuliebe beschönigt.

»Haben doch eh genug«, raunte ich mir zu, oder: »Sie werden es schon verschmerzen.«

Dabei lügt man sich natürlich gewaltig ins Fäustchen. Zunächst einmal kann man nicht wissen, woran das Herz von dem, den man bestiehlt, hängt – für mich eine kitschige Uhr, für den anderen ein Erbstück voller Erinnerungen. Und außerdem lässt man dabei eine grundsätzliche Sache gänzlich außer Acht: Die Bestohlenen fühlen sich in ihren eigenen vier Wänden nicht mehr sicher. Sie glauben, ihre Familien nicht beschützen zu können, fühlen sich ausgeliefert und ohnmächtig.

Der Diebstahl dieser Sicherheit ist unendlich viel schlimmer als der Verlust von Gold oder Edelsteinen, das wusste ich tief in mir drin. So keimte auch immer wieder Reue auf.

Das Problem mit Reue ist aber, dass sie mit der Zeit verschwimmt, bis sie irgendwann nicht mehr da ist. Wie ein Tropfen Blut in einer Pfütze.

So kam auch heuer, was kommen musste, das gleiche Theater wie jedes Jahr: Weihnachten stand vor der Tür und ich war der Überzeugung, ich brauchte das Geld.

Einmal noch, habe ich mir eingeredet, ein letztes Mal würde ich noch auf Beutezug gehen, dann wäre für immer Schluss. Ich wollte mir die Taschen füllen, so, dass mein Vater auf mich stolz gewesen wäre.

Natürlich war auch das nur Schönrederei. Denn in Wahrheit sprach die Gier aus mir. Und die Gier hat zwei hässliche Geschwister – Unvernunft und Leichtsinn. Ein Triumvirat, das einem das Leben kosten konnte …

Im Grunde meines Herzens bin ich kein schlechter Mensch.

Doch just am Heiligen Abend holte mich das Schicksal schließlich ein. Es zeigte mir, dass man für alles, was man nimmt, auch irgendwann bezahlen muss. Und meine Lebensschulden türmten sich mittlerweile hoch, sehr hoch sogar.

Zwei Wohnungen habe ich bereits um verschiedene Wertsachen erleichtert, da sticht mir eine Tür ins Auge, hinter der ich Großes vermute. Das zumindest suggerierte mir mein Bauchgefühl, mein siebter Sinn, wenn man so will. Die Tür zieht mich magisch an, lässt mich ohne nachzudenken meinen Dietrich aus der Tasche ziehen und ans Werk gehen. Die Wohnung habe ich im Vorfeld nicht beschattet, habe nicht überprüfen können, ob sich darin jemand aufhält oder nicht.

Klack! Schon springt das Schloss auf.

Ich stecke den Kopf in die fremde Wohnung, vernehme weder Licht noch Laute.

Mein Bauchgefühl hat mich offenbar gut beraten. Ich humple durch den ersten dunklen Raum, einem opulenten Wohnsalon, sehe goldene Kandelaber, wunderbare Uhren und einige Schatullen.

Ich humple durch den zweiten Salon, in dem ein schöner Sekretär und einige andere teure Möbel stehen, hoffentlich mit Kostbarkeiten befüllt.

Ich humple in den dritten Raum – da sehe ich sie: Vater und Mutter, ihre drei Kindern und die Großmutter. In stiller Eintracht sitzen sie rund um den Kamin, in dem ein kleines Feuer prasselt. Sie schauen mich mit großen, entsetzten Augen an.

Hätten sie doch nur miteinander gesprochen oder gesungen, dann hätte ich sie gehört und rechtzeitig die Flucht ergriffen!

Nun aber ist es zu spät. Mit meinem Holzfuß hätte ich niemals schnell genug weglaufen können.

Der Vater brüllt mich an, was ich hier suche! Seine Frau nimmt das jüngste Kind in den Arm, schart ihre anderen beiden Kinder hinter sich. Die Großmutter drückt sich in den Sessel.

Ich stammle eine Entschuldigung, da stürzt der Vater auf mich zu. Wir beginnen zu ringen, quer durch den Raum. Ich versuche nur, nicht umzufallen, ich wehre mich, will den Mann aber gleichzeitig nicht verletzen.

Ich bin ein Dieb, kein Mörder!

In einem Kraftakt stoße ich ihn von mir, er fällt hart gegen seine Frau. Die taumelt rückwärts gegen die Balkontür, immer noch ihr Jüngstes im Arm. Die Tür springt auf, ich bemerke, dass dem kleinen Balkon das Geländer fehlt.

Die Frau stolpert nach draußen, stürzt mitsamt ihrem Kind in die Tiefe.

Fassungslos stehe ich da, starre auf den Fleck, wo gerade noch die Mutter gestanden hat. Ich spüre einen Schlag gegen den Kopf.

Als ich wieder zu mir komme, finde ich mich in einer Arrestzelle wieder.

Beim anschließenden Prozess bin ich zwar körperlich anwesend, geistig jedoch immer noch in jener schrecklichen Nacht verhaftet.

Die Augen der Familie, wie sie mich anstarrt – selbst in meinen Träumen lassen mich die Blicke nicht los.

Und ich habe sie auch nun vor mir, während ich meinen letzten Gang gehe.

Ich steige zum Galgen hoch, sehe Pfarrer und Henker.

Nicke den beiden zu, als wären sie Bekannte, die ich schon Tag und Jahr kenne.

Ich spüre die kratzige Schlinge um meinen Hals.

Höre das Quietschen eines Hebels und zähle die Zeit, die es braucht, bis mein Körper versteht, dass sich unter ihm eine Klappe geöffnet hat.

Ich bereue, ein letztes Mal.

Dann sacke ich in die Tiefe.

»So hätte mein Ende ausgesehen, das weiß ich mit absoluter Bestimmtheit.«

Ferdinand Festetics, der mit seinen Anfang dreißig bereits aussah, als hätte er ein halbes Jahrhundert auf dem Buckel, lächelte betreten.

Trotz des Dreitagebarts wirkte der Werkelmann gepflegt. Seine schlichte Kleidung aus brauner Hose, weißem Hemd und schwarzer Joppe war sauber und überall dort geflickt, wo es vonnöten war.

Neben ihm stand, auf ein Fahrgestell montiert, seine Drehorgel.

Ihm gegenüber saß Milli, eine zierliche Frau mit langen schwarzen Haaren, die Ferdinands Alter teilte, jedoch jung und lieblich wirkte.

Sie wischte sich eine Träne aus dem Auge. »Was für eine schreckliche Geschichte du mir erzählst, Ferdl. Aber ich verstehe nicht ganz ... *Warum* hast du sie mir erzählt?«

»Ich musste sie mir bei irgendwem von der Seele reden«, meinte der Werkelmann. »Und was ich von den Pfaffen halte, weißt du ja. Eine Beichte mit dem ganzen Gebetsbrimborium kam für mich also nicht in Frage.«

Milli schluckte. »Das verstehe ich. Was von dem allen ist wahr?«

Ferdinand tätschelte seine Drehorgel. »Ich bin ein waschechter Werkelmann, das steht fest. Und dass ich ein Holzbein habe, ist auch kein Geheimnis.«

»Mach jetzt keine Scherze, Ferdl. Du weißt genau, was ich meine.«

Der nickte schuldbewusst. »Ich habe dich nicht angelogen, Milli. Jedes Jahr zu Weihnachten habe ich mich in gewisse Innenhöfe gestellt und das Werkel gedreht – und dabei die Wohnungen ausspioniert. In einige davon bin ich dann auch eingebrochen.«

»Meiner Seel, das ist ja entsetzlich!«

Ferdinand holte einen zerknüllten Zettel aus der Tasche seiner Joppe. »Ich habe sie alle notiert, damit ich nicht im Jahr darauf die gleiche Wohnung noch einmal ausraube.«

Der Werkelmann übergab Milli die Liste. Die starrte die Adressen darauf an, als handle es sich um das Werk des Teufels.

»So ... viele.«

»Bin ja auch nicht mehr der Jüngste.«

Der strafende Blick, den Milli Ferdinand zuwarf, ließ ihn die Augen niederschlagen.

Schließlich legte sie den Zettel auf den Tisch neben sich. »Du hast meine Frage noch nicht beantwortet: Was von deiner Erzählung ist wahr?«

»Alles, bis zum letzten Heiligabend. Denn der ist erst kommende Woche. Die Familie und das Unglück habe ich auch fabuliert. Aber nur um zu verdeutlichen, was hätte passieren können, oder was irgendwann wahrscheinlich passiert wäre. Ich will so nicht mehr leben.«

Sie griff seine Hand, spielte mit dem goldenen Ring an seinem Finger. »Dann wirst du ab nun ein hehres Leben führen?«

Der Werkelmann nickte.

»Woher kommt dein Sinnesumschwung?«

Er sah ihr in die Augen. »Als wir uns vor elf Monaten kennenlernten, war ich gerade wieder einmal von Reue ob meiner letzten Untaten zerfressen. Du weißt schon, Reue, die verschwimmt, und so. Normalerweise ebben die Schuldgefühle erst im April oder Mai ab. Aber als ich dich sah, waren sie wie weggeblasen. Zum ersten Mal in meinem Leben hatte ich einen Grund, mich zu ändern. Etwas, wofür es sich lohnt, redlich zu werden.«

»Ist Redlichkeit nicht Lohn genug?«

»Nicht da, wo ich herkomme. Dort war jeder nur auf seinen eigenen Vorteil bedacht.«

»So bin ich der Grund, warum du es dir heuer anders überlegt hast?«

»Das dachte ich zumindest.« Ferdinand schluckte. »Aber dann kam die Weihnachtszeit. Und mit ihr der innere Drang, etwas zu wiederholen. Etwas zu tun, von dem ich dachte, dass ich es besonders gut kann.«

Ferdinands Augenmerk wanderte hinter seine Gemahlin zu der einfachen Wiege, in der ein Neugeborenes selig schlummerte.

»Aber als ich vor wenigen Tagen unser Peterchen das erste Mal im Arm halten durfte, geschah etwas Seltsames mit mir. Plötzlich verblassten all jene Dinge, die mir zuvor noch als so dringlich erschienen waren, und all meine Sorgen drehten sich nicht mehr um mich, sondern nur mehr um ihn. Er hat einen besseren Vater verdient, als ich einen hatte.«

Milli lächelte gerührt. »Peterchen ist unser Christkind. Und ich weiß, dass du alles für ihn geben würdest. Mir jedoch gibst du auch noch etwas: das Versprechen, nie wieder unredlich zu sein. Wir mögen nicht viel besitzen. Doch wir haben genug, denn wir haben uns.«

Der Werkelmann nickte. »Das verspreche ich dir.«

Seine Frau deutete auf die Liste. »Und du wirst bei allen Adressen auf deiner Liste das Werkel drehen und das Geld, das man dir zuwirft, für einen guten Zweck spenden.«

Wieder nickte der Drahrer.

Die beiden küssten sich, lang und innig.

Das Neugeborene öffnete die Augen, blickte verwundert um sich – und begann, bitterlich zu weinen.

Milli nahm das Kind in den Arm.

Ferdinand stellte sich hinter seine Drehorgel, betätigte die Kurbel. Die Pfeifen begannen zu singen, eine weihnachtliche Melodie erfüllte die Stube.

Peterchen hörte auf zu weinen.

IV.
Mörderische Weihnacht

1905

Ihr Hirten, erwacht!

(Text: Heinrich Bone, 1847 / Melodie: Köln, 1852)

Ihr Hirten, erwacht! Erhellt ist die Nacht.
Wie strahlt's aus der Ferne, wie schwinden die Sterne!
Es naht sich, es naht sich die leuchtende Pracht!
Der Herr ist zugegen mit himmlischer Macht.

»O fürchtet euch nicht vor göttlichem Licht!«
So tröstet in Freude auf Bethlehems Weide
ein Engel des Herrn die Hirten im Feld,
ein Bote des Friedens der sündigen Welt.

Nicht länger verweilt, nach Bethlehem eilt!
Da liegt im Stalle das Heil für euch alle,
ein Kindlein geboren in Armut und Not,
um siegreich zu wenden die Sünd und den Tod.

Die Hirten geschwind hineilen zum Kind,
froh singen die Chöre der himmlischen Heere.
Im Stalle die Hirten dem Kinde sich nah'n,
erkennen die Gottheit und beten es an.

»Ich kann nicht mehr!«

Die Stimme der jungen Frau wurde jäh vom Sturm verschluckt, sodass es aussah, als würden ihre Lippen nur stumme Laute formen.

Doch ihr Gemahl verstand trotzdem. »Wir müssen weiter, mein Liebling, sonst erfrieren wir!«

Auch sie wusste, was ihr Mann ihr zurief.

Aber nicht nur die Stimmen der beiden wurden von dem entsetzlichen Schneesturm verschluckt. Auch alles andere rund um den Pferdewagen hatte scheinbar aufgehört zu existieren. Die Felder rund um das Paar ergossen sich in eine milchig-graue Suppe, der schmale Weg vor ihnen löste sich im Nichts auf.

Das Heulen des Windes dröhnte unsäglich in den Ohren. Die scharfkantigen Eiskristalle, die Glassplittern gleich durch die Luft gepeitscht wurden, betäubten jedes Fleckchen Haut, das ihnen ausgesetzt war, und erblindeten die Augen. Die Kälte krallte sich in alle Gliedmaßen bis auf die Knochen, ließ den ganzen Körper taub, beinahe gefühllos werden. Und Sturmböen rüttelten an dem alten Fuhrwerk, als wollten sie es auseinanderreißen.

Thomas Sullivan hockte starr und mit blauen Lippen am Kutschbock, in eine Filzdecke gehüllt und die Zügel in der zitternden Hand, ein Stoßgebet nach dem anderen in Gedanken sprechend.

Melissa Sullivan, die neben ihm saß, war in gleich drei Filzdecken gewickelt, hatte den linken Arm unter den ihres Mannes gehakt, damit sie mehr Halt auf dem hin und her schwankenden Wagen hatte. Mit dem rechten Arm krallte sie nicht nur die Decken fest, sondern darunter auch Maggie, ihre einjährige Tochter, die mit zunehmendem Sturm ungewöhnlich ruhig geworden war.

Doch noch spürte Melissa, dass ihr Kind lebte, dass sie alle am Leben waren. Es stellte sich nur die Frage, für wie lange …

Wenige Stunden zuvor war der Himmel noch blitzblau gewesen und die Sonne prächtig strahlend im Zenit gestanden. Die tief verschneite Winterlandschaft hatte so herrlich gefunkelt, als wäre sie mit unzähligen Kristallen bestreut worden.

»Vor Einbruch der Dunkelheit sind wir in Sutterton, mein Liebling«, hatte Thomas versichert. »Dort erwartet uns nicht nur das Weihnachtsfest bei meinen Eltern, sondern ein neues Leben.«

Wohlgelaunt hatte Melissa ihm einen Kuss gegeben und dann das Ganze noch einmal mit allen nur erdenklichen Verniedlichungen Maggie erzählt. Das Mädchen hatte vor Freude gequietscht und unbeholfen nach dem Gesicht ihrer Mutter gegrapscht.

Immer weiter gen Osten hatte Thomas' alter Gaul das Gespann gezogen, auf dessen Ladefläche alle Habseligkeiten des Paares verzurrt lagen.

Das Unwetter, das sich linkisch von hinten an sie angeschlichen hatte, bemerkten die beiden erst, als es schon zu spät war – zu weit zurück lag das letzte Gasthaus, unerkennbar, wo der nächste Hof oder die nächste Scheune Unterschlupf bieten würde.

So mussten sie das Fuhrwerk weiterhin entlang des Weges lenken, der mit zunehmendem Gestöber immer kürzer zu werden schien.

Nun, inmitten des weißen Infernos, gegen das sich Pferd, Wagen und Menschen stemmten, wussten Thomas und Melissa insgeheim, dass ihnen nur mehr ein glücklicher

Zufall das Leben retten könnte, denn es würde noch viel schlimmer werden. Die Dämmerung brach herein. Und mit ihr die Gewissheit, in einer pechschwarzen Hölle aus Schnee und Eis zu sterben ...

Eine Stunde später war eingetreten, wovor Thomas und Melissa sich so sehr gefürchtet hatten: die Nacht. Zumindest führte der Weg nun durch einen Wald, der die schlimmsten Spitzen der Sturmböen ächzend und knarzend abfing.

Die Nacht brachte allerdings nicht nur die Finsternis mit sich, sondern auch eine kaum mehr vorstellbare Verschlimmerung der Kälte.

Mit einem Mal zog Thomas an den Zügeln. Archibald, der Gaul, blieb stehen. Auch er schien nur noch jene Bewegungen zu machen, die unbedingt vonnöten waren – kein Schütteln der Mähne, kein belustigtes Schnauben. Leicht schwankend stand das Pferd da, dem Schicksal ergeben wie seine Besitzer.

»Was machst du?«, rief Melissa mit zitternder Stimme.

Thomas schälte sich aus seiner ihn schützenden Umhüllung. »Ich gebe Archibald die Decke. Sonst erfriert er.«

Melissa hielt ihren Mann am Arm fest. »Aber ohne Decke wirst du erfrieren.«

Thomas rang sich ein Lächeln ab. Zumindest vermutete das seine Gemahlin, weil sich seine Augen verengten – das Einzige, was zwischen Wollhaube und Schal hervorblitzte.

»Ohne Archie werden wir nicht überleben«, rief er mit matter Stimme. »So habt zumindest ihr beide noch eine Chance, einen Unterschlupf zu finden.«

Melissa wollte Thomas davon abhalten, fühlte sich dafür jedoch zu kraftlos.

Thomas stand neben dem zitternden Pferd. Er holte mit der Decke aus und warf sie über den Rücken des Zugtiers. Mit einem Mal durchfuhr dieses ein Schauder, als würde es vor Kraft nur so strotzen. Es spannte alle Muskeln an, reckte den Kopf – dann knickte das Tier auf den Vorderläufen ein.

Sein Kopf schlug auf dem vereisten Weg auf. Kniend und seltsam verdreht blieb es in dieser Stellung verharrt.

Thomas lief nach vorn, fasste das Pferd an den Nüstern. Dann wandte er sich Melissa zu, den Blick leer.

Archibald war tot.

Kraftlos sank nun auch Thomas auf die Knie. Melissa drückte Maggie an sich.

Eine gefühlte Ewigkeit verstrich, als der Wind plötzlich drehte. Mit donnerndem Tosen schüttelte er Schneebrocken aus den Baumkronen, ließ sie zur Erde donnern und einschlagen, als würden sie aus Mörsern abgefeuert.

Was die Änderung der Windrichtung jedoch auch bewirkte, war, dass sich der Wald zu »lichten« schien.

Thomas maß dem Ganzen erst keinerlei Bedeutung zu, denn Resignation und die Akzeptanz des nahenden Todes hatten das Ruder in seinem Inneren übernommen. Dennoch kniff er reflexartig die vereisten Augenlider zusammen.

Spielte ihm seine Psyche noch einen letzten grausamen Streich, bevor sich die irdische Last für immer von seinen Schultern löste?

Er reckte den Kopf nach vorn, bis er Übergewicht bekam und sich mit den Händen auf dem Schnee abstützen musste. Langsam kroch er vorwärts, in den Wald hinein, zielgerichtet auf eine Stelle zu, wie ein Spürhund, der die Witterung aufgenommen hatte.

Mit allerletzter Kraft sprang er auf, lief zu Melissa, die, gänzlich in Decken gehüllt, bereits wie ein verschneiter

Teil des Waldes aussah. Er rüttelte sie. Doch anstatt einer Reaktion kippte sie auf ihn zu und fiel vom Kutschbock.

Er fing sie auf, vergewisserte sich, dass sie immer noch Maggie fest umschlossen hielt.

Dann stakste er unbeirrbar durch das Unterholz auf etwas mitten im Wald zu ...

Seine Frage hatte der Diener nicht vollenden können. Mit dem Kopf voran war Thomas in die Eingangshalle gestolpert, hatte sich wie im Wahn umgesehen und war dann in den ersten Salon gestürzt, in dem ein Kaminfeuer brannte.

Nah genug, um möglichst viel Wärme zu erhaschen, aber doch in sicherem Abstand zum lodernden Feuer hatte er Melissa gelegt, sie aus den Decken ausgewickelt. Dann hatte er Maggie in die Arme genommen, darauf bedacht, dass ihr die Hitze nicht zu stark werden würde.

Als der Diener mit empörter Miene in den Salon kam, fiel jeder Argwohn von ihm ab. Zu einträchtig wirkten die unangekündigten Besucher. Beim Anblick von Vater, Mutter und Kind hätte man sogar den Eindruck gewinnen können, es handle sich um den Teil eines Krippenspiels.

Hinter dem Diener, der in eine neu geschneiderte Livree gekleidet war, tauchte ein Dienstmädchen auf, das neugierig den Kopf reckte.

»Caldwell, wer um Himmels willen sind diese Leute?«

Der Diener zuckte mit den Schultern. »Woher soll ich das wissen? Sie sind einfach hereingestürmt.«

Er hielt inne.

Vor den beiden Dienern, am Boden liegend, begann Melissa sich zu regen, die bis gerade eben mehr tot denn lebendig gewirkt hatte. Thomas ergriff ihre Hand. Langsam öffnete sie die Augen.

Das Dienstmädchen drängte sich an Caldwell vorbei, verärgert über dessen Lethargie.

Sie stemmte die Hände in die Hüften. »Darf man erfahren, wer Sie sind?« Ihre Worte waren so harsch gemeint, wie sie klangen.

Thomas rappelte sich auf, immer noch Maggie an sich gedrückt. »Entschuldigen Sie vielmals, aber Sie sehen ja: Viel hat nicht mehr gefehlt und wir wären erfroren. Thomas Sullivan. Meine Gemahlin Melissa. Und das ist Margret, unser Sonnenschein.«

Die beiden Diener tauschten einen beredten Blick, hinter dem sich noch etwas anderes zu verbergen schien.

»Caldwell? Leslie?«, tönte es von einem anderen Zimmer her. Die beiden Diener zuckten zusammen.

Einen Augenblick später betrat ein älterer Mann den Salon, mit hagerem, strengem Gesicht und weißen Schläfen. Er trug einen vornehmen schwarzen Frackrock, ein weißes Hemd mit steifer Brust aus Pikee, das drei Knöpfe aus Brillanten zierte, und einen weißen Querbinder.

Beim Anblick der zerlumpten Sullivans verfinsterte sich seine Miene noch mehr. »Wer zur Hölle sind diese Leute? Und was haben Sie auf meinem Landsitz zu schaffen?«

»Thomas Sullivan«, stellte sich der Angesprochene vor, danach seine Frau und sein Kind, und schloss mit den Worten: »Sie sind unsere Rettung. Wir sind Ihnen zu ewigem Dank verpflichtet, Mister –«

»Sir Augustus Shaw«, stellte der Lakai seinen Dienstherrn vor, wobei seine Worte wie eine Drohung klangen.

Der Hausherr räusperte sich. »Sie schulden mir überhaupt nichts, Mister Sullivan, denn Sie werden mein Anwesen augenblicklich wieder verlassen.«

Thomas spürte, wie ihm die Knie weich wurden. »Ich bitte Sie, nein, ich flehe Sie an! Wir würden keine Stunde in dem Schneesturm überleben.«

»Das hätten Sie sich überlegen müssen, bevor Sie Ihre Familie in eine derart ausweglose Situation manövriert haben, meinen Sie nicht? Sie sind Ihres eigenen Glückes Schmied, nicht ich.«

Thomas senkte schuldbewusst das Haupt.

Nun drängte sich eine stattliche Frau Anfang fünfzig, gezwängt in eine verschwenderische Ballrobe, an den beiden Dienern vorbei, die immer noch inmitten der großen Flügeltür standen.

»Augustus, mein Bester, was ist denn los? Wir warten nur auf – Grundgütiger! Wer sind diese Leute?«

»Niemand, Daisy, das ist niemand«, winkte der Hausherr ab. »Sie gehen gerade wieder.«

Als die Dame Maggie erblickte, funkelten ihre Augen. »Was für ein bezauberndes Geschöpf. Wie heißt du denn?«

»Margret«, antwortete Thomas. »Also, Maggie.«

»Maggie.« Daisy neigte verzückt den Kopf. »Was für ein Goldengel.«

Ungläubig betrachtete das Kleinkind jene, die sie so neugierig anstarrte. Ihrem angestrengten Gesichtsausdruck nach zu urteilen, gingen ihr fieberhaft Überlegungen durch den Kopf.

Daisy riss sich von Maggie los, fasste Sir Shaw am Arm und zog ihn hastig aus dem Salon.

Die Dienerschaft blieb ebenso ratlos zurück wie Thomas und Melissa.

Ein Wortgefecht klang herein, dann die Schritte zweier Personen, die sich entfernten. Leslie bedeutete Caldwell, abzuwarten.

Kurze Zeit später näherten sich wieder Schritte, diesmal jedoch nur von einer Person. Sir Augustus Shaw betrat wieder den Salon, ein sinistres Lächeln auf den viel zu schmalen Lippen.

»Verzeihen Sie meine rüde Art von vorhin«, sagte er zu Thomas und faltete dabei bittend die Hände. »Sie und Ihre geschätzte Gemahlin müssen wissen, dass ich den Abend vor Weihnachten stets in lieber Gesellschaft verbringe. Ich pflege alles gut zu planen und schätze Unerwartetes nicht sonderlich.«

»Es tut uns von Herzen leid«, setzte Melissa an, doch eine Handbewegung des Hausherrn ließ sie verstummen.

»Ich möchte Ihnen beiden einen Vorschlag unterbreiten«, fuhr Sir Shaw fort und wies mit einer Geste aus dem Salon. »Wenn Sie mir folgen möchten.«

Ein Kamin, so groß, dass ein Ochse darin Platz gehabt hätte, darin prasselndes Feuer. Eine prächtig geschmückte Tanne. Eine mit edlem Porzellan gedeckte Tafel, deren Vielzahl an Silberbesteck erahnen ließ, welch üppiges Festmahl kredenzt werden würde. Und sieben Personen, allesamt um die fünfzig und festlich gekleidet, die Thomas und Melissa zu erwarten schienen.

»Darf ich vorstellen?«, bemühte sich Sir Shaw. »Lord Rupert Citrine und Lady Julia. Sir Percy Moorhouse und Lady Daisy. Sir Walter Wheeler und Lady Hazel.«

»Es ist uns eine Ehre. Thomas und Melissa Sullivan. Und das ist Margret. Entschuldigen Sie die Störung.«

Daisy, die den Hausherrn beiseitegenommen hatte, trat vor. »Ich bitte Sie, morgen ist doch Weihnachten. Das Fest der Barmherzigkeit.«

Thomas verneigte sich, Melissa machte einen Knicks.

»Ich weiß natürlich«, warf Sir Shaw mit Blick auf die Festtafel ein, »dass Heiligabend traditionell der letzte Fastentag sein sollte. Aber wo wären Leute wie wir, wenn wir uns an Konventionen halten würden?«

Die Adeligen hoben zustimmend ihre Wein- und Likörgläser und tranken.

»Aber natürlich ist Weihnachten auch ein Fest der Freude.« Sir Shaw lächelte. »Und zu unserer Freude gehört, dass wir alljährlich bei einem Spiel gegeneinander rittern.«

Die Gäste schien der bloße Gedanken an das, wovon der Hausherr sprach, zu erregen.

»Ein Spiel?«, fragte Melissa bemüht. »Wie fein.«

Sir Shaw klatschte in die Hände. »Oh ja, und ein wahrlich vortreffliches! Aber was macht ein Spiel erst wirklich spannend? Natürlich der entsprechende Einsatz.« Er begutachtete Thomas und Melissa. »Das Problem, das sich nun stellt, ist, dass Sie, wollen Sie hierbleiben, mitspielen müssen.«

Thomas nickte, ohne zu wissen, worauf der Adelige hinauswollte.

»Ich möchte Ihnen nicht zu nahe treten, Mister Sullivan, aber es drängt sich mir nicht der Eindruck auf, dass Sie sich den Einsatz von zweihundert Pfund leisten können.«

»Zweihundert –?« Melissa blieb der Mund offen.

»Sie haben recht«, meinte Thomas zurückhaltend. »Dafür muss ich über zwei Jahre hart arbeiten. Und es übersteigt auch bei Weitem alles, was wir –« Er schluckte. »Wir haben nur das, was auf den Wagen geschnallt ist, draußen im Wald. Unser Pferd ist erfroren.«

Sir Shaw lächelte großmütig. »Aber, aber, stellen Sie Ihr Licht doch nicht derart unter den Scheffel. Sie haben sehr wohl etwas anzubieten.« Er blickte auf Maggie, die in Melissas Armen mit roten Bäckchen schlummerte.

»Percy und Daisy haben sich immer schon ein Kind gewünscht und wären bereit, Ihren Einsatz zu übernehmen.«

»Ich … verstehe nicht ganz«, stammelte Melissa. »Wollen Sie etwa, dass wir Ihnen unser Kind überlassen?«

»Um Himmels willen, nein!«, rief Daisy aus und fügte sogleich hinzu: »Nur für den Fall, dass Sie das Spiel nicht gewinnen. Ich schwöre bei Gott, der kleinen Maggie wird es bei uns an nichts fehlen, im Gegenteil: Wir werden dem Engelchen Dinge bieten, von denen Sie nur träumen können.«

Melissa schüttelte energisch den Kopf.

»Überlegen Sie weise«, beharrte Daisy. »Ihresgleichen zeugt doch andauernd Kinder, und die Chancen, dass dieser Wurm in Ihren Armen das zehnte Lebensjahr erreicht, sind bei Weitem geringer, als wenn es bei uns aufwachsen würde. Bei Weitem!«

Wieder ein Kopfschütteln der Mutter.

»Dann muss ich Sie bitten, mein Haus zu verlassen.« Sir Shaws Worte duldeten keinen Widerspruch.

Thomas rang nach Haltung. »Aber da draußen sterben wir!«

»Fürwahr. Oder Sie leben hier drin. Ihre Entscheidung. Aber bedenken Sie bitte: Wenn Sie mitspielen, blickt Ihr Kind einer rosigen Zukunft entgegen, so oder so. Denn wenn Sie gewinnen, erhalten Sie eintausendfünfhundert Pfund.«

Er blickte auf seine Taschenuhr. »Ich gebe Ihnen eine Minute Bedenkzeit. Es erwarten Sie ein heißes Bad und neue Kleidung, die ich gerne spende. Ihr Kind wird für den Rest des Abends bestens betreut. Und am anschließenden Festmahl dürfen Sie natürlich ebenfalls teilhaben, immerhin ist morgen Weihnachten.«

Thomas und Melissa sahen sich fassungslos an. Jeder von beiden versuchte, etwas zu sagen, ohne Ergebnis.

Indes schien die Ratlosigkeit der beiden die anderen Gäste zu amüsieren.

Schließlich zischte Thomas: »Ich weiß, dass es falsch ist. Aber welche Wahl haben wir?«

»Wir könnten doch versuchen, draußen –« Melissa brach ab. Immer noch donnerte der Sturm gegen die geschlossenen Fensterläden. Sie wusste, dass sie im Freien keine halbe Stunde mehr überleben würden.

»Spielen wir bei diesen reichen Spinnern mit. Vielleicht fällt uns noch was ein. Ich glaub an uns, mein Liebling.«

Er drückte ihre Hand. Melissa war den Tränen nahe.

Entschlossen steckte Sir Shaw seine Taschenuhr wieder in die Westentasche, sah zu Thomas und Melissa. »Eine Minute ist um. Wie haben Sie entschieden?«

Hand in Hand standen Thomas und Melissa da. Er, gekleidet in die Livree eines Dieners, sie in ein blaues Kleid, das ihr eine Spur zu groß war. Beide hatten ein heißes Bad genommen, das ihren immer noch unterkühlten Leibern wieder Leben einhauchen konnte. Thomas hatte sich sein kurzes schwarzes Haar zu einem Scheitel gekämmt, Melissa sich die langen blonden Haare zu einem Dutt gesteckt. Gemeinsam teilten sie nun das Gefühl, dass ein grauenhaftes Unheil in der Luft lag.

Wieder klatschte Sir Shaw in die Hände. Das Feuer des monströsen Kamins im Rücken, wirkte er wie der Zeremonienmeister des Teufels.

»Ich entschuldige mich für die Verzögerung am heutigen Abend, darf aber zugleich verkünden, dass wir zwei neue Mitspieler gewinnen konnten.«

Vornehm leiser Applaus erschallte.

»In der Zwischenzeit habe ich alles auf neun Kontestanten erweitern lassen, jener Anzahl, in der wir vor zwei Jahren spielten.«

Die Nennung besagten Spiels erweckte bei den Adeligen offenbar gefällige Erinnerungen.

Sir Shaw wandte sich an die Sullivans. »Ich weiß, Sie fragen sich bestimmt, was genau zu tun ist. Lassen Sie mich Ihre Bedenken zerstreuen, denn Sie brauchen nur zu lösen, was geschehen wird.«

Vor Anspannung drückte Melissa Thomas' Hand so fest, dass der versuchte, sich aus dem Griff zu winden. »Und ... was wird geschehen?«

»Geduld«, lachte Sir Shaw. »Aber seien Sie gewiss: Wenn es geschieht, dann bleibt es nicht unbemerkt.« Er breitete die Arme aus. »Und nun erkläre ich das diesjährige Weihnachtsspiel für eröffnet!«

Caldwell und Leslie gingen reihum, einen Fächer aus Kuverts in Händen, von denen jeder der Anwesenden eins zog.

Dann, wie auf Zehenspitzen, schlichen die Adeligen schweigend aus dem Saal, jeder sein Kuvert umklammert, als hinge sein Leben davon ab.

Thomas und seine Frau blieben zurück, unschlüssig, was sie tun sollten.

Melissa stieß ein Knurren aus, setzte sich auf einen der kostbaren Stühle und riss ihr Kuvert auf. Als Erstes zog sie eine Karte hervor, auf der mit schwarzer Tinte geschrieben stand:

Ene mene minn,
Steh ich davor, bin ich schon drin.

Doch weh mir, wenn ich drinnen bin,
Lieg doch davor, das Leben hin.

Thomas tat es ihr gleich, las und hielt ihr nun seine Karte hin, deren Wortlaut ident war.

»Ein … Kinderrätsel?«

Er zuckte mit den Schultern, besah sich die beiden anderen Karten im Kuvert. Auf beide waren Symbole gezeichnet – ein Federkiel und ein Wappen mit einer Krähe.

Melissas Karten zierte ein Holzscheit und ebenfalls ein Wappen, allerdings mit einem Einhorn darauf.

»Ich verstehe rein gar nichts«, meinte Thomas tonlos.

»Ich ebenso wenig. Aber das Rätsel scheint den ersten Hinweis zu liefern.« Melissa las erneut die Karte, ließ dann den Blick über den prunkvollen Saal gleiten, in dem es trotz dessen Größe angenehm warm war.

»Vor was kann ich mich stellen, wo ich sogleich drin bin?«

Thomas kratzte sich am Kopf. »In einen Schrank? Nein.«

Melissa seufzte angespannt. Sie griff sich ein Glas, in das Rotwein eingeschenkt war, und trank. Dann fiel ihr Blick auf die purpurrote Oberfläche des Traubensafts, in dem sie verschwommen ihr eigenes Antlitz sah.

»Ein Spiegel!«, rief sie aus. »Wir müssen nach einem Spiegel suchen!«

Melissa sprang auf, schnappte sich Thomas' Hand und stürmte aus dem Salon.

Melissas Aufschrei schallte durch das weitläufige Herrenhaus. Thomas und seine Gemahlin standen in einem Nebenraum vor einem riesigen Spiegel, der sich vom Parkettboden bis zum Plafond erstreckte. Davor lag reglos ein junger Mann, das Gesicht zum Boden, in ärmlicher Kleidung. Unter ihm hatte sich eine rote Lache ausgebreitet. Daneben befand sich ein weiteres Kuvert.

Vor dem Opfer stand Leslie, als würde sie darüber wachen.

»Ist er … ist er tot?«, stammelte Melissa, unfähig, den Blick abzuwenden. Thomas hatte den Arm um sie gelegt.

»Wo denken die Herrschaften denn hin?«, antwortete das Dienstmädchen mit ernster Miene. »Er ist ein Teil des Spiels, so wie alle anderen heute Abend auch.« Flüsternd fuhr sie fort: »Ich rate Ihnen, schnell den Inhalt im Kuvert zu verinnerlichen, bevor die anderen hinzukommen.«

In dem Augenblick stürmten Lord Rupert und Lady Julia in den Raum, gefolgt von den beiden anderen Paaren. Als Letzter kam Sir Shaw hinzu.

»Die Reihenfolge bestimmt die Reihenfolge!«, verlautbarte Leslie in einer Lautstärke und mit einer Vehemenz, die ansonsten als äußerst ungebührlich betrachtet worden wäre. Nun aber stieß sich keiner der Herrschaften daran. Wie die Ärmsten reihten sie sich hintereinander und warteten, als stünden sie bei einer Suppenküche an.

Thomas hob das Kuvert auf, stutzte. Hatte sich der Mann am Boden gerade bewegt?

Melissa riss ihm das Kuvert aus der Hand, öffnete es und las von der Karte, die darin steckte, allerdings so, dass sie sonst niemand sehen konnte.

Der Stärkste wird von mir bezwungen,
Irdisches niedergerungen.
Manchmal bin ich wie der Wind,
Manchmal trotzig wie ein Kind.
Sehen wirst du mich doch nie,
Biete ewig dir Logis.

Während ihr Überlegungen durch den Kopf rasten, schob sie die Karte in das Kuvert zurück, legte es auf den gleichen Fleck, wo sie es vorgefunden hatte, und lief aus dem Raum, gefolgt von Thomas.

Beim großen Treppenhaus angekommen, machten sie Halt.

»Hast du dir das etwa alles gemerkt?« Er sah seine Frau ungläubig an.

»Es ist ein sechszeiliger Reim, Thomas, nicht das Neue Testament.« Melissa wiederholte das Gedicht, kaute dabei am Nagel ihres linken Zeigefingers. »Was besiegt den stärksten Mann?«

»Zu viel Ale?«, versuchte sich ihr Gemahl im Scherz, wurde jedoch gleich wieder ernst. »Ein Schwert oder eine andere Waffe?«

»Schon. Aber ein Schwert ist nicht wie der Wind.«

Während Thomas und Melissa sich anstrengten, das Rätsel zu lösen, liefen Lord Rupert und Lady Julia aus dem Zimmer mit dem Spiegel und weiter, die Treppen hinauf in den zweiten Stock.

Sir Walter und Lady Hazel eilten ins Erdgeschoss hinunter, gefolgt von Sir Percy und Lady Daisy.

»Ob die hohen Herrschaften schon des Rätsels Lösung haben?«

Melissa zuckte mit den Schultern. »Wir haben sie auf alle Fälle noch nicht. Meinst du, es geht Maggie gut?«

Thomas strich seiner Frau über die Wange. »Mit Sicherheit, mein Liebling. Das andere Dienstmädchen ist ja die ganze Zeit bei ihr.«

»Die ganze Zeit?« Melissa erstarrte einen Augenblick lang. »Die Zeit. Das ist die Lösung. Sie besiegt den stärksten Mann. Sie verstreicht zuweilen schnell oder langsam. Und nach dem Tod wird sie für einen ewig sein.«

Sie drückte ihrem Mann einen Kuss auf die Wange. »Wir müssen nach Uhren suchen.«

Nachdem das Ehepaar Dutzende Kaminuhren und Wanduhren in den verschiedensten Räumen des Herrenhauses gefunden und inspiziert hatte, standen Thomas und Melissa nun vor einer großen Standuhr in einem Salon, dessen Fensterläden zugezogen waren, das Mobiliar darin mit Leintüchern zugedeckt.

Nur eine Lampe spendete ein wenig Licht.

Thomas tastete mit der Hand hinter den Uhrkasten und zog ein Kuvert hervor.

»Wer sagt's denn! Aber das hat schon jemand vor uns gefunden«, meinte er und deutete auf den eingerissenen Schlitz. Er zog die darin enthaltene Karte heraus.

Leute mache ich fürwahr,
Wärme dich das ganze Jahr.
Bin am Sonntag äußerst fein,
Ohne mich willst du nicht sein.

Thomas starrte seine Frau an. »Das ist die Kleidung.«

»War ja ein Leichtes«, entgegnete sie mit verschmitztem Lächeln. »Wo ist ein Ankleidezimmer?«

Die beiden liefen gerade los, als erneut ein Aufschrei durch das Haus schallte.

»Sir Shaw will, dass es diesmal anders abläuft als gewöhnlich«, erklärte Caldwell, flankiert von Leslie. Hinter den beiden Dienstboten im Ankleidezimmer ihres Herrn stand eine Kommode, auf der ein Silbertablett lag, darauf der Kopf von Sir Augustus Shaw.

Sein fahles Antlitz war offensichtlich bleich geschminkt, die Flüssigkeit rund um seinen Hals war zwar rot, aber dicker als Blut.

Thomas und Melissa stießen zu den anderen Adeligen, die sich bereits versammelt hatten.

»Ah, das kenne ich«, raunte Thomas. »Das hab ich einmal bei einem Wanderzirkus beobachtet. Der Kopf ist nicht abgeschnitten, denn sein Körper steckt in der Kommode.«

»Ich darf doch sehr bitten!«, tadelte ihn Caldwell scharf. »Sir Shaw hat sich für uns ›geopfert‹, damit das Spiel noch spannender wird.«

Er nahm das Kuvert, das neben dem Kopf lag, öffnete es und las laut vor:

Erst höhnst du mich, dann sehnst du mich.
Bin ich dir nah, dann sträubst du dich.
Umarmt von mir wird dir erst klar:
Nur ein Recht ist für alle da.

»Fürderhin möchte ich alle Teilnehmer ersuchen, nicht mehr durch Ausrufe oder Schreie die anderen in den jeweiligen Raum zu lotsen. Denn am Ende kann es nur ein Gewinnerpaar geben.«

Die Adeligen nickten eifrig, während sie murmelnd das Gedicht wiederholten. Dann stoben sie aus dem Zimmer.

Thomas bemerkte einige rote Flecken neben sich am Parkett, die die gleiche Konsistenz zu haben schienen wie die Flüssigkeit rund um Sir Shaws Kopf. Er tippte mit dem Zeigefinger hinein, roch daran und kostete.

»Rotwein mit Preiselbeermarmelade«, flüsterte er Melissa zu. »Ich hab's ja gesagt. Eine grandiose Täuschung.«

Doch Melissa stand da wie angewurzelt. Ihr Blick ruhte noch immer auf dem Kopf auf dem Silbertablett.

»Ich habe die nächste Lösung«, sprach sie, bar jeden Gefühls.

Thomas griff ihre Hand und zog sie aus dem Zimmer. »Dann sollten wir keine Zeit verlieren!«

»Du verstehst nicht.«

Melissas Antlitz hatte jegliche Lebendigkeit verloren, ihre Augen jeden Ausdruck. »Ich kenne die Lösung.« Sie schluckte. »Es ist der Tod.«

Thomas schien das nicht zu beeindrucken. »Du bist wirklich gut darin. Der Tod, natürlich. In der Jugend verhöhnt man ihn, im Alter sehnt man sich nach ihm. Vielleicht gibt es eine Kapelle im Haus oder eine Gruft oder Ähnliches.«

Mit beiden Händen packte Melissa den Kopf ihres Gemahls, sah ihm tief in die Augen. »Du verstehst nicht. Nicht wir sollen den Tod suchen. Er wird uns ereilen.«

»Jetzt bist du aber närrisch, mein Liebling. Warum sollten sich die Herrschaften wegen eines Spiels umbringen lassen?«

Die junge Frau hielt eisern den Blick. Langsam dämmerte Thomas, wer von beiden gerade närrisch war.

»Und Sir Shaw?«

In diesem Augenblick verließen Leslie und Caldwell das Ankleidezimmer, schlossen die Tür hinter sich und eilten die Dienstbotentreppe hinab.

»Komm.«

Auf Zehenspitzen schlich Melissa wieder zum Ankleidezimmer, öffnete die Tür und huschte hinein.

Thomas tat es ihr gleich.

Kopf und Silbertablett waren nicht mehr da. Allerdings auch keine Aussparung in der Kommode, durch die der Gastgeber sein Haupt hätte stecken können. Neugierig wie ein Kind untersuchte Thomas das Möbelstück, hoffend, doch noch den Trick zu durchschauen.

Melissa öffnete derweilen eine Schranktür nach der nächsten. Schließlich hielt sie inne.

»Oh nein.«

Thomas wandte sich um, sah, was seine Frau entdeckt hatte: Im Schrank kauerte der Körper von Sir Shaw, den abgeschnittenen Kopf zu seinen Füßen.

»Was machen wir nun?«

»Nichts können wir tun.« Thomas sah hektisch um sich. »Wenn wir das Anwesen verlassen, erfrieren wir. Wenn wir bleiben, ereilt uns vermutlich das gleiche Schicksal.«

»Aber wir scheinen die einzigen Teilnehmer zu sein, die wissen, dass es um Kopf und Kragen geht. Wir suchen uns Waffen und verkriechen uns mit Maggie oben in einem der kleinen Zimmer. Vielleicht finden sie uns nicht.«

»Vielleicht wollen sie das auch gar nicht.«

Caldwell und Leslie standen in der Tür.

Thomas stellte sich schützend vor seine Frau. »Keinen Schritt weiter!«

Caldwell lächelte kühl. »Was wollen Sie? Am heutigen Abend gewinnen? Wollen Sie das Preisgeld?«

»Nichts von alledem. Ich will nur meine Familie sicher wissen, das ist alles.«

»Nun gut. Sie haben nichts mit alldem zu tun. Wenn wir es zu Ende gebracht haben, erfahren Sie auch, warum wir es taten. Und Sie werden verstehen.«

»Bis dahin«, ergänzte Leslie, »sollten Sie nach Maggie

sehen und bei ihr bleiben. Und machen Sie nichts Unüber-legtes. Der Schneesturm ist noch immer so stark wie bei Ihrer Ankunft.«

Mit dem Handrücken wischte sich Melissa eine Träne aus dem Auge. »Versprechen Sie, dass Sie Maggie nichts antun werden?«

Die beiden Dienstboten tauschten einen Blick. »Sie haben unser Wort.«

Die heiße Gemüsesuppe schmeckte köstlich sämig, das dazu gereichte Brot würzig. Auf einer Seite der Tafel saßen Tho-mas und Melissa, Maggie auf dem Schoß. Ihnen gegenüber hatte die Dienerschaft Platz genommen: Caldwell, Leslie und Edith, die sich um Maggie gekümmert hatte.

Die Schreie, die bis vor einer halben Stunde noch durchs Haus gehallt waren, waren nun ebenso verstummt wie die dumpfen Schläge. Keiner der Adeligen war mit dem Leben davongekommen.

»Sie schulden uns noch eine Erklärung«, meinte Tho-mas, als er satt war.

Caldwell nickte. »Sie meinen vielleicht, dass wir kaltblü-tig und aus Raffgier gehandelt haben?«

»Ich meine, Sie schulden uns eine Erklärung.«

»Wohlan.« Caldwell tupfte sich die Lippen mit einer Ser-viette ab. »Als Leslie und ich vor drei Jahren unseren Dienst bei Sir Shaw angetreten haben, dachten wir erst, es handle sich bei dem Spiel um irgendeine Tollheit reicher Spinner. Im Zuge des Spiels mussten die Herrschaften herausfinden, wer den Toten umgebracht hat, daher auch die unterschied-lichen Schilder auf den Karten, die den jeweiligen Familien-stammbaum repräsentierten, sowie die zweite Karte mit einer möglichen Tatwaffe. Doch wir mussten erfahren, dass die Leiche wirklich ein Toter war. Und zwar nicht irgendein Leichnam, den Sir Shaw einem Bestatter abgekauft hatte, um sein morbides Schauspiel wirkungsvoller zu gestalten. Nein. Sir Shaw ließ irgendeiner Familie in irgendeinem Dorf zweihundert Pfund anbieten, damit sie ihm eines ihrer jüngeren oder beeinträchtigten Kinder überließen. Das hielt er dann einige Tage in einem Schuppen auf dem Anwesen eingesperrt, bis er das arme Ding am Tag des Heiligen Abends eigenhändig tötete. Unsere Aufgabe war es unter anderem, den Toten entsprechend dem jeweiligen Spiel zu drapieren.«

»Was ist mit der Polizei?«, warf Melissa ein.

»Das Wort eines Adeligen gegen das eines gemeinen Dieners. Nur beim Gedanken daran spüre ich die Schlinge um meinen Hals.«

»Heuer jedoch kannte ich das Opfer«, fuhr Leslie fort. »Walter, ein sehr einfaches Gemüt von der Seite meiner Großtante. Leider erkannte ich ihn zu spät. Aber ein nächstes Spiel wird es nicht geben. Nie wieder. Sir Shaw war zudem der Letzte seiner Linie.«

»Einfach nur schrecklich.« Melissa wischte mit einem Stück Brot die Reste der Suppe aus dem Teller und hielt es Maggie hin, die schmatzend darauf herumzukauen begann.

Caldwell stand auf. »Wir haben unsere Schuldigkeit getan. Wir wünschen Ihnen morgen eine gute Weiterreise und vor allem Glück und Gesundheit.«

Er sah zur Kaminuhr, die halb eins in der Früh anzeigte. »Und frohe Weihnachten.«

Leslie und Edith erhoben sich ebenfalls, zu dritt verließen sie den Saal.

Thomas und Melissa blieben zurück, satt, aber sprachlos.

Zu der unglaublichen Erzählung, die sie eben vernommen hatten, schwiegen sie.

Mutter und Kind legten sich auf ein Fell vor den Kamin, der immer noch eine behagliche Wärme abstrahlte. Thomas setzte sich neben sie, ein Messer in der einen Hand, einen Schürhaken in der anderen.

»Für den Fall der Fälle«, wie er anmerkte.

Nur mehr der Sturm heulte um das Herrenhaus, in das endlich Stille eingekehrt war.

Thomas schreckte aus dem Schlaf, der ihn irgendwann hinterhältig übermannt hatte. Der Kamin war dunkel und kalt, aber Sonnenstrahlen schnitten gülden durch die Balken vor den Fenstern, bezeugten, dass der Sturm vorüber war.

Ein Kuss erweckte Melissa, ein weiterer Maggie.

»Es ist Zeit.«

Das Paar nahm Decken und Felle, die neben dem Kamin lagen, öffnete die Haustür, an die sich eine mächtige Schneeverwehung angelehnt hatte, und machte sich auf den Weg zu seinem Wagen, um jene Habseligkeiten mitzunehmen, die es zu Fuß tragen konnte.

Als wäre nichts geschehen, funkelte der frische Schnee wieder Diamanten gleich, die Luft war kalt und doch erquicklich.

Als Thomas und Melissa mit Maggie zu der Stelle kamen, wo sie ihren Wagen verlassen hatten, fanden sie nur einen leeren Fleck vor. Fünfzig Schritte weiter jedoch entdeckten sie einen alten Heuschober, darin ihren Wagen – und Archibald, der sie mit einem Wiehern begrüßte.

»Manche Dinge sollte man einfach nicht hinterfragen«, meinte Thomas verblüfft, schickte ein Dankesgebet gen Himmel und stieg auf das Fuhrwerk.

Melissa folgte ihm, weiterhin mit Maggie im Arm.

Er küsste seine Frau und seine Tochter. Dann ließ Thomas die Zügel schnalzen, in der Gewissheit, in wenigen Stunden Sutterton zu erreichen.

Einem Neubeginn entgegenblickend ließen die Sullivans das Herrenhaus, so schnell sie konnten, hinter sich. Hätten sie noch einmal zurückgeblickt, wäre ihnen der Verfall des Hauses aufgefallen. Ebenfalls entgangen war ihnen in der Eile des Morgens die dicke Staubschicht, die den Kaminsims und alles andere bedeckte und davon kündete, dass das Haus schon seit Jahrzehnten gänzlich unbewohnt war …

V.
Tierische Bescherung

1913

Was soll das bedeuten

(Text / Melodie: ursprünglich Teil eines volkstümlichen Hirtenspiels, 17. Jhd.)

Was soll das bedeuten? Es taget ja schon.
Ich weiß wohl, es geht erst um Mitternacht rum.
Schaut nur daher, schaut nur daher,
wie glänzen die Sternlein je länger, je mehr.

Treibt zusammen, treibt zusammen die Schäflein fürbass.
Treibt zusammen, treibt zusammen, dort zeig ich euch was.
Dort in dem Stall, dort in dem Stall
werdet Wunderding sehen, treibt zusammen einmal.

Ich hab nur ein wenig von Weitem geguckt,
da hat mir mein Herz schon vor Freuden gehupft:
Ein schönes Kind, ein schönes Kind
liegt dort in der Krippe bei Esel und Rind.

Ein herziger Vater, der steht auch dabei,
eine wunderschöne Jungfrau kniet auch auf dem Heu,
Um und um singt's, um und um klingt's,
man sieht ja kein Lichtlein, so um und um brinnt's.

Das Kindlein, das zittert vor Kälte und Frost.
Ich dacht mir: wer hat es denn also verstoßt,
dass man auch heut, dass man auch heut
ihm sonst keine andere Herberg anbeut?

So gehet und nehmet ein Lämmlein vom Gras
und bringet dem schönen Christkindlein etwas.
Geht nur fein sacht, geht nur fein sacht,
auf dass ihr dem Kindlein kein Unruh nicht macht!

Die Schlitze im Holz ließen kaum Licht in die Kiste. Die Luft im Inneren des Behältnisses roch scharf und abgestanden, nach Angst und Verderben.

Vor einer gefühlten Ewigkeit hatte man Tilli gepackt und hier eingesperrt.

Den Bewegungen und Geräuschen nach zu urteilen, vermutete sie, dass sie auf ein Fuhrwerk verladen worden war, auf dem sie nun zu einem unbekannten Ort gekarrt wurde.

Tilli fröstelte.

Die winterliche Kälte war gnadenlos in die Kiste gekrochen und hatte das wenige Stroh, das den Boden bedeckte, hart werden lassen.

Doch das Schlimmste, dessen war sich Tilli bewusst, stand ihr noch bevor.

Ein Rucken durchfuhr den Wagen, dann hielt er an.

Draußen herrschte bedrückende Stille. Sie musste sich also fernab jeder Siedlung oder Stadt befinden, mutmaßte die Gefangene, irgendwo, wo niemand ihre Hilferufe hören konnte.

Tilli kauerte sich in eine Ecke, als könnte sie so ihrem Schicksal unentdeckt entgehen.

Erneut rumpelte die Kiste, wurde unsanft auf knirschendem Untergrund abgestellt, wohl mitten im Schnee.

Dann splitterte Holz. Metall quietschte markerschütternd, wurde gewaltsam verbogen.

Der Deckel der Kiste hob sich, während im Gegenzug die Sonne gleißend ins Innere des hölzernen Gefängnisses schnitt.

Tilli wendete den Kopf ab. Sie presste die Augen zu, so sehr schmerzte die Lichtflut.

Da spürte sie, wie sie gepackt und in die Höhe gezerrt wurde.

Spürte, wie man sie wieder absetzte, hinein in bitterkalten Schnee.

Dann herrschte Ruhe.

Zögerlich öffnete Tilli die Augen einen Spaltbreit, sah sich um. Sie hockte inmitten eines Platzes, von dem drei Seiten von einem heruntergekommenen Gehöft flankiert wurden. An die offene Seite grenzte ein Weiher, mit einer Decke aus Eis.

Über Tilli stand eine alte Frau gebeugt, in einfacher, aber sauberer Kleidung. Das weiße Haar hatte sie mit einem roten Tuch bedeckt, ihr ledriges Gesicht war von Falten zerfurcht. In ihren dunkelbraunen Augen funkelte etwas, das Tilli erst einmal in ihrem Leben gesehen hatte – selbstlose Güte.

»Na komm, meine Kleine«, krächzte die Alte und tätschelte Tillis gefiederten Körper. »Du bist nun in Sicherheit.«

Die Gans rappelte sich auf, während ihr Gewicht schmerzhaft auf die Plattfüße drückte – die Mästung, die Tilli während der letzten Wochen über sich hatte ergehen lassen müssen, machte ihr schwer zu schaffen.

Tilli blickte zu der alten Frau hoch, die ihr sanft über den Kopf streichelte.

»Ich bin Eusebia und das ist mein Hof. Dein neues Zuhause. Hier wird dich niemand verspeisen, das verspreche ich dir.«

Tilli schnatterte ihre Überraschung. Niemals hätte sie damit gerechnet, dass sie ihrem Schicksal entgehen könnte. Und schon gar nicht, dass sie auf ein so friedliches und weitläufiges Gehöft kommen würde.

»Dort drüben sind die Stallungen für die großen Tiere«, erklärte Eusebia geduldig und deutete mit ihrem vergichteten Zeigefinger auf einen Seitenteil des Gebäudes. »Nebenan findest du Hühner- und Entenstall, das Ende bewohnen die Schweine. Du kannst überall und nach Herzenslust herumwatscheln, aber hüte dich vor dem Weiher, die Eisdecke ist noch nicht sonderlich dick.«

Die alte Frau richtete sich ächzend auf und griff einen knorrigen Stock, der an der Laderampe des Fuhrwerks lehnte.

»So, meine Liebe, genug geschnattert, jetzt muss ich wieder an die Arbeit gehen. Bis später.«

Mit diesen Worten humpelte Eusebia von dannen.

Tilli sah sich neugierig um, bemerkte, wie in allen dunklen Winkeln des Gehöfts Augen in mannigfaltigen Formen und Farben aufblitzten und sie beobachteten.

Schließlich kam ein Kater mit dreifärbigem Fell auf sie zustolziert, gefolgt von drei Ratten.

Ohne ein »Miau« zur Begrüßung umrundete das Pelzgetier das Federvieh, begutachtete die weiße Gans von allen Seiten.

Dann setzte er sich aufrecht vor sie hin.

»Du bist also die Neue«, raunte er, ohne erkennen zu lassen, ob er es freundlich oder feindselig meinte.

»Ich bin die Tilli«, schnarrte die Gans und verneigte knapp das Haupt.

»Dimoneus«, entgegnete der Kater, das Kinn leicht erhoben. »Ich gebe hier am Hof das Empfangskomitee, gemeinsam mit Jan, Hein und Pitt.«

Die drei Ratten fiepten ein »Hallo«.

»Wir wissen ja nie, welches Tier Eusebia als Nächstes anschleppt und ob es uns wohlgesonnen ist.«

»Ich bin allen Tieren wohlgesonnen!«, protestierte Tilli mit Nachdruck.

Dimoneus warf den drei Ratten einen fragenden Blick zu, den diese mit einem Nicken ihrer Köpfe beantworteten.

»Dann heiße ich dich im Namen von uns allen herzlich willkommen!«

Plötzlich entfuhr dem Kater ein Schnurren, was ihm äußerst unangenehm zu sein schien.

»Ich kann nichts dafür«, rechtfertigte er sich sogleich. »Keine Ahnung, warum mein blöder Körper immer wieder drauflosspinnt.«

»Spinnt?«

»Du weißt schon«, raunzte Dimoneus. »Ich klinge wie das Geräusch, welches das Drehen eines Spinnrades erzeugt.«

Tilli zuckte ahnungslos mit ihren Fittichen.

»Das große Trumm aus Holz, mit dem die Menschen –? Ach, vergiss es. Komm mit, ich will dir die anderen vorstellen.«

Der Kater drehte sich einmal im Kreis, dann schritt er erhobenen Hauptes auf jenen Teil des Gehöfts zu, das Eusebia »Stallungen« genannt hatte.

»Wo kommst du her?«, wollte Dimoneus wissen, ohne sich umzudrehen.

»Von einem Bauernhof«, antwortete Tilli und watschelte ihm hinterher. »Aber der war nicht so groß wie dieser hier. Schweine, Schafe und Ziegen hausten zusammengepfercht auf engstem Raum. Die Menschen waren nur daran interessiert, sie möglichst schnell fett zu bekommen, damit sie sie schlachten und fressen konnten.«

»Diese Angst brauchst du bei uns nicht zu haben«, meinte Dimoneus. »Eusebia ernährt sich ausschließlich von Gemüse und Obst.«

Der Kater warf der Gans einen kritischen Blick zu. »Am Hungertuch musstest aber auch du nicht nagen.«

»Was maßt du dir an?«, plusterte Tilli sich auf. »Ich wurde ohne meine Einwilligung gemästet, damit ich am Weihnachtsabend einen möglichst fetten Braten abgebe! So was ist nicht schön!«

Dimoneus zuckte mit den Schnurrhaaren. »Ist ja schon gut, Eure Gansschaft! Ich finde, die Pausbacken stehen dir.«

Der Stall war sauber gefegt, die Verschläge groß dimensioniert. In einem stand ein Gaul, dem man die Jahre der Schinderei deutlich ansah, und fraß genüsslich Stroh.

»Das ist Friedrich«, sagte Dimoneus und sah zu dem braunfalben Pferd hoch. »Er hat schwere Rückenprobleme, weshalb er keinen Pflug oder andere Lasten mehr tragen kann.«

Der Gaul wieherte ein »Willkommen«.

»Weil er steinalt und sein Fleisch wohl zäh ist, wollte ihn sein Besitzer zu Seife verarbeiten lassen. Aber Eusebia hat ihn gerettet.«

Tilli sah das für sie riesige Tier argwöhnisch an. »Seife? Was ist das?«

Der Kater kratzte sich hinter den Ohren. »So ein stinkender Block, den die Menschen in Wasser tauchen und sich damit abreiben.« Er schüttelte sich angewidert. »Als wäre Wasser alleine nicht schon schlimm genug.«

»Also ich mag Wasser«, zischte Tilli trotzig.

Ohne darauf einzugehen, trottete Dimoneus weiter durch den Stall.

»Maria hier kann kaum noch Milch geben«, erklärte der Kater mit Blick auf die ausgemergelte Kuh, die matt am Stallboden ruhte. »Aber Eusebia ist genügsam.«

Tilli nickte Maria zu, die den Gruß erwiderte, während ihre Ohren unablässig zuckten, um lästige Fliegen zu verscheuchen.

Der Kater und die Gans passierten eine Maueröffnung, die zum Hühner- und Entenstall führte.

»Die Damen hier wollen lieber unter sich bleiben«, raunte Dimoneus verschwörerisch, ohne die Hühner aus den Augen zu lassen, die auf einer Stange hockten. »Sie geben vor, Angst vor mir zu haben. Aber ich glaube, insgeheim mögen sie mich.«

»Tun wir nicht!« Eine braune Henne plusterte sich drohend auf.

Der Kater zwinkerte Tilli zu. »Tun sie doch.«

Der Gans schenkten die Hennen keinerlei Beachtung. Aber das störte Tilli nicht, sie musste nicht mit jedem Vieh lieb Freund sein.

Am Ende des Hühnerstalls stand ein Hahn Spalier. Die Schwanzfedern in kräftigem Dunkelgrün, die goldgelbe Brust stolz geschwellt, mit zinnoberrotem Kamm auf dem Kopf.

Dimoneus blieb neben dem Federvieh stehen, tippte sich zum Gruß mit der Pfote an die Schläfe.

»Alles gut, Julius?«

Doch anstatt eines Krähens vollführte der Hahn nur eine eigenartig anmutende Abfolge von Flügelbewegungen, Kopfverrenkungen und Augenzuckungen.

»Hab ich schon gehört«, meinte der Kater lapidar und wandte sich an Tilli. »Julius hatte eines Tages seine Stimme verloren. Wahrscheinlich erlebte er irgendein psychisches Trauma, als eines Nachts ein Fuchs seinen Stall heimsuchte. Aber darüber will er eigentlich nicht reden.«

Tilli grüßte schnatternd den Hahn, der freundlich den Flügel hob.

»Das heißt ja, dass du deine Besitzer am Morgen nicht mehr wecken kannst«, sagte sie mit Bedauern. »Du Armer.«

»Nun ist er ja bei uns«, beschwichtigte Dimoneus.

Julius musterte die dicke Gans, sprach dann erneut lautlos mit Verrenkungen.

Der Kater stieß ein Lachen aus. »So ist es nicht«, meinte er zu seinem Freund. »Sie wurde gemästet, das arme, kugelrunde Ding.«

Tilli fixierte den Hahn scharf. Dann schritt sie an ihm vorbei, ohne ihn eines weiteren Blickes zu würdigen.

»Du musst Julius entschuldigen«, meinte Dimoneus mit einem Schmunzeln, nachdem er zu Tilli aufgeschlossen hatte. »Der Spaßvogel gackert immer drauflos, wie ihm der Schnabel gewachsen ist.«

»Lustig fand ich ihn nicht.«

»Das wird schon, du wirst sehen.«

Inmitten des Stalls versperrten auf einmal zwei Schweine den Weg – ein großer Eber und eine magere Sau.

»Bist du die Neue?«, grunzte Ersterer.

»Nein, Konni, Tilli ist schon ein Jahr bei uns. Du hast es nur verschlafen«, entgegnete Dimoneus genervt, fügte dann jedoch hinzu: »Natürlich ist sie die Neue!«

»Ich heiße Konrad«, stellte sich der Eber selbst vor. »Und das an meiner Seite ist Elsa.«

»Angenehm. Tilli, wie schon gesagt«, meinte die Gans. »Wo hapert es bei euch?«

Der Eber machte ein pikiertes Gesicht. »Was soll das bitte schön heißen?«

Der Kater winkte mit der Pfote ab. »Alles gut, Konni, das meint Tilli nicht so. Sie muss sich eben erst bei uns einleben.«

Während er sprach, klopfte er der Gans mit der Pfote aufs Federkleid, sodass diese weiterwatschelte.

Nachdem sie die Borstenviecher hinter sich gelassen hatten, reckte Dimoneus den Kopf zu Tilli hoch. »Du weißt doch, dass man sagt, dass Schweine äußerst klug sind?«, flüsterte er.

Tilli nickte.

»Das trifft auf Konni leider nicht zu. Er ist zwar ein ausgebildetes Trüffelschwein, doch kann er sich einfach nicht beherrschen und verputzt die gefundenen Trüffel immer selbst, sehr zum Unmut seiner früheren Herren. Aber er glaubt felsenfest, er sei ob seiner herausragenden erschnüffelten Leistungen hier – und zwar zur Sommerfrische.«

»Aber es ist Winter.«

»Eben. Muss ich mehr sagen?« Dimoneus gähnte. »Das Schwein neben ihm war Elsa. Sie ist zwar nicht dumm, hat aber auch ein Problem.«

»Sie frisst nicht genug, so dürr, wie sie ist.«

»Oh, sie frisst genug«, entgegnete Dimoneus. »Aber sie kotzt alles wieder raus. Jeden Abend.«

»Aber warum –«

Mit seinem Schwanz zog der Kater einen imaginären Kreis um die Gans.

»Oh!« Tilli verstand. »Sie hat Angst, dass sie gefressen wird, wenn sie dick wird. Das hätte ich auch tun können, dann wäre ich nicht so pummelig geworden.«

Dimoneus schüttelte den Kopf. »Essen soll ein Genuss sein, ohne schlechtes Gewissen. Elsa wird das auch irgendwann wieder können.«

Tilli nickte betreten.

»So, nun kennst du die meisten in unserer wunderbaren Menagerie«, meinte der Stubentiger und trottete durch ein niedriges Tor wieder hinaus in den Hof.

Die Gans folgte ihm.

»Was stimmt mit dir nicht?« Kaum hatte Tilli die Worte gesprochen, waren sie ihr bereits unangenehm.

Dimoneus schienen sie jedoch nicht zu beleidigen. »Du hast doch gesehen, dass ich dich mit drei Ratten im Schlepptau empfangen habe?«

Die Gans nickte.

»Das ist mein Problem. Ich mag Nagetiere. Nur eben weder fangen noch fressen. Sie sind meine Freunde.«

»Dann hast du ja gar kein Problem«, lächelte Tilli, »sondern nur ein großes Herz.«

Der Kater wirkte gerührt. »Dort neben dem Haus steht eine kleine Hütte. Darin schläft Anton-Heinrich, ein alter Jagdhund.«

»Ich dachte, Eusebia isst keine Tiere?«

»Tut sie auch nicht. Anton-Heinrich besitzt keinerlei Geruchssinn.«

»Oh!«

»Sei trotzdem ein wenig vorsichtig bei ihm. Er vermeint, etwas Besseres zu sein als wir Übrigen, weil er beim Landadel aufgewachsen ist. Und nie, unter keinen Umständen, kürze seinen Namen ab. Kein Toni, kein Heini, keine sonstige Veränderung. Einfach Anton-Heinrich. Außer du kannst so flink laufen wie ich, dann darfst du dir schon mal ein Späßchen mit ihm erlauben.«

Tilli blickte zu ihren Plattfüßen hinab. »Ich und schnell laufen. Sehr witzig.«

»Ansonsten ist alles schön ruhig am Hof. Wir helfen Eusebia, wo wir können, und, na ja, das ist auch schon alles. Wir leben unser Leben.«

»Hab vielen Dank. Für mich klingt dieser Ort wie der Tierhimmel auf Erden.«

Dimoneus grinste von einem Ohr zum anderen. »Dank meiner Anwesenheit ist er das auch.«

In dem Augenblick ertönte ein Gestampfe, ein Knirschen und Ächzen.

Eine dunkle Kutsche bog in den Hof ein, in dessen Kabine eine ältere Frau saß.

Dimoneus schluckte betroffen. »Oh nein.«

Die Nacht war über das Land gezogen.

Der alles bedeckende Schnee, eben noch weiß glitzernd, erstrahlte nun im blauen Licht des Mondes. Mit der Nacht hatte eine knisternde Kälte Einzug gehalten, die alles in stiller Ehrfurcht erstarren ließ.

Nur im Stall herrschte getriebene Unruhe.

Immer wieder scharrte Friedrich mit den Hufen, knurrte Anton-Heinrich angespannt oder grunzten Konrad und Elsa voll Ungeduld.

Tilli hockte in einer Ecke des Stalls. Unwissend, was auf sie zukommen würde, teilte sie die Anspannung der anderen Tiere. Die Erleichterung, die sie heute Nachmittag verspürt hatte, als sie gedankenverloren über den Hof gewatschelt war und mit dem einen oder anderen Mitbewohner ein kurzes Schwätzchen geschnattert hatte, war nun gänzlich verflogen.

Nur Dimoneus übte sich in stiller Zurückhaltung. Er lag auf einer hölzernen Zwischenwand, knapp eineinhalb Meter über dem Stallboden, den Kopf auf seine rechte Vorderpfote gelegt. Immer wieder schloss er die Augen, um den anderen Tieren zu vermitteln, er würde eindösen. Doch innerlich war der Kater hellwach. Einer musste schließlich den Überblick behalten und die Nerven bewahren.

Einem kleinen Wirbelwind gleich sausten mit einem

Mal drei Ratten in den Stall, platzierten sich in der Mitte der Anwesenden und stellten sich auf die Hinterfüße – Jan, Hein und Pitt.

»Wie ihr wisst«, fiepte Hein, den ein silbriger Streifen am schwarzen Rückenfell zierte, außer Atem, »kam heute Nachmittag unerwarteter Besuch. Es war jener Mensch, mit dem Eusebia vor genau einem Jahr einen fürchterlichen Streit hatte und den sie daraufhin mit dem Besen in der Hand vom Hof jagte. Einige von euch können sich vielleicht noch daran erinnern.«

Ein zustimmendes Raunen, Quieken und Fiepen erfüllte den Stall.

»Es handelt sich dabei um Hedwig, die jüngere Schwester von Eusebia. Und auch dieses Mal verheißt ihr Besuch nichts Gutes. Jan, Pitt und meine Wenigkeit konnten sie am Stubentisch belauschen, und dabei –«

Jan drängte sich vor Hein. »Und dabei vernahmen wir, wie Hedwig ihrer Schwester ordentlich Honig ums Maul schmierte. Sie log ihr vor, wie sehr sie sich freue, sie wiederzusehen, und wie leid ihr der Streit vom Vorjahr tue.«

»Das klingt doch freundlich«, warf Konrad ein.

Jan hob beschwichtigend die Pfote. »Ist es auch. Daher der Ausdruck ›Honig ums Maul schmieren‹.«

Konrad runzelte die borstige Stirn. »Hat Eusebia der Honig geschmeckt?«

Pitt klatschte sich auf die pelzige Stirn. »Herr im Himmel, Konni! Das sagt man nur so! Hedwig hat Eusebia niemals echten Honig ums –«

Er brach ab, atmete tief durch.

»Alles in allem«, fuhr er fort, »endete das Abendmahl zwischen den Schwestern in Wohlgefallen. Aber ich traue dieser Hedwig nicht.«

Dimoneus sprang von seiner erhöhten Position zu Boden. Dann schlich er im Kreis um die drei Ratten. »Das habt ihr formidabel gemacht, Jungs. Wir müssen also auf der Hut sein.«

Er wandte sich an die Kleinste der drei Ratten. »Hein, du übernimmst die erste Wachschicht im Haus. Jan und Pitt, ihr löst ihn jede Stunde ab. Eusebia steht gewöhnlich vor dem ersten Hahnenschrei auf –« Der Kater stutzte, blickte schuldbewusst zu Julius. »War nicht böse gemeint.«

Der Gockel antwortete mit einer Geste, die alle Tiere im Stall auflachen ließ, bis auf Tilli, die der Zeichensprache noch nicht mächtig war.

»Nachdem Eusebia aufgestanden ist, versorgt sie stets zuallererst uns. Dass mir morgen keiner bockig, zickig, schweinisch oder sonst wie schräg drauf ist! Wir müssen Eusebia unterstützen, wo wir nur können, hab ich recht?«

Die Tiere taten ihre Zustimmung kund, wenn auch verhalten, damit niemand im Haus aufschreckte.

»Nach Tagesanbruch will ich, dass immer einer von euch in Eusebias Nähe bleibt.«

Dimoneus schmiegte sich an die Beine des Hundes. »Anton-Heinrich, du gibst Signal, wenn jemand den Hof verlässt oder noch jemand kommt. Ich werde mich derweil in Hedwigs Kammer schleichen, vielleicht finde ich ja etwas heraus.«

Der Kater klatschte in die Vorderpfoten, was jedoch gedämpft und niedlich klang und nicht nach dem gewünschten Signaleffekt.

Genervt fuhr er fort. »Ruht euch aus. Die nächsten Tage werden anstrengend.«

Die Ratten sausten aus dem Stall Richtung Haus, die anderen Tiere trotteten zu ihren Schlafplätzen.

»Verzeih«, sprach Tilli den Kater an. »Aber was kann ich tun?«

Der schüttelte den Kopf. »Im Augenblick nichts. Aber geh Hedwig aus dem Weg, die Frau ist echt fies.«

Die erste Nacht in ihrem neuen Zuhause empfand Tilli als äußerst ruhelos. Immer wieder wachte sie auf, geplagt von düsteren Gedanken ob des bevorstehenden Tages. Mal legte sie ihren Kopf ins Schultergefieder, mal drehte sie ihn auf den Rücken oder verharrte auf einem Bein stehend – nichts half dabei, geruhsamen Schlummer zu finden.

Als mit Tagesanbruch die Haustür aufschwang und Eusebia zum Stall humpelte, war Tilli froh, die Nacht überstanden zu haben.

Mit Liebe, Nachsicht und Geduld versorgte Eusebia ihre Tiere. Während sie jedes von ihnen gebührend streichelte, striegelte oder putzte, sprach sie ihm Mut zu. Denn die alte Frau wusste, welche Schwächen jeden Einzelnen plagten.

Während Eusebia auf einem Schemel hockte und behutsam Maria melkte, kam ihre Schwester in den Stall.

Zwei Kopf größer als Eusebia und zehn Jahre jünger, ging sie weder gebeugt noch humpelte sie. Ihre Statur war sehnig, ihre stechenden dunklen Augen saßen in ebenso dunklen, eingefallenen Höhlen, über ihre Backenknochen fiel die Haut scharfkantig ab und riss die schmalen Lippen mit sich in die Tiefe.

»Deine Viecherei wird auch immer größer, was?«, tönte Hedwig. »Allerdings ist der Zustand der Viecher eher erschreckend.« Sie sah sich abschätzig um. »Das Gemäuer aber hätte durchaus Potenzial. Allein in diesem Raum könnte man zwanzig, dreißig Schweine halten.«

Eusebias Miene verfinsterte sich. »Zunächst einmal sind meine Tiere in keinem schlechten Zustand. Sie sind nur nicht so, wie sie ihre Besitzer gerne gehabt hätten.« Mit Blick auf ihre Schwester fügte sie hinzu: »Aber wir sind eben alle, wie wir sind. Und zweitens: Wenn du so viele Schweine hereinpferchst, hätten sie kaum noch Platz für sich. Das würde ihnen nicht behagen.«

»Muss es ja auch nicht«, entgegnete Hedwig ruppig. »Sie müssen nur möglichst schnell möglichst fett werden, damit sie Gewinn abwerfen.« Hedwig sah zu Konrad und Elsa. »Der Eber da hat's verstanden. Die Sau daneben nicht. Die ist zu nichts mehr zu gebrauchen.«

Als sie die Kränkung im Gesicht ihrer Schwester bemerkte, lenkte Hedwig ein. »Aber dass du so sehr auf das Wohl deiner Tiere achtest, bewundere ich natürlich. Ein Gnadenhof bringt nur wenig Geld ein, das ist alles, was ich meine.«

Eusebia blieb stumm.

»Aber jetzt komm ins Haus, Schwesterherz. Ich habe uns ein herrliches Frühstück zubereitet, habe Rauchwürste und Speck mitgenommen, damit du wieder groß und stark wirst.«

Die alte Frau rappelte sich mühsam auf, hob den Eimer mit warmer Milch. »Mir fehlt es schon seit Jahren an nichts, Hedwig, das solltest du mittlerweile erkannt haben. Und auch, dass ich kein Fleisch mehr esse.«

»Wie du willst, natürlich. Komm, ich nehme dir den Kübel ab, dann können wir uns drinnen ein wenig unterhalten.«

Im Hinausgehen fiel Hedwigs Augenmerk auf Tilli, blieb einen Moment zu lange unangenehm auf ihr haften.

Instinktiv watschelte die Gans einige Schritte zurück, bis sie mit dem Bürzel an der Mauer anstand. Sie kannte diesen Blick – und sah sich bereits gerupft als Festtagsbraten schmoren.

Während die Wintersonne ihren Zenit überstieg, tagte erneut der Rat der Tiere. Wieder standen die Ratten im Mittelpunkt, diesmal jedoch nur Pitt und Jan, denn Hein schob in der Wohnstube noch Wachdienst.

»Nach dem Frühstück ist Hedwig damit rausgerückt, weshalb sie in Wahrheit hier ist«, begann Pitt mit zorniger Stimme und ballte das Fäustchen.

»Ohne was vorwegzunehmen: Es heißt, wir Ratten verlassen immer als Erste das sinkende Schiff – was auch klar ist, wir sind ja nicht blöd. Aber dieses Mal müssen wir euch leider mitteilen, dass, wäre unser Hof ein Schiff, es bereits bis zum Deck unter Wasser stehen würde.«

Konrad schreckte hoch. »Oh nein! Wir werden ertrinken?«

»Nein, Konni! Das soll heißen, wir sind dem Untergang geweiht!«

»Ach so.« Nur für einen Augenblick wirkte Konrad erleichtert. Dann schien er zu verstehen, was das Gesagte bedeutete, denn die blanke Panik stand ihm ins Gesicht geschrieben.

»Was habt ihr nun belauscht?«, fauchte Dimoneus ungeduldig.

Pitt machte eine beschwichtigende Geste. »Diese Hedwig hat Eusebia gebeichtet, dass sie irgendein Mann bei einem Geschäft um ihr ganzes Vermögen betrogen hätte. Als Hedwig dann schwer erkrankte, musste sie auch noch ihr Haus versetzen, um Arzneien für ihre Genesung kaufen zu können. Nun hätte sie nichts mehr außer dem, was sie am Leibe trägt.«

»Das ist eine traurige Geschichte«, muhte Maria.

Die anderen Tiere stimmten ihr zu.

»Auch Eusebia war sichtlich betroffen«, fuhr Jan fort. »Und ihr alle habt recht, es ist eine traurige Geschichte. Aber eben auch nur das – eine Geschichte.«

»Was willst du damit sagen?«, fragte der Kater, während er sich mit der Pfote über die Nase putzte.

»Wie schon erwähnt, sind wir Ratten nicht blöd. Während Eusebia mit ihrer Schwester in der Stube saß, schlich ich noch einmal in Hedwigs Kammer. Dort offenbarte sich mir die ganze Schwere ihrer Lügenlast.«

»Weniger Dramatik, mehr Information, wenn's leicht geht«, schnaubte Friedrich und stieg unruhig von einem Huf auf den anderen.

»Dass ihr Unpaarhufer so gar keine Geduld habt!«, mokierte sich Pitt und warf dem Pferd einen tadelnden Blick zu. »Neben Hedwigs Bettstatt fand ich schließlich ein Dokument.«

Tilli sah den Nager erstaunt an. »Du kannst lesen?«

Pitt zuckte mit den Schultern. »Natürlich! Noch nie den Begriff ›Leseratte‹ gehört? Was meinst du, woher der kommt? Auf dem Dokument ist jedenfalls verbrieft, dass Hedwig all ihr Hab und Gut beim Kartenspiel verloren hat.«

»Und sie konnte es nicht wiederfinden?« Konrad blickte fragend in die Runde, erntete jedoch nur Unverständnis.

»Als ich dann wieder in der Stube war, sprach Hedwig eine Bitte aus«, erklärte Pitt, ohne auf den Eber einzugehen. »Sie möchte, dass Eusebia ihr mit ihrem Ersparten aushilft.«

Entrüstung machte sich unter den Tieren breit.

»Aber zumindest würde die Frau dann wieder abreisen«, grunzte Elsa.

»Das glaube ich nicht.« Dimoneus richtete sich auf, einen todernsten Ausdruck im Gesicht. »Ich schlich heute um Hedwig herum, sprang auf ihren Schoß, um mich kraulen zu lassen – und glaubt mir, das war nicht zu meinem Wohlgefallen. Da sah ich ein Fläschchen im Dunkel ihrer Reisetasche liegen. Ein Fläschchen mit einem darauf aufgemalten menschlichen Schädel.«

»Du meinst –« Weiter kam Tilli nicht, denn es verschlug der Gans die Sprache.

Dimoneus nickte grimmig. »Hedwig will unsere Eusebia vergiften.«

Betroffenes Schweigen dröhnte im Raum, bis Anton-Heinrich aufjaulte. »Das ist nur meine Schuld! Ich hätte das Gift schon längst wittern müssen!«

Julius gestikulierte mit den Flügeln, worauf sich der Hund ein wenig beruhigte.

»Wir müssen etwas unternehmen!«

Tillis Geschnatter ließ alle Blicke auf sie schnellen, während sie einen Schritt nach vorn tat.

»Was schwebt dir vor?« Dimoneus sah sie herausfordernd an.

Die Gans holte seinen Blick ab. »Wir brauchen eine List.«

Während Dimoneus sich mit allerlei stereotypen Tollpatschigkeiten vor Hedwig zum Affen machte, bugsierten die drei Ratten das Giftfläschchen aus der Tasche und schleppten es unentdeckt in den Hof.

Dort entkorkte es Tilli mit dem Schnabel, während Anton-Heinrich das Behältnis fest in der Schnauze hielt. Er leerte den Inhalt in den Schnee, tauchte dann das Fläschchen in den Wasserkübel, der neben dem Brunnen stand, worauf Tilli den Korken wieder in den Flaschenhals drückte.

Danach schleppten die Ratten das Fläschchen wieder ungesehen zurück ins Haus und hievten es an seinen Platz in der Tasche.

Endlich konnte Dimoneus seinen katzenunwürdigen Auftritt beenden und hastete ebenfalls aus der Wohnstube.

Zurück im Stall erwarteten ihn die anderen Tiere bereits.

»Hat es geklappt?«, maunzte er außer Atem. »Bitte sagt mir, dass ich nicht umsonst das einfältige dumme Kätzchen gemimt habe.«

Julius äffte den Kater nach, schielend torkelte der Hahn durch den Stall.

Gelächter brandete auf.

»Es hat geklappt«, versicherte ihm Tilli. »Aber ich fürchte, damit haben wir uns nur ein wenig Zeit erkauft.«

Elsa drängte sich an Konrad vorbei. »Was willst du damit sagen?«

»Weil Hedwig Eusebia nicht vergiften kann, fürchte ich, dass sie ihr anderswie Leid antun wird. Hedwig will wohl ihren Hof erben. Ich habe das schon einmal erlebt, als ich noch ein Gänsel war. Wie es dann uns ergehen wird, könnt ihr euch sicher vorstellen.«

Tilli wandte sich an die Runde, blickte jedem der Tiere in die Augen. »Was ich damit sagen will, ist, dass wir Hedwig verschwinden lassen müssen.«

»Ui!« Der Eber strahlte voller Vorfreude. »Du meinst, wie bei einem Zaubertrick?«

»Nein, Konni!« Die Gans schüttelte den Kopf. »So ein Blödsinn. Ich meine, wir sollten sie ein für alle Mal verschwinden lassen. Endgültig.«

»Du bist ganz schön düster für ein so weißes Federvieh«, muhte Maria.

»*Gans* schön düster«, feixte Pitt und hellte die Stimmung ein wenig auf.

Mit einem Flügelschlag zollte Julius der Ratte Respekt für das Bonmot.

Indes hob Tilli abwehrend ihre Fittiche. »Ich weiß, ich bin die Neue. Wenn einer von euch eine bessere Idee hat, will ich mich nicht vordrängen.«

Hein hüpfte neben sie. »Also, mein Ur-ur-ur-ur-ur-ur-ur-ur-ur-ur-ur-ur-ur-ur-ur-ur-ur-ur-ur-ur-ur-urgroßvater hat erlebt, wie wir Schrecken über die Menschen gebracht haben – in Form der Pest.«

»Du schlägst also vor, Hedwig mit der Pest zu infizieren?«, raunte Dimoneus mit einem Augenrollen. »Wo bitte sollen wir Pestüberträger herbekommen? Aus Übersee? Und was ist dann mit Eusebia?«

Die Ratte stutzte. »Was soll mit ihr sein?«

Der Kater schüttelte verständnislos den Kopf. »Bitte nur durchführbare Vorschläge und solche, die nicht zur Ausrottung ganzer Landstriche führen.«

Dimoneus wartete, aber keines der Tiere kam seiner Aufforderung nach.

Schließlich wandte er sich wieder an Tilli. »Dann lass hören, was dir vorschwebt.«

Den Rest des Tages hatten die Tiere Hedwig und Eusebia nicht aus den Augen gelassen. In vermeintlicher Eintracht hatten die beiden Schwestern gemeinsam Zeit verbracht, wobei Hedwig immer so wirkte, als würde sie auf etwas lauern.

Nach dem Nachtmahl erloschen die Lichter im Haus.

Trügerische Ruhe legte sich über das Gehöft.

Plötzlich erschallte ein Aufschrei in der Kammer, in der

Hedwig nächtigte – Dimoneus war der schlafenden Frau mitten ins Gesicht gesprungen.

»Verdammtes Drecksvieh!«, schimpfte Hedwig außer sich, bevor sie innehielt.

Sie rieb sich die Augen, wollte sich vergewissern, dass sie nicht träumte. Aber es bestand kein Zweifel – silberne Münzen, aufgereiht wie eine Spur aus Brotkrumen, führten aus der Kammer.

Hedwig schlüpfte aus dem Bett, zog sich ihren Mantel an und begann, hastig eine Münze nach der anderen einzusammeln.

Was sie nicht wusste, war, dass diese die Ratten in aller Heimlichkeit und Stille ausgelegt hatten. Zuvor hatte Tilli unbemerkt einen kleinen Lederbeutel voll Geld stibitzt, der unter Eusebias Kopfkissen versteckt war.

Mit dem diebischen Blick einer Elster folgte Hedwig der Spur, die aus ihrer Kammer und die steile Treppe hinabführte.

Schritt für Schritt nahm sie eine knarrende Stufe nach der anderen, vornübergebeugt, um die Silberlinge aufheben zu können.

Über ihr, am Fuß des Geländers, stieß Julius mit dem Schnabel zwei Eier in die Tiefe, die die Hennen gespendet hatten. Diese zerbrachen auf einer Stufe, just bevor Hedwig den Fuß daraufsetzte.

Die Frau rutschte aus.

Hedwig stieß einen knappen Fluch aus, stürzte den Rest der Treppe hinunter und schlug hart am Dielenboden auf.

Regungslos blieb sie liegen.

Der Hahn lugte zwischen den Geländerpfosten hinunter, der Kater sah zu ihm hinauf und teilte seinen Blick. Dann scharwenzelte Dimoneus um den reglosen Körper, bemüht, dabei möglichst beiläufig zu wirken.

War das Weib noch am Leben oder war ihr kühner Plan aufgegangen?

Hedwig stöhnte.

Julius fluchte lautlos.

Dimoneus fluchte laut. So leicht würde es wohl nicht klappen. Da bemerkte er den starren Blick der Frau, der ihn fixierte.

Fluchtartig schoss der Kater zur Tür hinaus.

Ächzend rappelte sich Hedwig auf, hielt sich den Kopf. Wie in Trance sammelte sie die Münzen auf, die sie fallen gelassen hatte, und folgte dem Kater torkelnd in die Nacht hinaus.

Die Spur der Silberlinge führte über den Hof und weiter zu dem zugefrorenen Weiher, der dahinter lag.

Eine Münze nach der anderen hob Hedwig gierig auf, schien sich offenbar nicht zu fragen, wer die Spur gelegt hatte oder gar warum.

Beim ersten Schritt, den die Frau auf die Eisdecke des kleinen Teichs machte, knirschte dessen erstarrte Oberfläche und ließ sie innehalten.

Hedwig richtete sich auf, sah um sich. Die Tiere, die in den Schatten lauerten und sie auf Schritt und Tritt beobachtet hatten, bemerkte sie offenbar nicht. Hyänenartig kniff sie die Augen zusammen, folgte mit skeptischem Blick der Spur, die inmitten des Weihers endete.

Sie wog die bereits eingesammelten Münzen in der Hand, schien abzuschätzen, ob sich der Weg hinaus aufs Eis lohnte.

Sie wagte einen weiteren Schritt auf das Eis, das drohend knackte. Dann noch einen.

Tilli hielt den Atem an. Noch ein paar Schritte mehr und die Frau würde in den Weiher einbrechen, würde unter die Eisdecke geraten und dort bleiben, bis sich das Frühjahr ihr gnädig zeigte und entlassen würde, was von ihr geblieben war.

Doch Hedwig ging nicht weiter. Sie machte auf der Stelle kehrt, schritt vorsichtig zum Ufer zurück.

Ohne nachzudenken, schnellte Tilli hinter dem Brunnen hervor, hinter dessen Mauer sie sich versteckt gehalten hatte, breitete ihre Flügel aus und schoss schnatternd auf die Frau zu.

Hedwig riss erschrocken die Arme in die Höhe, stolperte rückwärts über das Eis …

Schon verlor sie das Gleichgewicht, schon landete sie mit dem Hintern auf der gefrorenen Eisdecke, die mit einem Krachen nachgab.

Hedwig sackte in die Tiefe.

Tilli hielt inne, reckte den Hals. Vor ihr war Hedwig, eingebrochen ins Eis, das ihr jedoch nur zur Hüfte reichte. Offenbar war der Weiher an der Stelle schlicht und ergreifend zu seicht, um die Unholdin darin zu ertränken.

Was Tilli nun ebenfalls erkannte, war die Wut, mit der Hedwig sie anstarrte.

Einen Augenblick später sprang die Frau mit einer Leichtigkeit auf, als wäre sie ein junges Mädchen, und stürmte schreiend auf Tilli zu.

Der Gans verschlug es den Atem. Aufgeregt drehte sie sich mehrmals im Kreis, bevor sie sich für eine Fluchtrichtung entschied, und watschelte dann in heller Aufregung auf den Stall zu.

Doch das eisige Nass des Weihers schien der Frau ungeahnte Kräfte verliehen zu haben.

Kaum hatte Tilli die Behausung betreten, packte Hedwig sie bereits am Hals und zerrte sie in die Höhe.

»Du dumme Gans wirst mir heute Abend besonders fein schmecken!«

Dimoneus, der den Stall ebenfalls erreicht hatte, machte mit gezückten Krallen einen Satz auf die Frau zu. Doch diese schlug ihn reflexartig mit der linken Hand in die Flucht.

Tilli kreischte um ihr Leben, während der Griff um ihren Hals immer enger wurde.

Hedwig packte eine verrostete Eisenstange, die an der Mauer lehnte, drückte Tillis Kopf auf eine Zwischenwand und holte zum tödlichen Schlag aus.

Der Gans schwanden die Sinne. Nun würde sie doch noch so enden, wie es ihr vorherbestimmt war – als knuspriger Braten zum Weihnachtsfest. Im Augenwinkel sah sie noch, wie Friedrich ihr gerade sein pralles Pferdehinterteil zuwendete.

Ein letztes Mal schnappte Tilli mit ihrem Schnabel zu, so kräftig sie nur konnte.

Ein dumpfer Aufprall dröhnte durch den Stall, gefolgt von einem schrecklichen Knacken.

Tilli hob ihr Haupt, sah das Pferd gekrümmt am Boden kauern. In der entgegengesetzten Richtung lag Hedwig, ebenfalls am Boden, eine Platzwunde auf der Stirn und ein gegengleicher Fleck auf einem Holzpfosten, wo sie nach Friedrichs Tritt mit dem Kopf aufgeprallt war.

Benommen rappelte sich die Gans auf, verstand erst jetzt, dass das Pferd ausgeschlagen und ihr so das Leben gerettet hatte.

Aufgeregt liefen alle Tiere zusammen, bemitleideten Friedrich, dessen Rücken ungemein schmerzte, Dimoneus, der noch vom Schlag benommen war, und Tilli, die nur heisere Laute von sich geben konnte.

Alle drei, davon waren sie überzeugt, hatten Eusebia und das Gehöft und damit auch sich selbst gerettet.

»Glaubt ihr, das böse Weib ist tot?« Vorsichtig schob Maria ihren Kopf nach vorn.

Ein hölzernes Knacken ließ die Kuh zurückschnellen, als sich der Pfosten, gegen den Hedwig geprallt war, nach vorn neigte und die Frau mit voller Wucht unter sich begrub.

»Ich vermeine, das können wir«, sprach Dimoneus nonchalant und wandte sich dem Hund zu. »Du wirst mit Jan, Hein und Pitt Hedwigs Siebensachen packen und den Koffer im Weiher versenken. Dann wird Eusebia meinen, ihre Schwester sei überstürzt abgereist. Aber sputet euch, es dämmert bald.«

Anton-Heinrich und die drei Ratten eilten los.

»Und ich werde die Münzen zusammentragen, damit wir sie später wieder unter Eusebias Kopfkissen legen können.«

»Ich danke dir, Friedrich«, krächzte Tilli, immer noch leicht benommen.

Das Pferd wieherte seine Dankbarkeit zurück.

»Und euch allen danke ich ebenso«, schnatterte Tilli verhalten. »Auch dafür, dass ihr mich in eurer Mitte so freundlich aufgenommen habt.«

»Wir danken für deine List«, sagte Dimoneus, dem es nun einerlei zu sein schien, dass ihm ein kräftiges Schnurren entfuhr.

Das Weihnachtsfest begingen die Tiere wie jedes Jahr – Eusebia kam zu ihnen in den Stall, verwöhnte sie mit einer Extraportion Futter und las ihnen bei einer Tasse Tee eine Weihnachtsgeschichte vor.

Nur Konrad und Elsa brachten keinen Bissen mehr hinunter. Hedwig war doch äußerst ausgiebig gewesen.

VI.
Der Kuss

1894

Deck the Halls

(Text: Thomas Oliphant, 1862 / Melodie: »Nos Galan«, walisisches Volkslied, 16. Jahrhundert)

Deck the hall with boughs of holly,
Fa, la, la, la, la, la, la, la, la!
'Tis the season to be jolly:
Fa, la, la, la, la, la, la, la, la!
Fill the meadcup, drain the barrel,
Fa, la, la, la, la, la, la, la!
Troul the ancient Christmas carol.
Fa, la, la, la, la, la, la, la, la!

See the flowing bowl before us,
Fa, la, la, la, la, la, la, la, la!
Strike the harp and join in chorus:
Fa, la, la, la, la, la, la, la, la!
Follow me in merry measure,
Fa, la, la, la, la, la, la, la!
While I sing of beauty's treasure.
Fa, la, la, la, la, la, la, la, la!

Fast away the old year passes,
Fa, la, la, la, la, la, la, la, la!
Hail the new, ye lads and lasses:
Fa, la, la, la, la, la, la, la, la!
Laughing quaffing all together,
Fa, la, la, la, la, la, la, la!
Heedless of the wind and weather.
Fa, la, la, la, la, la, la, la, la!

Tief in der Grafschaft Wiltshire, inmitten sanfter, saftig grüner Hügel, dichter Wälder und eines schmalen, aber stetig fließenden Bachs, lag ein kleines Dorf, dessen Bewohner noch nie mehr als vierhundert gezählt hatte. Seit seiner Gründung hatte es Römer und Normannen kommen und gehen sehen, Christen ebenso wie Protestanten. Und doch hatte es sich seit dreihundert Jahren so gut wie nicht verändert.

Entlang der einzigen Straße schmiegte sich ein niedriges Häuschen an das andere, errichtet aus den honigfarbenen Steinen der einstigen normannischen Festung, gedeckt mit Schindeln aus Schiefer.

Wie jedes Jahr zur Winterszeit lastete eine dicke Decke aus Schnee auf allem, zuweilen so hoch wie ein Kind. Die Luft war klirrend kalt, aus den Schornsteinen der verschneiten Häuschen quoll Rauch. Der breite Fluss, der das Dorf durchzog, dampfte an jenen Stellen, wo das Eis aufgebrochen war, begleitet von einem Gluckern, das bezeugte, dass noch nicht alles erfroren war.

An einem Fenster in einem der Häuschen saß eine Frau Mitte dreißig, gehüllt in eine Filzdecke, eine dampfende Tasse Schwarztee mit Milch vor sich. Ihr Blick war müde, ihre Atmung flach. Ihre Hände waren geschunden, gezeichnet von der jahrelangen Arbeit als Spinnerin.

Während die Dämmerung langsam das fahle Licht des Tages bezwang, seufzte Abigail Clodd schwer.

Jenes Glücksgefühl, das die meisten Menschen zu dieser Jahreszeit verspürten, war ihr noch nie vergönnt gewesen. Kein gemeinsames Staunen, wenn die Wolkendecke die ersten Schneeflocken entließ. Kein gemeinsames Kuscheln vor dem prasselnden Kaminfeuer. Und kein gemeinsames Einschlafen, geborgen in der Umarmung des Geliebten.

Derlei Dinge kannte Abigail nur aus ihren Träumereien.

Einsam saß sie in dem Haus, in dem sie aufgewachsen war und das ihre Eltern ihr vererbt hatten, und blickte über die verschneite Straße auf die Häuschen, die dem ihren gegenüberstanden. In deren von Kerzenschein beleuchteten Fenstern beobachtete sie immer wieder die Silhouetten der anderen Dorfbewohner, die wiederum jene Einsamkeit nicht kannten, die Abigail ihr ganzes bisheriges Leben begleitet hatte.

Zumindest ihre Kindheit war behütet verlaufen. Doch im zarten Alter von vierzehn Jahren begann sie, sich mit einem Mal für einen Brauch zu interessieren, den sie bisher kaum wahrgenommen hatte – den Kuss unter dem Mistelzweig.

Wie jedes Jahr hatten die Dorfbewohner Anfang Dezember Mistelzweige über ihre Haustüren gehängt, doch in diesem Jahr stellte Abigail zum ersten Mal Fragen darüber, warum an manchen Zweigen drei Beeren hingen, an anderen wiederum nur eine oder gar keine, und was genau es mit dem »Glück« auf sich hatte, das man mit dem Brauch verband.

Ihre Mutter hatte ihr daraufhin die besondere Bewandtnis erklärt: Steht ein Mädchen unter einem Mistelzweig und will ein Junge sie darunter küssen, würden sie in ewiger Liebe vereint.

Abigails Augen leuchteten bei dem Gedanken, dass das Schicksal ihr auf diesem Wege einen edlen Ritter senden würde, einen Mann, der zu ihr ebenso liebevoll und fürsorglich sein würde, wie es ihr Vater zu ihrer Mutter war.

Aber was, hatte das junge Mädchen gefragt, wenn ihr der Junge nicht zu Gesicht stehen würde? Was, wenn sie ihn bereits kannte? Denn groß war die Auswahl im Dorf wahrlich nicht, und die meisten Burschen ärgerten sie.

Auch darauf hatte die Mutter eine Antwort gewusst: Mädchen durften sich dem Kuss nicht entsagen, Jungen hingegen schon.

Dies empfand Abigail mehr als ungerecht, daher entsann sie einen Plan, wie sie dieser Ungerechtigkeit entgehen konnte: Gekleidet in einen dicken Mantel, einen Wollschal um den Hals und eine Wollmütze auf dem Kopf, stand sie vor dem Haus exakt eine Schrittlänge von der Tür und dem darüber aufgehängten Mistelzweig entfernt und wartete. Käme ein Junge vorbei, den sie nicht leiden mochte, würde Abigail auf ihrem Platz verharren. Die Aufforderung zu einem Kuss durfte sie somit ausschlagen, da sie ja nicht direkt darunterstand. Käme jedoch ein Junge des Weges, in den sie sich verzücken konnte, würde sie schnell vor die Haustür und unter den Mistelzweig treten, gewiss, zum Küssen aufgefordert zu werden.

Doch das geschah nicht. Schlimmer noch. Nach drei Nachmittagen, an denen Abigail vor dem Haus ausgeharrt hatte, begann sie zu husten und zu fiebern, und zwar so stark, dass ihr ihre Eltern für den Rest des Jahres untersagten, nach draußen zu gehen.

Trotzig hatte sich das junge Mädchen dem Verbot gefügt, sich jedoch insgeheim geschworen, dass sie dann eben im nächsten Jahr ihr Glück erzwingen würde.

Doch Abigails Plan ging erneut nicht auf. Schnell hatte sich im Dorf herumgesprochen, was die Absichten des zur Frau reifenden Mädchens waren, und so machten sich die Jungen einen Spaß daraus, vor ihr Haus zu laufen und sie zu verspotten. Besonders auf ihrem Äußeren pickten die Burschen herum, schimpften sie »Krummnase«, »Schiefzahn« oder »Hexe«.

Dass Abigail nicht mit ebenmäßiger Schönheit geschlagen war, dessen war sie sich bewusst. Aber das waren die rotbäckigen, grobschlächtigen Jungen im Dorf doch ebenso wenig! Immerhin besaß sie volles rotes Haar, das sie stets sauber geflochten trug, und ihre Figur war weder zu dick noch zu dünn. Warum verspottete man sie dann?

Zutiefst gekränkt hatte sie sich in dem Jahr bei ihren Eltern ausgeweint, die ihr versicherten, dass es eben dauern würde, bis ein Mann in ihr Leben trat, der sich ihrer würdig erwies. Und ebenso versicherten sie ihr, dass die »Makel«, wegen derer sie verspottet wurde, keine waren, sondern Besonderheiten, die Abigail zu jenem liebenswerten Menschen machten, der sie war.

Mit siebzehn hatte Abigail neuen Mut gefasst, hatte sich doch ihr Busen äußerst vorteilhaft entwickelt. Vorteilhaft auch deshalb, weil sie bemerkte, dass ihr die jungen Männer nun nicht länger auf die abstehenden Ohren, die abgewinkelte Nase oder die schiefen Schneidezähne starrten, sondern auf ihr üppiges Dekolleté.

Was Abigail jedoch nicht bedacht hatte, war, dass sie ob der eisigen Temperaturen dick angezogen vor dem Haus stehen musste und sie somit ihre beiden »Trümpfe«, als die sie ihre Brüste erachtete, nicht ausspielen konnte. Wieder wurde sie nur ausgelacht, ausgeschimpft, zweimal sogar bespuckt.

Um ihrer Tochter weitere Seelenpein zu ersparen, brachen ihre Eltern mit dem Brauch, und vor dem Haus der Clodds wurde fortan nie wieder ein Mistelzweig aufgehängt.

Daraufhin hatte Abigail sich immer mehr zurückgezogen, andere Menschen gemieden, wo sie nur konnte, und auch ihren Traum begraben, unter einem Mistelzweig geküsst ihren Mann fürs Leben zu finden.

Dies brachte ihr im Dorf den Ruf ein, eine kalte, unnahbare Person zu sein, jemand, den man nicht einmal im Notfall um etwas bitten mochte.

Dieses Verhalten ihr gegenüber schraubte die Spirale aus Selbstisolation nur weiter hoch, sodass Abigail nur mehr für das Nötigste das Haus verließ.

Als ihre Eltern gleichzeitig an Keuchhusten erkrankten, pflegte sie sie fürsorglich, bis an einem Tag im Februar ihre Mutter verstarb, einen Tag darauf ihr Vater.

Für Glück, das hatte Abigail mit Anfang zwanzig erkannt, war eben schlicht kein Platz in ihrem Leben. Die einzige Freude, die ihr vergönnt war, bestand darin, jedes Jahr die Mistelzweige der Häuser zu stehlen, denn warum sollte anderen im Dorf jenes Glück vergönnt sein, das ihr verwehrt wurde?

Abigail schlürfte heißen Tee aus einer Keramiktasse, spürte, wie sich die wohltuende Wärme des Getränks in ihr ausbreitete. Verstärkt wurde dieses Gefühl durch die Eisblumen, die um die Ränder der Fenster erblühten, sowie das tiefe Weiß, das nicht nur auf die Dächer der Häuser gegenüber drückte, sondern sich auch in Form von Verwehungen an den steinernen Fassaden und Mauervorsprüngen festgekrallt hatte.

Ein plötzliches Schnurren ließ Abigail nach unten sehen. Sir Purralot, ihr schwarz-weiß getigerter Kater, schmiegte sich gerade tapsig an ihr linkes Bein – mit seinen sechzehn Jahren galt er als Methusalem unter seinesgleichen.

Abigail wusste, was das Schnurren bedeutete: Sie musste ihn zu sich auf den Schoß heben, denn so hoch zu springen, vermochte er schon seit zwei Jahren nicht mehr.

Sie tat, wie ihr befohlen, worauf das Schnurren des Katers an Lautstärke deutlich zunahm. Er stakste einige Male im Kreis, tretelte dabei und kuschelte sich dann auf die Decke, die Abigails Beine bedeckte.

»Ist es Euch genehm, gekrault zu werden, Sir Purralot?«, raunte Abigail liebevoll und begann damit, ohne eine Antwort abzuwarten.

Dann sah sie wieder durch das Fenster, machte aber keine Menschenseele mehr auf der Straße aus.

Plötzlich wurde im Häuschen ihr schräg gegenüber eine Tür geöffnet. Eine stattliche Gestalt trat hervor, reckte sich und befestigte etwas über dem steinernen Türrahmen. Dann verschwand die Gestalt im Haus ebenso schnell, wie sie gekommen war.

Abigail kniff die Augen zusammen, konnte aber nicht erkennen, was –

Die Wolkendecke riss auf. Das Licht des Mondes fiel auf den allgegenwärtigen Schnee. Als würde jemand eine gigantische Laterne über die Straße halten, erstrahlte alles in bläulich kaltem Licht.

»Verflucht«, kam Abigail in den Sinn. »Da hat doch glatt jemand noch einen Mistelzweig aufgehängt!«

Alle anderen im Dorf hatte die Frau bereits zwei Nächte zuvor, als ein besonders starker Schneesturm tobte und sich niemand auf die Straße wagte, von den Türen entwendet.

Nun hing wieder einer da, doch die Frage blieb: Wer war die Gestalt?

Misses Harris, die Besitzerin, war im Herbst verstorben. Seither stand das Häuschen leer. Dass ein neuer Besitzer eingezogen war, war Abigail gänzlich entgangen.

Wieder trank sie von ihrem Tee.

Nun denn, spornte sie sich an, heute würde sie später als gewöhnlich zu Bette gehen. Denn heute galt es, noch etwas zu tun …

Ein säuselnder Wind strich durch das kleine Dorf, wirbelte jenen Schnee auf, der als oberste Schicht auf der darunter hart gefrorenen Masse lag, trieb ihn in Spiralen und in hin und her wogenden Wellen über Dächer und durch die Straße, über den vereisten Fluss und weiter hinein ins Land, wo ebenfalls bereits alles unter der Last der weißen Pracht ächzte und knackte.

Mit Bedacht öffnete sich die Tür von Abigails Haus. Ein schneller, prüfender Blick – dann huschte die Frau aus ihrem Zuhause, sauste über die Straße und drückte sich auf der anderen Seite gegen die Hausmauer. Hätte sie jemand beobachtet, wäre er wohl der Vermutung erlegen, sie führe etwas streng Verbotenes aus. Etwas, was mit einer Strafe geahndet wurde, die womöglich am Galgen oder auf dem Schafott endete.

Aber niemand zeigte sich, auch die Fenster der umliegenden Gebäude blieben schwarz und stumm.

Abigail genoss den Nervenkitzel. In ihrer Fantasie war sie eine geschickte Diebin, die die Reichen bestahl, eine Art weiblicher Robin Hood. Allein, dass ihr Sherwood Forest ihr Häuschen war, ihre Bande aus nur einem Mitglied bestand, nämlich Kater Sir Purralot, und dass der zu stehlende Reichtum die Mistelzweige waren.

Hastig sah sie sich um, während ihr Atem in dicken Wolken an der Luft gefror. Zielgerichtet fixierte sie den Mistelzweig, zielgerichtet hastete sie in dessen Richtung. Neben der Tür des Unbekannten angekommen, verharrte Abigail, lauschte.

Nichts.

Zwei schnelle Schritte, und schon stand sie vor der Tür. Obwohl sie für eine Frau eher groß gewachsen war, musste sie sich auf die Zehenspitzen stellen, um den verfluchten Zweig zu fassen zu bekommen.

Nur noch ein Inch, dann hatte sie –

Mit Schwung wurde die Tür aufgerissen.

Abigail erschrak, taumelte zurück. Sicher, dass sie auf den hart gefrorenen Schnee stürzen würde, spürte sie mit einem Mal einen Arm, der sie um ihre Hüfte fasste und in die entgegengesetzte Richtung zog.

Als würde die Zeit verlangsamt, nahm Abigail wahr, wie sie auf die Gestalt zufiel, die sich im Mondlicht als Mann in ihrem Alter herausstellte, das braune Haar schulterlang, den Vollbart kurz und gepflegt geschnitten.

Ihr Busen prallte gegen die Brust des Mannes, die nur ein weißes Nachthemd verhüllte. Ihr Gesicht war nun eine Handbreit von dem des Fremden entfernt, der argwöhnisch nach oben blickte, offenbar selbst völlig von der Situation überrascht.

Abigail hielt ihren Arm immer noch nach oben gestreckt, in der Hand den abgerissenen Mistelzweig.

»Kann ich Ihnen helfen, Misses?«, fragte der Mann mit angenehm warm klingender Stimme.

»Miss«, schoss es aus Abigail hervor, mittlerweile fast automatisch. Dann fühlte sie, wie ihre Wangen heiß wurden. In dem Augenblick wusste sie, dass sie knallrot sein musste.

»Wollten Sie gerade meinen Mistelzweig stehlen?« Der Fremde blickte ihr in die Augen.

Nun war Abigail, als würden Flammen ihr direkt ins Antlitz lodern. Sie öffnete den Mund, wollte etwas sagen, schloss ihn wieder.

»Sie wissen, dass Sie mich nun küssen müssen, Miss –«

»Clodd. Abigail Clodd«, flüsterte sie mit zitternder Stimme. »Und ja, das weiß ich.«

Der Fremde lächelte sanft. Seine vollen Lippen spitzten sich ein wenig, kamen den ihren näher und näher.

Abigail schloss die Augen – nun würde es so weit sein! Nun, wo sie am wenigsten damit gerechnet hatte, ging ihr Mädchentraum endlich in Erfüllung. Nie wieder allein staunen, wenn die Wolkendecke die ersten Schneeflocken entließ. Nie wieder allein vor dem prasselnden Kaminfeuer hocken. Nie wieder allein einschlafen. Denn in dieser Nacht –

Ein kurzes, aber herzhaftes Lachen riss Abigail aus ihren Gedanken.

»Was für ein Gentleman wäre ich, eine solche Situation auszunützen«, sagte er und ließ Abigail los. »Bruce Smallwood, zu Ihren Diensten.«

Ein Schauder ließ Abigail erzittern. »Angenehm. Ich –« Sie brach ab. Eine Ausrede, was sie zu solch einer Uhrzeit vor einem fremden Haus trieb, hatte sie sich nicht zurechtgelegt. Wofür auch?

Bruce lächelte verschmitzt. »Behalten Sie den Mistelzweig. Er soll Ihnen Glück bringen. Oder kann ich sonst noch etwas für Sie tun?«

Wie in Trance schüttelte Abigail den Kopf, hauchte ein »Good night to you« und huschte über die Straße und hinein in ihr Häuschen.

Einige Augenblicke später schloss auch Bruce seine Eingangstür.

»Wie konnte ich nur so närrisch sein?«, schluchzte Abigail, die in ihrem Bett lag und immer noch den Mistelzweig in Händen hielt. »Jetzt bin ich nicht nur eine alte, vertrocknete Jungfer, sondern auch noch eine Diebin.«

Kater Sir Purralot stieß ein Murren aus.

»Aber weißt du, was das Schlimmste daran ist?«, fragte sie die Samtpfote. »Ich kann nicht einmal sagen, was davon trauriger ist.«

Abigail zog sich die dicke Daunendecke über den Kopf und hoffte, dass die Nacht sie verschlingen würde.

Zur darauffolgenden Sonntagsmesse in der Kirche von St. Andrews war Abigail zwar gegangen, aber erst, nachdem der Gottesdienst bereits angefangen hatte. So konnte sie als Letzte in die alte Kirche hineinhuschen und wäre die Erste, die sie wieder verließ. Sie würde ihrem neuen Nachbarn also kaum über den Weg laufen.

Während der Predigt suchte sie die Reihen der Gläubigen ab, hin- und hergerissen, ob sie Bruce tatsächlich erspähen wollte. Doch der kurze Anblick, den sie von ihm mitten in der Nacht hatte erhaschen können, reichte nicht aus, um ihn von hinten wiederzuerkennen.

Noch bevor die letzten Kreuzzeichen gemacht waren, hatte Abigail die Steinkirche wieder verlassen.

Sie eilte am Market Cross vorbei, das seit dem vierzehnten Jahrhundert davon kündete, dass das Dorf das Marktprivileg innehatte, und vorbei an den beiden Wasserpumpen, Richtung ihres Heims.

Gehetzt, als wäre der Teufel hinter ihr her, sperrte Abigail die Haustür auf, als sie ein Zuruf innehalten – und versteinern ließ.

»Miss Clodd!«

Erschrocken wirbelte sie herum. »Mister Smallwood! Ich – Waren Sie gar nicht beim Gottesdienst?«

Bruce schüttelte den Kopf. »Die Pfaffen sind nicht so meins.« Sein Blick richtete sich auf den steinernen Türsturz über Abigail. »Sie haben meinen Mistelzweig ja gar nicht aufgehängt.« Charmant hob er eine Braue. »Benötigen Sie Hilfe dabei?«

Abigail schüttelte den Kopf. »Ich kam noch nicht dazu.«

Bruce grinste, tippte zum Gruß mit zwei Fingern an seine Schläfe und wandte sich zum Gehen um.

»Mister Smallwood!«, rief die Spinnerin erneut und wartete geduldig, bis sich Bruce ihr zugewandt hatte. »Wollen Sie ... also ... darf ich Sie zu einem Shepherd's Pie einladen? Sozusagen als Entschuldigung, dass ich ... Sie wissen schon.«

»Dass Sie meinen Mistelzweig gestohlen haben und auf frischer Tat von mir dabei ertappt worden sind?« Auf eine eigenartige Weise schien Bruce es zu genießen, das, was Abigail offenkundig unangenehm war, lang und breit darzulegen.

Sie nickte, senkte den Blick. Wartete auf eine Antwort, die nicht zu kommen schien. Gerade wollte sie sich abwenden, da schnippte Bruce mit den Fingern.

»Wissen Sie was, Miss Clodd? Warum eigentlich nicht?«

»Morgen, zum Dinner?«

Bruce zwinkerte ihr zu. »Morgen, zum Dinner.«

Die Nacht über machte Abigail kaum ein Auge zu. Fragen rasten ihr durch den Kopf und begannen, sobald sie eine Antwort gefunden hatten, von Neuem:

War es ungebührlich von ihr, einen fremden Mann zu sich einzuladen? Was, wenn ihm nicht schmeckte, was sie kochte? Was sollte sie sonst noch auftischen? Hatte sie genügend Ale im Haus? Was sollte sie anziehen?

Sir Purralot kam und ging die ganze Nacht hindurch, offensichtlich genervt von seiner rastlosen Untertanin.

Als der Morgen hereinbrach, sah sich Abigail knapp daran, eine Erkältung vorzuschützen und das Essen wieder abzusagen. Doch im letzten Augenblick entschied sie sich dagegen und begann mit den Vorbereitungen für das Gericht.

Sie heizte den Ofen ein, würfelte Zwiebeln und briet diese gemeinsam mit zerhacktem Lammfleisch in einer gusseisernen Pfanne an. Sie fügte Knoblauch, Karottenstücke sowie gewürfelten Kohlrabi hinzu und ließ das Ganze köcheln. In der Zwischenzeit kochte sie Kartoffeln und pürierte sie. Anschließend füllte sie das Fleisch in eine Form, gab das Püree samt Butterflocken obendrauf und schob es in den Ofen.

Mit erhobenem Schnäuzchen stakste Sir Purralot durch sein Zuhause, das vom köstlichen Geruch nach Essen durchzogen war.

Die Dämmerung setzte ein. Abigail frisierte sich die Haare, knotete sich Zöpfe und schlüpfte in ihr Sonntagskleid. Dann zündete sie in der Stube zwei Petroleumlampen an.

Als es klopfte, kniff sich die Spinnerin in die Wangen, damit diese in rosigem Teint erstrahlten. Dann öffnete sie die Tür.

»Guten Abend, Miss Clodd.«

Breitschultrig stand Bruce vor der Tür, gekleidet in ein frisches weißes Hemd und braune Hosen. Aufgrund der kurzen Distanz zwischen ihren Häusern hatte er auf einen Mantel verzichtet, trotz der beißenden Kälte.

»Guten Abend«, begrüßte ihn Abigail und trat zur Seite. »Kommen Sie schnell herein, sonst erfrieren Sie noch vor meinem Haus.«

Das Essen war verlaufen, wie Abigail es sich gewünscht hatte: Der Pie hatte Bruce gemundet, ebenso das Ale. Sie hatte sich wunderbar mit dem neuen Nachbarn unterhalten, ein wenig von sich erzählt und von Sir Purralot vorgeschwärmt, auch wenn sich ihr Kater kein einziges Mal hatte blicken lassen.

Bruce hatte sich charmant gegeben, ihr oftmals tief in die Augen geblickt und geduldig zugehört. Sie lachten über die gleichen Dinge, und wenn Bruce von sich oder aus seiner Vergangenheit erzählte, ertappte sich die Spinnerin immer wieder dabei, wie sie förmlich an den Lippen ihres Gegenübers hing.

»Meine Tante hat mir das Haus vererbt.« Er trank vom Ale. »Aber ich habe noch keinen Entschluss gefasst, ob ich das Haus verkaufen werde oder doch selbst einziehen will. Wie lebt es sich hier?«

Abigail zuckte mit den Schultern. »Ruhig und beschaulich, würde ich sagen. Allerdings fehlt mir der Vergleich, weil ich noch nie woanders gelebt habe. Aber in den nächstgrößeren Städten, die ich schon besucht habe, ist es mir zu laut und unruhig.«

»Zu viele Menschen?«

»Zu viel Lärm und Geschrei.«

Sie nickten in stillem Einverständnis.

»Ich weiß, was Sie meinen. London, Edinburgh, Dublin – überall dasselbe: zu viele Leute auf zu wenig Raum, die Luft ist schwarz von den Schornsteinen der Fabriken und die Wohnungen gleichen nassen, kalten Höhlen.«

»Dann hätten Sie es ja bei uns ungleich schöner«, meinte Abigail mit einem scheuen Lächeln.

»Wie gesagt, habe ich mich noch nicht entschieden. Zumal die Hälfte des Hauses mein Bruder Dave geerbt hat.«

»Ein Bruder? Wie wundervoll.«

»Nicht wirklich. Wir haben uns nie gut verstanden.« Bruce schien mit sich zu hadern, ob er weiterreden sollte, tat es dann aber doch: »Dave ist ein Tunichtgut, ein Herumtreiber. Immer nur auf seinen eigenen Vorteil bedacht, einerlei auf wessen Kosten. Berechnend und gefühlskalt, wenn Sie diese Sorte an Menschen kennen.«

Abigail nickte, auch wenn sie nicht genau wusste, wie sich so jemand verhielt. Zu klein war der Kreis an Leuten, die sie in ihrem Leben bisher näher kennengelernt hatte.

»Wir haben uns das letzte Mal vor zwei Jahren getroffen, wenn ich mich recht entsinne«, fuhr Bruce fort. »Aber es hat nicht schön geendet.«

»Das tut mir leid.«

Bruce winkte ab. »Schon gut. Zu viel war geschehen, zu viel Ale. Zu schnell haben wir die Fäuste erhoben.«

Sosehr der Mann den ganzen Abend ausgestrahlt hatte, wie fest er im Leben stand, so verletzlich wirkte er nun, empfand Abigail. Sie zögerte, dann legte sie ihre Hand auf die seine.

Da packte sie jenes Gefühl, das sie schon so lange verdrängt hatte, hinuntergeschluckt und tief in ihrem Herzen begraben – die Sehnsucht nach jemandem, mit dem sie glücklich sein konnte.

Abigail blickte von ihrer Hand, die immer noch auf der seinen ruhte, auf, sah ihm in die Augen. Ein Zucken, ein Aufblitzen, kürzer als ein Herzschlag. Sie konnte es nicht beschreiben und doch …

Plötzlich wurde ihre unbändige Sehnsucht von einem anderen Gefühl verdrängt – von Furcht. Furcht davor, enttäuscht zu werden. Sich in einer Liebe zu verlieren, die nur in ihren Hirngespinsten existierte.

Aller einsamen Jahre zum Trotz brauchte Abigail mit einem Mal eines: mehr Zeit.

Zudem hatte sie bemerkt, dass Bruce' Zunge zunehmend lallte, was vermutlich dem vielen Ale geschuldet war.

»Es ist schon spät«, sagte Abigail und unterbrach Bruce in einer Erzählung, zu der er angesetzt hatte und in der er drei Halsabschneidern das Handwerk legte.

»Wollen … wir das irgendwann wiederholen?«, fragte sie und zog ihre Hand zurück.

Bruce stutzte. Dann erhob er sich. »Natürlich, gern.«

Auch Abigail stand auf.

Sie wollte gerade zur Haustür gehen, als Bruce sie von hinten um die Taille fasste, so wie er es neulich Nacht getan hatte, und sie ebenso gekonnt zu sich hinzog.

»Oder«, flüsterte er, »wir machen diese Nacht zu etwas ganz Besonderem.«

Abigail erstarrte. Sie wollte etwas entgegnen, brachte jedoch keinen Ton heraus.

Bruce drückte seine Wange auf die ihre. »Ich spüre doch, wie du es auch willst. Eine wie du verlangt geradezu danach.«

Abigail riss sich los. »Was erlauben Sie sich?« Sie stieß ihn von sich. »Ich habe Sie eingeladen, weil ich dachte, Sie seien ein, ein …«

Die Spinnerin schluchzte.

Bruce strich sich sein Hemd glatt, das Gesicht von Zorn gerötet. »Ein was? Ein Gentleman? Jemand, der eine wie Sie auf Händen trägt?« Er lachte hässlich auf. »Schätzchen, mit einer Hakennase wie der Ihren, dem Vorbiss, den Segelohren und den schwieligen Händen müssen Sie froh sein, wenn Sie einer mit der Kohlenzange anfasst!«

Abigail begann, bitterlich zu weinen.

»Und das ist offenbar nicht nur meine Meinung.« Mit gerecktem Kinn stolzierte er an ihr vorbei. »Nicht einmal Ihr viel zu oft genannter Kater scheint Sie zu mögen. Das Mistvieh hat sich kein einziges Mal blicken lassen.« Er grinste sinister. »Denken Sie darüber einmal nach, Sie alte Jungfer.«

In diesem Augenblick huschte Sir Purralot durch den Raum.

An einem Fenster in ihrem Häuschen saß Abigail, auf dem Schoß nur eine Filzdecke, eine dampfende Tasse Schwarztee mit Milch vor sich. Ihr Blick war müde. Schweiß rann ihr von der Stirn, nur langsam kam sie wieder zu Atem.

Während die Dämmerung das fahle Licht des Tages bezwang, seufzte die Spinnerin schwer.

Seit Bruce gegangen war, waren auch die Fenster in seinem Haus dunkel geblieben. Niemand, der ein oder aus ging, niemand, der nach dem rechten sah. Wegen des furchtbaren Endes des Abends, der nun schon acht Tage zurücklag, fühlte sich Abigail wieder ein Stückchen einsamer als zuvor. Dieses Gefühl schaffte ihr auch nicht Sir Purralot zu nehmen, der laut schnurrend zusammengerollt auf ihrem Schoß lag.

Dass sie Bruce nie wiedersehen würde, wusste Abigail. Trotzdem dachte sie beinahe andauernd an jenen Abend zurück, an die Gespräche, das Lachen, alles, was sich zugetragen hatte, bevor sie aufgestanden waren. Abigail vermochte nicht zu sagen, was besser war: nicht zu ahnen, was das Leben für einen bereithielt, oder ein Häppchen davon zu erhaschen, in dem Bewusstsein, es nie wieder zu erleben.

Als die Tür im Häuschen gegenüber geöffnet wurde und eine Gestalt auf die Straße trat, fuhr Abigail hoch, als hätte sie etwas gestochen. Sir Purralot sprang mit einem anklagenden »Mau« zur Seite.

Da stand er!

Abigail kniff die Augen zusammen – tatsächlich! Da – stand – Bruce. Offenbar hatte er sich die Haare ein wenig geschnitten und ordentlich gegessen, seinem kleinen Bäuchlein nach zu urteilen.

Dennoch … Abigail hielt den Atem an. Was zur Hölle tat der Mann? Kam er gerade zu ihr herüber?

Die Spinnerin wusste nicht, wie sie sich verhalten sollte. Aber vielleicht würde er ja gar nicht –

Ein Klopfen an ihrer Tür bezeugte, dass er es tat.

Abigails erstarrte. Sie musste hier weg! Dennoch konnte sie sich nicht vom Fleck bewegen.

Erneut ein Klopfen, gefolgt von einem »Hallo? Jemand zu Hause?«.

Wie in Trance, und obwohl sich jede Faser ihres Körpers dagegen sträubte, ging Abigail zur Tür und öffnete.

»Ah, guten Abend, Gnädigste!«

Abigail blieb stumm.

»Mein Name ist Dave Smallwood, ich habe gestern das Haus Ihnen gegenüber bezogen.«

Wie ein Uhrwerk begannen Abigails Gedanken ineinanderzugreifen, sich schneller und schneller zu bewegen, bis sie endlich verstand, was vor sich ging. »Sie sind Dave? Der Bruder von Bruce?«

»Ebendieser«, entgegnete der Mann mit einem Lächeln, das jedoch gleich wieder erstarb. »Ich habe Sie doch nicht erschreckt, Misses –«

»Miss«, schoss es aus Abigail heraus. »Miss Abigail Clodd. Nein, es ist nur … Sie sehen genauso aus wie Ihr Bruder.«

Dave nickte wissend. »Wir sind Zwillinge. Ihre Überraschung ist mir also nicht fremd.« Er blickte kurz auf das gegenüberliegende Haus. »Also war Bruce tatsächlich hier. Wissen Sie, wohin er gegangen ist? Der Kamin war bei meiner Ankunft eiskalt. Es muss also schon eine Zeit her sein, dass er –«

»Acht Tage«, unterbrach ihn Abigail, immer noch gänzlich damit überfordert, in ein Antlitz zu blicken, von dem sie gedacht hatte, es nie wiederzusehen. »Vor acht Tagen habe ich Ihren Herrn Bruder das letzte Mal gesehen. Seither hat kein Licht mehr im Haus gebrannt.«

»Mhm.« Dave machte einen unschlüssigen Eindruck. »Ich weiß ja nicht, wie gut Sie ihn kennengelernt haben, aber –«

»Nicht gut. Überhaupt nicht, um es genau zu sagen«, gab Abigail vor.

»Na ja, wenn ich ehrlich bin, da haben Sie nichts verpasst.« Er lächelte bitter. »Hätten Sie vielleicht etwas Tee, den Sie mir borgen könnten? Sie erhalten ihn natürlich schnellstmöglich zurück. Also, einen neuen Tee, meine ich.«

Abigail wollte gerade ablehnen, da trottete Sir Purralot an ihr vorbei, hinaus in die Kälte und schmiegte sich an Daves Beine. Der bückte sich augenblicklich und begann, den Stubentiger zu streicheln.

»Vielleicht wollen Sie mit mir gemeinsam eine Tasse Tee trinken?«

Abigail konnte kaum glauben, dass sie gerade eine Einladung ausgesprochen hatte. Warum sollte der Mann sich anders verhalten als sein aufdringlicher Bruder? Andererseits: Warum sollte er sich ebenso ehrlos verhalten?

Dave richtete sich auf, den Kater im Arm. »Miss Clodd, von Herzen gern!«

Abigail hatte Dave jenen Platz in der Stube zugewiesen, an dem sie den furchtbaren Abend verbracht hatte. Sie saß dort, wo Bruce gesessen hatte. Zu verstörend wären ihr sonst die Parallelen zu besagtem Abend erschienen.

Dave umfasste mit beiden Händen die heiße Teetasse, aus der es kräftig dampfte. Sein Blick wandert zur Decke, verweilte dort.

»Sie können aber eine ungewöhnliche Vielzahl an Mistelzweigen Ihr Eigen nennen«, staunte er.

Knapp unter der Decke, zwischen zwei Bohlen, waren mehrere Schnüre gespannt. Auf ihnen hatte Abigail all jene Mistelzweige zum Trocknen aufgehängt, die sie in den letzten Jahren entwendet hatte – ein Memorandum ihrer Einsamkeit.

»Stellen Sie daraus Arzneien oder Salben her?«

Abigail entwich ein Lachen. »Wo denken Sie hin? Nein. Ich … ich sammle sie nur.«

Dave nickte gedankenverloren, dann stutzte er. »Gibt es nicht irgendeinen Brauch mit Mistelzweigen?«

»Einen Brauch und eine Legende, ja.« Ihr Blick geriet schwärmerisch.

Dave stützte sein Kinn auf seine Arme. »Erzählen Sie. Bitte.«

Abigail zögerte.

Dann trank sie einen Schluck Tee und begann: »Meine Mutter hat mir die Geschichte gern zum Schlafengehen erzählt. Der germanische Göttervater Odin und seine Gemahlin Frigga hatten einen Sohn namens Balder. Als Lichtgestalt war Balder der Gott der Sonne, ohne ihn würde alles Leben verblühen. Frigga liebte ihren Sohn über alles. Sie plagte die große Sorge, er könnte zu Tode kommen. Daher rang Frigga allen Elementen auf Erden, allen Tieren sowie allen Pflanzen, die über und unter der Erde wohnten, das Versprechen ab, Balder kein Leid zuzufügen. Frigga hatte nur leider die Misteln vergessen, die weder über noch unter der Erde wuchsen, sondern auf den Bäumen. Neidisch, wie Loki war, wusste er Friggas Versäumnis für sich zu nutzen und fertigte eine Pfeilspitze aus Misteln. Mit einer List sorgte er dafür, dass Balder damit getötet wurde.«

Dave runzelte die Stirn. »Das klingt aber nach einer schlimmen Gutenachtgeschichte.«

»Geduld, Mister Smallwood. So traurig war Frigga über den Tod ihres Sohnes, dass sie drei Tage und drei Nächte lang weinte. Ihre Tränen verwandelten sich aber in die weißen Beeren des Mistelzweiges. Der versprach deshalb allen, die sich unter ihm küssten, Glück und ewige Liebe.« Abigail lächelte sehnsüchtig. »Daher der Brauch, sich unter dem Mistelzweig zu küssen, solange dieser noch Beeren trägt. Jeder Kuss kostet eine Beere.«

Dave blickte zu den Zweigen und den Dutzenden Beeren daran. »Nun, die werden in Ihrem Haus wohl so schnell nicht ausgehen.«

»Wohl nicht. Frauen dürfen die Aufforderung zu einem Kuss im Übrigen nicht ablehnen, Männer schon.«

»Wenn das so ist, dann will ich im nächsten Jahr ebenso einen Zweig vor meine Tür hängen. Wer weiß, wer anklopft.«

»Sie wollen hierbleiben?«

Dave runzelte die Stirn, versuchte, in Abigails Augen zu lesen. »Mein Bruder hat Ihnen von mir erzählt?«

Die Spinnerin rang nach Worten, aber Dave kam ihr zuvor: »Lassen Sie mich raten. Ich bin ein Halsabschneider, ein Herumtreiber? Einer, der sich auf Kosten anderer bereichert?«

Abigail schluckte.

»Machen Sie sich keine Sorgen«, lachte Dave. »Bruce ist derjenige von uns beiden, auf den diese Beschreibung passt. Was hat er noch erzählt?« Er zeichnete mit der Hand einen Halbkreis in der Luft. »Von London, von Dublin, von Edinburgh? Von überall dort, wo er schon im Kerker saß?«

»Von einem Kerker hat er nichts erwähnt.«

Dave seufzte. »All die Jahre, und Bruce hat sich kein bisschen geändert. Seien Sie froh, dass Ihre Bekanntschaft mit ihm eine kurze war. Ich für meinen Teil bin seiner schon lange überdrüssig.«

»Wenn Bruce der Landstreicher war, was ist dann Ihre Profession?«

Dave hielt Abigail die Hände hin, die voller bunter Farbspritzer waren.

»Maler. Ich portraitiere den Adel.«

Nun ergriff Dave Abigails Hände. »Lassen Sie mich raten? Sie arbeiten an einem Webstuhl oder Ähnlichem?«

Sie entzog ihm die Hände, schob sie unter den Tisch, als wollte sie sie verstecken. »Spinnerin.«

»Sie brauchen sich doch nicht zu schämen«, sagte Dave gespielt erbost. »Ihre Hände zeichnen Sie doch aus.«

»Dennoch sind sie schwielig und voller Furchen.«

Dave trank von seinem Tee. »Das Leben hinterlässt nun mal Furchen. Das ist ja das Schöne daran.«

Abigail schob die Brauen zusammen. Führte sie der Mann gerade vor?

»Lassen Sie mich erklären. Es geht um die Schönheit des Unvollkommenen. Wer keiner Arbeit nachgeht, hat ebene Hände. Wer keine Sorgen hat, hat auch keine Falten im Gesicht. Ebenso wenig wie der, der nie lacht. Wie traurig ist es, wenn einen nichts von alledem zeichnet? Denn das heißt, dass man nichts erlebt hat, nicht gelebt hat. Mir tun solche Menschen leid.«

Abigail wandte ihr Gesicht ein wenig ab. »Von dieser, wie Sie sagen, ›Schönheit des Unvollkommenen‹ sprechen zumeist nur jene Leute, die darüber erhaben sind.«

Dave lehnte sich in seinem Stuhl zurück. Er legte den Kopf leicht schief, fasste sich mit Daumen und Zeigefinger am Kinn und fixierte die Spinnerin.

Die schien immer tiefer in ihrem Sessel versinken zu wollen.

»Wenn ich Sie so ansehe, Miss Clodd, wissen Sie, was ich sehe? Ein Gesicht, das Sorgen gewohnt ist. Nase und Ohren, die im Verhältnis zu groß sind. Und Ihren Zähnen maß der liebe Gott offenbar auch keine Bedeutung bei.«

Tränen bildeten sich in Abigails Augen, ihre Lippen bebten.

Da stand Dave auf, ergriff erneut ihre Hände.

»Aber – das alles macht Sie einzigartig, Miss Clodd. Abigail! Das macht Sie zu einem wunderschönen Geschöpf. Ich kann mich nur darüber wundern, dass das noch keinem anderen Mann aufgefallen ist.«

Nun wurde Abigail auch noch rot. Verschämt blickte sie auf ihre Tasse Tee. »Sie machen sich lustig über mich, hab ich recht?«

»Keineswegs! Nur eine Sache würde ich an Ihnen ändern wollen, wenn Sie gestatten?«

Ein stummes »Ja« kam ihr über die Lippen.

»Ich würde dafür Sorge tragen, dass Sie mehr Lachfalten bekommen.«

Abigail hob den Blick. Tränen liefen ihr über die Wangen.

Der Maler sah zu den getrockneten Pflanzen an der Decke. »Wenn ich Sie nun fragen würde, ob Sie mich hier unter den Dutzenden von Mistelzweigen küssen möchten, was würden Sie antworten?«

Keine Reaktion.

»Natürlich dürfen Sie auch ›Nein‹ sagen.«

Erneut keine Reaktion.

Mit einem Mal sprang Abigail auf, packte Daves Kopf und drückte seine Lippen an die ihren.

Eine gefühlte Ewigkeit lang standen die beiden da, küssten sich, blickten sich in die Augen und wussten, dass sie von nun an zusammengehörten.

Sir Purralot gestattete den Bund mit einem lautstarken »Miau«.

Beinahe ein halbes Jahr war es her, dass Abigail Clodd ihren ersten Kuss erhalten hatte. Unter einem Mistelzweig, wie sie es sich erträumt hatte, seitdem sie vierzehn war. Dave nutzte das Häuschen ihr gegenüber als Atelier und war bei ihr eingezogen.

Seither hatten sie gemeinsam gestaunt, wenn die Wolkendecke wieder einmal Schneeflocken entließ. Kuschelten gemeinsam vor dem prasselnden Kaminfeuer. Und schliefen gemeinsam ein, geborgen in der Umarmung des anderen geliebten Menschen.

Das Glück hatte Abigail Clodd doch noch eingeholt.

Von einer Sache, das schwor sie sich, brauchte Dave jedoch nichts zu erfahren. Von jenem schrecklichen Abend, als Bruce versuchte, sie zu nötigen. Als er sie beschimpfte und empört ihr Haus verlassen wollte. Und von Sir Purralot, der an jenem Abend plötzlich durch den Raum gehuscht war, direkt vor Bruce' Füße, der daraufhin stolperte –

Zu Boden fiel –

Und mit dem Kopf auf dem ehernen Ofen in der Stube aufschlug, im Gleichklang mit einem markerschütternden Knacken.

Mit weit aufgerissenen Augen war er schließlich dagelegen. Regungslos. Tot.

In ihrer Verzweiflung hatte Abigail noch in der gleichen Nacht entschieden, wie sie mit der Leiche verfahren würde – kaum einer würde ihr Glauben schenken. Ihr Leben würde noch schlimmer werden, als es schon war.

Daher hatte Abigail in den darauffolgenden Tagen mit Axt und Schaufel das gefrorene Erdreich in ihrem Garten mürbe gemacht, eine Grube ausgehoben und den Unhold verscharrt. Just an dem Abend, an dem sie damit fertig geworden war, trat eine Gestalt aus dem Häuschen ihr gegenüber und klopfte gleich darauf bei ihr an die Tür.

Nun pflanzte sie an jenem Fleck Gemüse an, weil sie den Boden nicht mehr aufzulockern brauchte.

Das Glück hatte Abigail Clodd doch noch eingeholt. Und mehr brauchte Dave auch nicht zu erfahren.

Denn er liebte sie so, wie sie war.

VII.
Nikolaus

1852

Ave Maria

Ave Maria, gratia plena,
Dominus tecum.
Benedicta tu in mulieribus,
et benedictus fructus ventris tui, Iesus.

Sancta Maria, Mater Dei,
ora pro nobis peccatoribus
nunc et in hora mortis nostrae.

Amen.

»Ein Jahr ist es schon her. Ein Jahr, und es kommt mir vor, als wäre es erst gestern gewesen.«

Gefühlvoll ergriff Joseph die Hand der Frau, die ihm am Stubentisch gegenübersaß.

Anneliese lächelte dankbar. »Für mich war es das schönste Jahr überhaupt.« Sie kicherte. »Und aufregend war es. Unsere heimlichen Treffen ...«

Joseph holte ihren verschmitzten Blick ab, denn er hatte es ebenso wie sie empfunden.

Wie es sich geziemte, hatte Anneliese Trauerkleidung getragen, nachdem ihr Gemahl im letzten Winter von einem Fuhrwerk überrollt worden war. Veranstaltungen hatte sie keine besucht, weder Dorffeste, die Sonnwendfeier noch andere Geselligkeiten. Nur dem sonntäglichen Kirchgang hatte sie beigewohnt.

Dass sie in Wahrheit gar nicht trauerte, wussten zwar alle im Dorf, da aber auch sonst niemand Valentin Wagners Tod als großen Verlust empfand, warf es ihr auch niemand vor. Keiner vermisste einen Trunkenbold, Zankteufel und Frauenschläger.

Deshalb stieß sich auch niemand daran, dass Joseph, der Pferdeknecht, sie regelmäßig besuchte.

Ihre Freundinnen hatten beobachtet, wie Anneliese allmählich wieder aufgeblüht war, wie sie nach und nach wieder zu jener lebensfrohen Frau wurde, die sie vor ihrer Ehe gewesen war – und das erfreute alle Gemeindemitglieder.

Gestern hatte das Trauerjahr geendet.

Anneliese erhob ihr Schnapsglas. »Auf uns.«

Joseph tat es ihr gleich. Gemeinsam genossen sie einen fruchtig-scharfen Obstler.

»Bist du aufgeregt?«, fragte sie.

Der Pferdeknecht schüttelte den Kopf, auch wenn dies

nicht der Wahrheit entsprach. Dann blickte er zum Fenster hinaus. Von Minute zu Minute sackte das verschneite Dorf mehr in die Dämmerung. Die Silhouette der Gebirgskette in der Ferne – des Watzmanns, seiner »Frau« und seiner »Kinder« – wurde allmählich eins mit dem sternendunklen Himmel der Nacht.

»Ich glaub, es ist Zeit.«

Er stand auf, beugte sich zu Anneliese und drückte ihr einen innigen Kuss auf die Lippen.

Sie strich ihm über die Wange, führte ihre Hand weiter entlang seines dichten Vollbarts, an dessen Ende sie ihn mahnend zog. »Pass auf dich auf, hörst du?«

Joseph nickte. Dann griff er die große Tasche, aus der ein struppiges Pelzgewand ragte, und verließ die Stube.

Während seine humpelnden Schritte im Schnee knirschten, als würde er auf Mehlsäcken gehen, beschleunigte sich Josephs Herzschlag, je näher er seinem Ziel kam – dem Gasthaus »Zum Schwarzen Reiter«. In dessen Hinterzimmer befand sich der Treffpunkt all jener, die am Buttnmandllauf beteiligt waren, und Joseph gehörte zum zweiten Mal auch dazu.

Kurzfristig und auf persönliche Bitte von Bürgermeister Franz Forster war er im Vorjahr für Annelieses verunglückten Gemahl eingesprungen, der auf Intervention seines Vaters stets den Krampus hatte geben dürfen. Doch Joseph hatte sich nicht nur wacker geschlagen, er hatte sich bewährt.

Seither war der Pferdeknecht ein geachtetes Mitglied der Dorfgemeinschaft. Zuvor hatte diese den beinahe zwei Meter großen Hünen aufgrund seines verkrüppelten linken Fußes und des daraus resultierenden humpelnden Erscheinungsbilds vorzugsweise gemieden.

Der Pferdeknecht schmunzelte. Derlei Ressentiments gehörten endgültig der Vergangenheit an.

Durch die Scheiben des Gasthauses konnte Joseph erkennen, dass dieses bereits gut besucht war. Vor der Eingangstür lehnte jedoch etwas, was ihn stutzig machte: der prall gefüllte Sack des Nikolaus.

»Servus, Ägidius«, begrüßte Joseph den Apotheker, der an der Theke lehnte und noch in der Kluft seiner Zunft gewandet war.

»Servus, Spezi«, grüßte der zurück und erhob sein Bierglas. »Hab mich schon ein wenig aufgewärmt. Magst auch eins, Sepp?«

Joseph nickte, worauf der Apotheker dem Wirt zwei Finger entgegenstreckte und sein Glas genüsslich leerte.

»Und, alles fein bei dir?«

Der Pferdeknecht nickte erneut.

»Bei der Lisl auch?« Ägidius Aschauer zwinkerte mit dem rechten Auge.

»Ja, bei der Lisl auch«, antwortete Joseph, froh darüber, seine Beziehung nicht mehr verheimlichen zu müssen.

Der Apotheker nahm die zwei Krüge Bier entgegen. »Auf die Gesundheit. Und eine erfolgreiche Bass!«

Die beiden Männer stießen an und tranken.

»Sag, warum hast du deinen Sack vorm Wirtshaus abgelegt?«

Aschauer wischte sich den frischen Bierschaum ab, der beinahe unsichtbar auf seinem rauschenden weißen Bart hing. »Ich will halt nicht, dass die Spezereien und das Naschwerk, das wir den Kindern schenken, nach Tabakqualm stinken. Hier herinnen wird man ja regelrecht geselcht. Hast 'leicht Angst, dass jemand den Sack vom Nikolaus stibitzt?«

Joseph winkte ab. »Nein. Ich war nur neugierig.«

Der Apotheker leerte seinen Krug. »Komm, Sepp, es wird Zeit.«

Nachdem sich die Nacht des Dorfes vollständig bemächtigt hatte, verließen schaurig lärmende Gestalten das Gasthaus.

Zuerst stürmten sechs junge, kräftige Männer ins Freie, die sich ausgedroschenes Stroh um den Leib gebunden hatten, sodass es wirkte, als würde es ihnen aus dem Körper sprießen. Kuhglocken auf Rücken und Hüfte schepperten lautstark bei jedem ihrer Schritte. Mit Hörnern gespickte Fellmasken, aus deren Mäulern feuerrote Zungen aus Filz heraushingen, rundeten ihr schreckliches Aussehen ab.

Den Buttnmandln folgte Joseph, als Krampus verkleidet in zerzaustem, dunklem Fell, das Antlitz mit einer kunstvoll geschnitzten Maske verhüllt. Er packte den Sack des Nikolaus, der immer noch vor der Tür lehnte, warf ihn sich über die Schulter und schwang seine Rute aus Birkenästen.

Zum Schluss trat Apotheker Aschauer als Nikolaus vor das Gasthaus, im weißen Gewand eines Bischofs und mit einem vergoldeten Krummstab in einer Hand. In der anderen hielt er ein großes, in Leder gebundenes Buch.

Die Bass war vollzählig.

Wenzeslaus Metzenleitner, der Pfarrer des Dorfs, der die Teilnehmer bereits erwartet hatte, hob mahnend die Hand. Ruhe kehrte ein. Die Bass betete ein Vaterunser sowie ein Ave Maria. Weihwasser spritzend sprach der Pfarrer eine Segnung aus.

Fackelträger stellten sich als Vorhut auf. Unter dem

ohrenbetäubenden Getöse der vielen Kuhglocken setzte sich der Zug in Bewegung.

Das Buttnmandllaufen hatte begonnen.

Der Umzug marschierte entlang der Hauptstraße durch das Dorf, bis er das letzte Haus erreicht hatte. Sechs blitzblank geputzte Kinderschuhe standen vor der Tür, auf dass sie der Nikolaus mit Naschwerk füllen möge.

Doch noch war es nicht so weit. Noch galt es herauszufinden, ob die Kinder des Hauses das Jahr über brav oder unartig gewesen waren.

Nikolaus und Krampus betraten das Heim, während die Buttnmandl in der knisternden Winternacht warteten.

Mit einem Mal erschallten die Kuhglocken des Krampus, Kinder schrien auf und weinten bitterlich.

Doch ebenso schnell, wie der Lärm aufgebrandet war, verstummte er auch wieder.

Der Krampus war hinter den Nikolaus getreten, der nun sein goldenes Buch aufschlug und die Namen der Sprösslinge vorlas.

Im Anschluss stellten sich die drei Kinder nebeneinander auf und stimmten ein Lied an, begleitet vom Blockflötenspiel der Mutter und Großmutter.

Mit einem »Pfiat Gott beinand« beendete der Nikolaus schließlich den Einkehrbrauch.

Vor dem Haus gab der Apotheker mit einem Kopfnicken zu verstehen, dass die Kinder sich die Gaben redlich verdient hatten.

Der Krampus kniete nieder, öffnete den Sack und legte je einen Apfel, ein paar Nüsse, Feigen sowie eine Scheibe Kletzenbrot in jeden Schuh.

Joseph wollte den Sack gerade wieder schließen, als ihn ein großes, ovales Etwas innehalten ließ, das, in groben dunklen Stoff gewickelt, ebenfalls im Sack lag. Er drückte darauf, spürte, dass es hart und schwer war.

Eilig schnürte er den Sack wieder zu, damit sich die Bass in Bewegung setzen konnte.

»Was hast du da im Sack drin?«, wollte er wissen, als er zum Nikolaus aufgeschlossen hatte.

Der runzelte die Stirn. »Was meinst? Das Übliche halt. Kletzenbrot, Äpfel, Nüsse, Backwerk. Warum?«

»Was ist das für ein großes Trumm dadrin?«

Aschauer wirkte ratlos. »Ich weiß nicht, was du meinst, Sepp. Da ist sonst nichts drin.«

Da das Sprechen mit übergezogener Maske die Atemnot, die der Pferdeknecht ob des dicken Pelzes und der schweren Glocken verspürte, nur verstärkte, beließ er es dabei, zumal sie ihr nächstes Ziel bereits erreicht hatten.

Wieder gab es für die Kinder des Hauses eine Gabe, wieder wunderte sich Joseph über das, was da im Sack lag.

»Ich muss dringend für kleine Krampusse«, raunte er Aschauer im Anschluss zu und verschwand hinter der Hausecke, noch bevor ihn der Nikolaus davon hätte abhalten können.

Dort kniete sich der Pferdeknecht in den Schnee und öffnete fahrig den Sack. Die engen Schlitze in der Holzmaske verringerten sein Blickfeld, zudem verschluckte das Licht des Mondes alle Farben – ließ aber zumindest Formen und Konturen erkennen.

Joseph hob das Bündel aus dem Sack, das so groß wie ein Kürbis war, schlug den groben Stoff zurück – und versteinerte.

Seine Hand begann zu zittern.

Sein Atem beschleunige sich, sodass es in der Maske klang, als würde eine Dampfmaschine anfahren.

Im Dunkel der Nacht starrten Joseph zwei leblose Augen an, eingebettet in einen abgetrennten Kopf.

Blitzschnell ließ der Pferdeknecht den Schädel in den Schnee fallen, schlug den Stoff darüber und versuchte zu erkennen, ob ihn irgendwer beobachtete. Er vermochte jedoch weder etwas Verdächtiges zu sehen noch etwas Verdächtiges zu hören.

Wer war der Mann, dessen Kopf er gerade in Händen gehalten hatte? Wer hatte ihn enthauptet? Und warum hatte man ihn in den Sack des Nikolaus gesteckt?

Schwindel ergriff den bulligen Mann. Er zog sich die schwere Krampusmaske vom Kopf, atmete in tiefen Zügen die eiskalte Winterluft ein und aus, während die Schweißperlen sein Gesicht vereisten.

»Was wird denn da gespielt?« Aschauers Worte dröhnten durch die Stille der Nacht.

Joseph wirbelte herum, gleich einem ertappten Kind, sodass es ihn auf den Hintern setzte. »Ägidius, ich – ich –«

»Was: ›ich‹? Was treibst denn da im Dunkeln mit dem Sack? Kletzenbrot kannst futtern, wenn wir die Bass beendet haben.«

»Das glaubst mir jetzt nicht.« Der Pferdeknecht rutschte auf den Knien zurück, sodass der Apotheker sehen konnte, was da im Schnee lag.

»Was ist das?«

»Das, was in deinem Sack versteckt war. Das, wonach ich dich vorhin gefragt hab.«

Auf seinen Krummstab gestützt beugte sich der Nikolaus nach unten, kniff neugierig die Augen zusammen.

Joseph schlug den Stoff zurück.

Beide Männer hielten den Atem an.

Schließlich löste sich Aschauer aus seiner Erstarrung. »Damit hab ich jetzt nicht gerechnet«, sagte er lapidar.

Er richtete sich auf, strich sich über seinen weißen Bart, ohne den Blick von dem abgetrennten Kopf zu lösen. »Sepp, wir haben ein Problem.«

Der traute seinen Ohren nicht. »Was haben wir? Wir haben kein Problem, Ägidius. Wir schleppen einen abgeschnittenen Bluza durch die Gegend, während wir Kindern und ihren Familien Frohsinn bringen und christliche Traditionen verbreiten. Einen Bluza!«

Der Apotheker hob drohend die Hand. »Sag's noch ein wengerl lauter, ich glaub, die Huberbäuerin am anderen Dorfende hat's noch nicht gehört. Herrschaftszeiten!«

»Alles gut bei euch?«, tönte es vom Eingang des Hauses her.

»Alles gut!«, rief der Apotheker beschwichtigend zurück. »Wir haben's gleich!«

Der Krampus reckte die Arme in die Höhe. »*Uns* wird's gleich haben, Ägidius!«

»Blödsinn.« Aschauer überlegte fieberhaft. »Hast du etwa den Schädel da reingetan?«

Joseph blieb ob der Anschuldigung der Mund offen.

»Reg dich nicht auf, Sepp, war ja nur eine Frage.«

»Eh. Aber irgendjemand hat ihn da reingetan.« Der Krampus rappelte sich auf. »Nur wer?«

»Lass mich noch einen Blick drauf werfen.«

Joseph tat, wie ihm geheißen, hob den Stoff wieder ab. Erst jetzt war er in der Lage, das Antlitz näher zu betrachten. Der Mann war um die vierzig Jahre alt, mit schwarzen, kurz geschnittenen Haaren, verfilzt und speckig. Seine Haut war voller Schmutz und Krätzen und mit einer Unzahl an kleinen Narben übersät. Seine Zähne wirkten ungepflegt und glichen der abgebrannten Ruine einer Burg. Blut und alle anderen Körpersäfte waren zu Eis erstarrt.

»Das ist keiner aus unserem Dorf. Schaut aus wie ein Landstreicher«, stellte Aschauer fest. »Das beruhigt mich jetzt ein wenig.«

»Also mich beruhigt das ganz und gar nicht.« Joseph schlug den Stoff wieder über den Kopf. »Das heißt nämlich, dass der Mörder auch ein Fremder ist, der womöglich noch sein Unwesen im Dorf treibt.«

»Das glaub ich so jetzt nicht«, meinte der Nikolaus. »Alle Familien sind in ihren Häusern. Wer wäre so narrisch, da einzubrechen und sich auf frischer Tat erwischen zu lassen? So ein Strolch wird doch am nächsten Baum aufgeknüpft.«

Der Krampus wog den Kopf hin und her, denn die Worte des Apothekers ergaben durchaus Sinn.

»Pack den Schädel erst einmal wieder in den Sack«, befahl Aschauer. »Wir bringen unsere Bass zu Ende und denken derweilen nach, wie wir vorgehen.«

»Du ... willst den Bluza mitschleppen? In die Häuser, zu den Kindern?«

»Wenn wir ihn hierlassen, findet ihn womöglich wer. Oder ein Hundsviech schlägt beim Vorbeistreunen darauf an. Den Pallawatsch, der dann ausbricht, kannst dir ja vorstellen. Und unser Umzug wär auch im Eimer. Wir haben gegenüber dem Dorf eine Verantwortung, Sepp. Denk an die Kinder.«

Der atmete tief durch. Er wusste, dass der Apotheker recht hatte. Zwei Seiten einer Münze, das seien Nikolaus und Krampus, hatte Aschauer im letzten Jahr zu ihm gesagt, und so mussten sie nun auch handeln – vereint.

Joseph legte das Bündel in den Sack zurück und zog diesen entschlossen zu.

Der weitere Verlauf der Bass erwies sich als weit weniger leichtfüßig, als der Apotheker sich dies vorgestellt hatte. Während sie von Haus zu Haus gingen, schwiegen er und der Krampus, beschäftigt nur von einem Gedanken: Was sollten sie tun, wenn der Buttnmandllauf zu Ende war?

Zudem wirkte der Nikolaus unkonzentriert, wenn sie in den Häusern waren und sich die Vorträge von Gedichten oder Liedern anhörten.

Der Segen, den er den Familien in Reimform darbrachte, geriet immer wieder ins Stocken. Und anstatt die Einkehr mit einem »Pfiat Gott beinand« zu beschließen, rutschte Aschauer zweimal ein »Pfiat Kopf beinand« heraus.

Beim vorletzten Haus schließlich machte der Hund der Familie, ein kniehoher Mischling, der an der Tür angeleint war, einen gewaltigen Satz auf den Krampus zu und keifte ihn an, als ob er der Leibhaftige persönlich wäre.

Joseph schrak zurück, hielt den Sack umklammert, als hinge sein Leben daran.

Aschauer holte den Hausherrn, der seinen Hund packte, ihm eine auf den Kopf gab und ihn hinters Haus zerrte.

Erst dann betraten Nikolaus und Krampus das Heim.

Endlich kehrten sie das letzte Mal ein.

Viktoria Hinterstoißer, zwölf Jahre alt und angespornt durch das Lob, das ihr der Krampus im letzten Jahr ausgesprochen hatte, trug diesmal mit Feuereifer ein Gedicht vor. Ein besonders langes Gedicht.

Wann immer das Mädchen das Ende einer Strophe

erreicht hatte, wollte der Nikolaus einsetzen und die Einkehr beenden, doch es folgte eine weitere Strophe, und noch eine. Und dann eine weitere.

Selbst Viktorias Eltern schienen keine Ahnung von dem nicht enden wollenden Reimwerk gehabt zu haben, mutmaßte Joseph, ging der Blick der Mutter doch irgendwann ins Leere und der des Vaters blieb an einer Flasche Schnaps haften, die auf einer Kommode am anderen Ende der Stube stand.

Viktoria holte noch einmal tief Luft.

Dem Nächsten helf ich fromm und frei
Bin auch beim Kirchgang stets dabei
Treib weder Jux noch einen Streich
Drum freu ich mich auf Gaben reich

Mit diesen Worten schloss Viktoria ihren Gedichtzyklus. Das Mädchen wippte auf den Zehenspitzen auf und ab, seine Augen glänzten in gieriger Erwartung der Lobeshymnen, die ob des von ihm Vorgebrachten nun über es hereinbrechen sollten.

»Das war … beeindruckend. Und so lang«, sprach der Nikolaus schläfrig. »Mir scheint, aus dir wird einmal eine große Dichterin werden.«

Viktoria strahlte übers ganze Gedicht.

Der Krampus kniete sich nieder, fasste in den großen, beinahe leeren Sack. Als er das unaussprechliche Etwas darin berührte, durchfuhr ihn ein schrecklicher Schauer. Trotzdem kramte er weiter, bis er fand, wonach er gesucht hatte, und reichte dem Mädchen ein köstlich aussehendes Backwerk.

Wie im Jahr davor tönte Joseph dabei mit grimmiger Stimme: »Für die besonders Tapferen.«

Viktoria lugte in den offenen Sack. »Für wen ist denn das große Geschenk dadrin?«

Reflexartig schnürte Joseph den Sack wieder zu. »Für die Frau vom Krampus, du Naseweis.«

Das wissende Lächeln in Viktorias Gesicht bezeugte, dass ihr die Antwort genügte.

Zum letzten Mal an diesem Abend sprach der Nikolaus seinen Segen und beschloss mit einem erleichterten »Pfiat Gott beinand«.

Knappe vier Stunden nachdem der Buttnmandllauf begonnen hatte, endete er am Platz vor dem Wirtshaus »Zum Schwarzen Reiter«. Die Teilnehmer nahmen ihre Masken ab, reckten ihre verschwitzten Häupter dampfend in den kalten Nachthimmel.

Auch Joseph hob die schwere Maske vom Kopf. Doch im Gegensatz zu den Buttnmandln, die sich johlend zum Wirtshaus aufmachten, um die erfolgreich absolvierte Bass feuchtfröhlich zu begießen, teilte er mit Aschauer einen besorgten Blick.

»Wir kommen dann nach«, ließ der Apotheker seine Gehilfen wissen. »Das erste Bier geht wie immer auf mich!«

Die grölende Zustimmung währte nur kurz, denn die Burschen waren gleich darauf im »Schwarzen Reiter« verschwunden.

»Alsdann«, meinte der Nikolaus außer Dienst.

»Alsdann«, bestätigte der Krampus.

Die beiden Männer gingen hinter das Gasthaus, warteten, ob sie allein bleiben würden.

»Ich hab mir überlegt«, begann Joseph leise, »dass der einzige Augenblick, an dem jemand den Kopf im Sack verstecken konnte, der war, als der Sack vor dem ›Reiter‹ stand und wir uns drinnen fertig gemacht haben.«

Der Apotheker nickte zustimmend.

»Wo ist der Kerl also hergekommen?« Der Pferdeknecht übersah den Platz. »Wenn ich das tun würde, würde ich von dort kommen.« Er deutete auf die kleine Gasse, die zum Wirtshaus führte. »Denn von überall sonst bestünde die Gefahr, dass mich jemand sieht, wenn ich den Platz überquere.«

Aschauer überprüfte die Theorie, verzog dann anerkennend den Mund. »Da wirst recht haben, Sepp. Aber jetzt sollten wir den Bluza der Gendarmerie übergeben.«

»Na, auf keinen Fall! Dir werden sie glauben, dass du damit nichts am Hut hast, Ägidius. Du bist der Apotheker.« Joseph gestikulierte aufgeregt. »Aber mir, einem Pferdeknecht? Noch dazu ist einer der Gendarmen der Onkel des im letzten Jahr verstorbenen Valentin Wagner. Ob der damit einverstanden ist, dass ich nun seinen Platz an Annelieses Seite einnehme, möchte ich nicht unbedingt herausfinden.«

»Da hast nicht unrecht. Was schlägst also vor?«

Ohne sich ihrer Gewandung zu entledigen, folgten die beiden Männer dem Weg durch die kleine Gasse, die schließlich in einer Straße mündete, die aus dem Dorf führte.

Joseph musste nur andeuten, wohin er gehen wollte, und Aschauer folgte ihm widerspruchslos.

Nachdem die Straße eine scharfe Kurve gemacht hatte und sich in der Ferne in der Dunkelheit verlief, blieb der Apotheker jedoch stehen.

»Sepp, wir sollten umkehren. Da werden wir keine Spuren mehr finden.«

Der Pferdeknecht tat es dem anderen gleich. Schwer atmend sah er sich um. Das Dorf war bereits hinter einem steilen verschneiten Hang verschwunden.

»Aber was machen wir mit dem Kopf?«

Der Apotheker ging zu Joseph, öffnete den Sack und holte das Bündel heraus. »Wir lassen ihn dort im Wald. Dem Toten ist das einerlei. Aber wenn wir ihn hier ablegen, wird ihn jemand aus dem Dorf finden und dann werden Gerüchte, Mutmaßungen und letzten Endes auch Beschuldigungen die Runde machen, das schwör ich dir. Zum Schluss wird irgendein Unschuldiger dafür herhalten müssen.« Er seufzte. »Die Leut brauchen immer einen Sündenbock.«

Mit diesen Worten stapfte der Nikolas den verschneiten Abhang Richtung Wald hinab.

Joseph zögerte, dann folgte er dem Apotheker. Immerhin waren Nikolaus und Krampus Spezi.

Die ersten Baumreihen hatten sie bereits passiert. Auf dem Schnee, der trotz des Schutzes der Tannen bis über die Knöchel reichte, verlief ein fleckiges Muster aus gleißend bläulichem Weiß und abgrundtief dunklen Schatten, geworfen vom vollen Mond in all seiner Pracht.

Aschauer betrachtete den Kopf in seinen Händen. »Tut mir leid, was dir widerfahren ist. Wer immer du auch warst.«

Er setzte das Bündel auf den Waldboden und bedeckte es mit Schnee. Dann bekreuzigte er sich.

Gerade als sich der Apotheker auf den Rückweg machen wollte, hielt ihn Joseph an der Robe fest und deutete auf eine kleine Lichtung unweit von ihnen.

Etwas lag dort, illuminiert durch einen Strahl des Mondlichts. Doch noch etwas anderes befand sich dort – ein Schattentier, knurrend und geifernd.

»Lass den Wolf«, flüsterte Aschauer.

»Mich interessiert nicht der Wolf.« Joseph hob einen schweren Ast aus dem Schnee. »Sondern das, woran er zerrt.«

Mit voller Wucht schlug Joseph den Ast gegen einen Baumstamm. Der dumpfe Knall ließ den Wolf aufhorchen. Ein weiterer dumpfer Knall, gepaart mit seiner riesigen Gestalt im dunklen Fell, die brüllend auf ihn zuschritt, ließ das wilde Tier fluchtartig Reißaus nehmen.

Joseph konnte sich ein Grinsen nicht verkneifen. Als er jedoch erkannte, woran der Wolf sich ereifert hatte, wurde er schlagartig ernst – der leblose Körper eines Mannes, der inmitten der Lichtung lag.

Seine zerrissene, schmutzige Kleidung bezeugte seine Armut. Die vielen Fußabdrücke rings um ihn im Schnee, dass ein Kampf mit einem anderen stattgefunden haben musste.

Dort, wo der Kopf sein sollte, hatte sich eine schwarze Blutlache in den Schnee gefressen.

»Ich meine, wir haben unser Opfer«, sprach Joseph und bekreuzigte sich, während der Apotheker zu ihm stapfte.

»Jössas.« Auch Aschauer schlug ein Kreuzzeichen. Dann holte er das Bündel, wickelte es aus und legte den Kopf an den Körper, zurück an seinen ursprünglichen Platz.

»Die Tat kann noch nicht länger als einen Tag her sein«, meinte er schließlich. »Sonst wäre der Tote zugeschneit.«

Joseph nickte, bedeckte dann den Kopf wieder mit dem Stoff.

Aschauer klopfte ihm auf die Schulter. »Komm, Sepp, heute können wir nichts mehr tun. Morgen werden wir die Gendarmerie verständigen.«

Den Weg von der Lichtung bis ins Dorf hatten die beiden Männer schweigend zurückgelegt. Beide waren darüber bestürzt, welch schreckliches Ende dieses Leben mutterseelenallein im Wald gefunden hatte.

Kurz bevor sie das Wirtshaus erreicht hatten, sprang jedoch eine Gestalt vor sie aus der Böschung, ein langes, gezacktes Messer in der Hand.

»Wo habt ihr ihn hingebracht?«, zischte die raue Stimme eines Mannes.

Aschauer machte einen Schritt zurück. »Du meinst –«

»Du weißt es genau!« Der Geselle war ähnlich arm gekleidet wie der Tote im Wald. »Ich rede vom Anderl sein Kopf.«

»Anderl hieß der Arme also.« Joseph verengte die Augen. »Dann warst du das. Du bist der heimtückische Mörder.«

Der Mann richtete das Messer gegen den Pferdeknecht. »Du hast ja keine Ahnung. Befreit hab ich den Anderl. Die Dämonen hab ich aus seinem Körper gelassen.«

»Das freut ihn jetzt bestimmt narrisch«, knurrte der Joseph.

Aschauer gab dem Pferdeknecht ein Zeichen, ruhig zu sein.

Doch der dachte nicht daran. »Du wolltest den Ägidius anschwärzen, was? Wolltest ihm den Mord unterschieben? Aber da hast du dich geschnitten. Denn der Ägidius ist ein feiner Mensch und über jeden Verdacht erhaben!«

Der Mörder schnitt Grimassen, als ob er mit seinem Inneren Zwiesprache halten würde. Dann schielte er zu Aschauer. »Ich wollt dich nicht anschwärzen, ehrlich. Aber ich fürchtete, der Belzebub sei hinter mir her. Da hab ich den Kopf bei dir im Sack versteckt, Nikolaus, um ihn später wieder abholen zu können. Denn der Anderl gehört zu mir.«

Er blickte auf den nun leeren Sack, den Joseph in der Hand hielt.

»Also, wo ist dem Anderl sein Kopf? Was hast du mit ihm gemacht, du vermaledeiter Teufel?«

»Er ist dort, wo er hingehört.« Der Pferdeknecht verstärkte den Griff um seine Birkenrute. »Und jetzt schleich dich, du Spinner!«

»Oder was?« Der Mörder grinste feist, fuchtelte mit dem Messer zwischen den beiden Männern hin und her. »Ich werde euch beide bestrafen. Und zwar dafür, dass ihr gemeinsame Sache macht. Krampus und Nikolaus in trautem Einklang – das gefällt dem Herrgott niemals nicht.«

Weiter kam der Mann nicht. Mit sengendem Zischen sauste die Rute durch die Luft, traf seine Hand und riss sie nach unten.

Beinahe lautlos fiel das Messer auf den festgetretenen Schnee.

Josephs rechte Hand, die in geöffnetem Zustand einem Schaufelblatt glich, schnellte nach vorn, nun zu einer Faust geballt.

Die Wucht des Schlages riss den Mörder nach hinten. Donnernd schlug er mit dem Kopf gegen die Mauer des Wirtshauses, wo er zusammensackte.

Gleich darauf riss ihn der Pferdeknecht wieder in die Höhe.

»Und ja, Nikolaus und Krampus machen gemeinsame Sache. Denn sie sind Spezi, verstehst?«

Joseph holte erneut zum Schlag aus. Was er nicht gesehen

hatte, war, dass der Mann sich sein Messer wieder gegriffen hatte.

Dieses stieß er dem Pferdeknecht in die Seite.

Joseph brüllte auf, ließ den Mörder los.

Aschauer, der bereits einige Schritte hinter Joseph getreten war, schrie um Hilfe.

Mehrere Burschen stürmten aus dem Wirtshaus, erblickten die drei Widersacher.

Der Mörder, der aus Nase und Ohren blutete, nahm Reißaus, lief wankend in die enge Gasse.

Joseph wollte ihm nach, doch Aschauer hielt ihn am Fell zurück. »Lass den Narrischen. Du bist verletzt, Sepp.«

In dem Augenblick verließ Joseph die Kraft, doch die Burschen aus dem Wirtshaus waren bereits zur Stelle und stützten ihn.

Gemeinsam trugen sie den Verletzten in die Gaststube.

Mit verbundenem nacktem Oberkörper saß Joseph am Tisch, umringt von allen, die an der Bass teilgenommen hatten. Neben ihn hatte sich Anneliese gekuschelt und hielt seine Hand.

»Auf den Sepp!«, stimmte einer der Feiernden an, woraufhin alle tranken.

Auch Joseph genoss sein Bier, denn glücklicherweise hatte der schwere Pelz seines Krampuskostüms die Wucht des Messerstoßes gemindert und die Klinge hatte so nur durch Fett und Fleisch geschnitten.

»Ich lieb dich«, flüsterte ihm Anneliese ins Ohr. »Aber wennst noch einmal den Helden spielst, bring ich dich eigenhändig um, verstanden?«

Joseph nickte ernst, denn er wusste, dass die Frau an seiner Seite jedes Wort so meinte.

So endete der Buttnmandllauf mit einem derart rauschenden Fest, dass man noch viele Jahre darüber sprechen würde.

Stillschweigen hingegen bewahrte der Apotheker darüber, dass er, schon ordentlich beschwipst, auf dem Nachhauseweg mit seinem Fuhrwerk über etwas gefahren war, was einem Mann in Lumpen glich, der mitten auf der Straße lag. Und ebenso, dass ihm das im Jahr davor auch schon passiert war.

Auch Joseph, dem er es irgendwann beichtete, schwieg über den Vorfall.

Denn Nikolaus und Krampus waren schließlich Spezi.

VIII.
Brief ans Christkind

1956

Joy to the World

(Text: Isaac Watts, 1719 / Melodie: Lowell Mason, 1848)

Joy to the world! the Lord is come;
Let Earth receive her King;
Let every heart prepare him room,
And heaven and nature sing,
And heaven and nature sing,
And heaven, and heaven, and nature sing.

Joy to the world! the Saviour reigns;
Let men their songs employ;
While fields and floods, rocks, hills, and plains
Repeat the sounding joy,
Repeat the sounding joy,
Repeat, repeat the sounding joy.

No more let sins and sorrows grow,
Nor thorns infest the ground;
He comes to make His blessings flow
Far as the curse is found,
Far as the curse is found,
Far as, far as, the curse is found.

He rules the world with truth and grace,
And makes the nations prove
The glories of His righteousness,
And wonders of His love,
And wonders of His love,
And wonders, wonders, of His love.

»Alles begann an einem diesigen Tag im Dezember 1905. Dem Rauch der nahe gelegenen Eisenmanufakturen wurde ob der Wetterlage der Aufstieg in den Himmel verwehrt, und so drückte er von den Steildächern abwärts. Von allem hatten wir zu wenig, nur nicht vom Ruß. Er lag überall. Auf Fensterbrettern, in den Fluren und natürlich auch in den Stuben. Ich dachte damals, es wäre schlau gewesen, schwarzes Mobiliar zu kaufen, dann fiele die Verschmutzung weniger stark auf. Aber das war natürlich unerschwinglich gewesen. Auch unsere Gesichter waren kohlrabenschwarz, sodass wir Kinder aussahen, als kämen wir geradewegs von der Schicht eines Kohlebergbaus.«

»War das nicht gesundheitsschädlich?«, fragt er.

»Außerordentlich sogar«, antworte ich, irritiert über die Frage. Wo auf der Welt ist Kohlenstaub denn gesund? »Im Nachhinein betrachtet«, fahre ich unbeirrt fort, »erklärt das vermutlich, warum der Rotz aus unseren Nasen wie Erdöl und die Tränen aus unseren stets geröteten Augen wie Tinte aussahen. Die Erwachsenen in unserem Viertel keuchten und husteten ohne Unterlass. Ihr Lungenauswurf war schwarz wie die Nacht und sie feierten jeden Geburtstag ab vierzig, als wäre es ihr letzter. Denn irgendein bald darauffolgender würde genau das sein.«

Ich kratze die Bartstoppeln an meinem Kinn und sinniere, wo ich mich in meiner Erzählung verrannt habe. »Wo war ich? Ach, richtig! An jenem diesigen Tag im Dezember 1905. Ich lief aus dem Haus, um mit den anderen Kindern zu spielen – ein Versteckspiel machte in solch einer milchigen Suppe besonders Spaß –, da stutzte ich mit einem Mal und sah nach unten. Vor meinen Füßen am Bürgersteig lag ein Briefumschlag. Ich blickte um mich, ob das Kuvert jemand verloren haben könnte, doch außer schemenhaften

Gestalten, die mit dem Dunst eins wurden, konnte ich niemanden ausmachen. Also hob ich den Umschlag auf und –«

»Sie öffneten ihn!«, fällt er mir ins Wort.

»Was? Nein!«, empöre ich mich theatralisch. »Hören Sie zu und unterbrechen Sie mich nicht!«

Der andere rückt sich die Nickelbrille zurecht. »Sie haben mich doch angewiesen, Fragen zu stellen.«

»Das habe ich«, bekräftige ich. »Aber Punkt A, nur wenn sie nicht unsinnig sind, und Punkt B, nur wenn sie Sinn ergeben.«

»Aber –«

Ich schweige.

Er verstummt.

Ich lächle innerlich. Die Hierarchie an unserem Tisch scheint geklärt. »Ich hob also den Umschlag auf. Das raue Papier wirkte geschunden und war voller schwarzer Fingerabdrücke. Zum Vergleich hielt ich meinen eigenen Zeigefinger hin und schloss aus Größe und Form der Abdrücke, dass der Verfasser des Schreibens ein Kind meines Alters sein musste. Ich drehte es um und las den Adressaten: ›An das liebe Christkind‹. Sie können sich meine Verwunderung vorstellen?«

Stummes Nicken.

»Obwohl ich schon neun Jahre alt war, hatte ich keine Ahnung davon, dass man dem Christkind persönlich schreiben konnte! Warum hatte mir das niemand gesagt?«

Ich trinke einen Schluck Limonade, genieße die bittere Süße des Getränks.

»Natürlich war ich gespannt wie ein Flitzebogen, mit welchem Begehr sich der Verfasser oder die Verfasserin ans Christkind wandte. Während ich dahinschlenderte, begann ich also, den Briefumschlag zu öffnen, als ich einen leichten Stoß in die Seite verspürte. Danach ist meine Erinnerung gänzlich ausgelöscht. Ich weiß nur mehr, dass ich eine gefühlte Ewigkeit lang auf etwas Hellweißes gestarrt habe.«

»Du meine Güte! Hatten Sie eine Nahtod-Erfahrung? Sahen Sie ein Licht am Ende des Tunnels?«

»Ach wo! Ich trug eine starre Halskrause und konnte nur die weiß gekalkte Decke des Zimmers sehen.« Ich grinse. »Geben Sie sich keinerlei Illusionen hin. Wenn Sie tot sind, sind Sie tot, das war's.«

Der junge Mann, der mir gegenübersitzt und mit einem gespitzten Bleistift der Härte HB alles zu Papier bringt, was ich ihm erzähle, zieht ein argwöhnisches Gesicht. »Ein Leben nach dem Tod schließen Sie aus? Aber das Christkind gibt es?«

Ich seufze resignierend ob der Einfältigkeit des Jünglings. »Natürlich. Letzteres weiß doch jedes Kind.«

Mit einem kurzen Schnauben untermale ich meine Despektierlichkeit.

Der andere senkt den Blick.

»Wie ich später erfuhr, hatte mich ein Lastkraftwagen in voller Fahrt gerammt. Dem Lenker war laut seiner Aussage seine Zigarette aus dem Mundwinkel in den Schoß gefallen, weshalb er sich nach vorne gebeugt und dabei das Lenkrad verrissen hatte. Trotz zahlreicher Knochenbrüche attestierten mir die Ärzte, ich hätte unsagbares Glück gehabt. Normalerweise sei ein solcher Unfall absolut tödlich. Von Glück verwöhnt fühlte ich mich dennoch nicht. Zwei große Narben zierten meine Oberschenkel. Und ich fühlte mich einsam und verlassen, denn meine Tante Rosa, bei der ich aufwuchs und die übrigens Zigaretten rauchte, als hinge ihr Leben daran, schaffte es einen Monat lang nicht, mich zu besuchen.«

»Das ist traurig. Aber womöglich hatte sie mit anderweitigen Problemen zu kämpfen?«, versucht sich der Schreiberling in einer Erklärung.

»Oh, das hatte sie auch«, antworte ich. »Tante Rosa starb nämlich bei einem Hausbrand, zwei Wochen nach meinem Unfall. Die Ärzte verschwiegen es mir, da sie fürchteten, die schlechte Nachricht könnte meine Genesung beeinträchtigen. Und bei meiner Entlassung hatte man schlichtweg vergessen, es zu erwähnen. Ich war halt nur ein neunjähriger Rotzlöffel, nichts weiter. Frisch genesen, frohen Mutes und mit einem fröhlichen Lied auf den Lippen stiefelte ich also zu unserem Viertel, das ob der schwarzen Rauchsäulen aus den Schornsteinen von überall in der Stadt her sichtbar war. Jedoch fand ich nur vor, was nicht mehr war – mein Zuhause. Eine verkokelte Ruine. Darauf eine Schicht Ruß, als wäre es schwarzer Schnee.«

Der Schreiberling schüttelt mitfühlend den Kopf.

Nett von ihm, dieses geheuchelte Einfühlungsvermögen.

»Die Trümmer meines Lebens lagen also buchstäblich vor mir. Mit jedem Rußflöckchen, das aus den bleiernen Wolken zur Erde tanzte, dämmerte es mir mehr – hätte ich an jenem Dezembertag nicht den Brief aufgehoben, hätte mich der Lastkraftwagen nicht angefahren und ich wäre, wie alle anderen Hausbewohner übrigens, in der Flammennacht verbrannt. Dass ich in Anbetracht der Umstände wieder nicht vor Glück jauchzte, versteht sich von selbst. Ich sah mich bereits in der Gosse hausen und meinen Lebensunterhalt erbetteln, da entsann ich mich, dass meine selige Mutter ja zwei Schwestern hatte. Tante Rosa und Tante Adi.«

»Tante Adi?«

»Von Adele.«

»Verstehe. Bei ihr kamen Sie dann unter?«

Ich nicke. »Sie und ihr Mann bewirtschafteten einen kleinen, eigenartigen Hof außerhalb der Stadt. Eigenartig deshalb, weil ich von dort aus den Himmel in einer mir unbekannten Farbe sehen konnte – Blau. Tante Adi war eine hünenhafte Frau, die dreierlei Dinge strikt ablehnte: jegliche Form des Glücksspiels, den Genuss von Tabakwaren und das Zurschaustellen menschlicher Zuneigung. Dafür liebte sie drei andere Sachen: Gott, den Allmächtigen, Seinen Sohn, den Erlöser, und den Genuss von Alkohol. Hatte Tante Adi einen über den Durst getrunken – und das kam mehrmals die Woche vor –, bläute sie mir gern mit der flachen Hand ein, warum Glücksspiel, Rauchen und Gefühlsduselei das Werk des Teufels waren.

Ich musste in einem Bretterverschlag am Boden schlafen, bekam aber ein Paar gebrauchte Schuhe, die ihr der Herr Pfarrer geschenkt hatte – wohl, weil sie seinem heimlichen Sohn, von dem jeder wusste, nicht mehr passten. Und einmal am Tag durfte ich mich an einer warmen Mahlzeit laben. Es ging mir also gut. Dafür nahm ich das dreimalige Kirchengehen in der Woche und den regelmäßigen Satz heiße Ohren gern in Kauf.«

»Was geschah mit dem Brief ans Christkind, den Sie eingangs gefunden hatten?«

»Natürlich trug ich ihn stets bei mir«, antworte ich mit jener Färbung in der Stimme, die man einschlägt, wenn man eine besonders dumme Frage gestellt bekommt und dies den anderen auch wissen lassen will.

»Jedoch trug ich ihn nicht nur bei mir, ich ließ ihn auch ungeöffnet. Irgendetwas sagte mir nämlich, dass mein Glück erlöschen würde, öffnete ich den Umschlag. Und in den folgenden Jahren sollten mir diverse Ereignisse auch recht geben.«

»Ach ja?«

Ich nicke erneut. »Als ich eines Tages die Tür unseres Plumpsklos öffnete, hastete ein tollwütiger Hund zähnefletschend auf mich zu. Er setzte zum Sprung an –«

Mit theatralischer Pause trinke ich einen Schluck Limonade.

»Ich duckte mich und das wütende Biest verfehlte mich nur um Haaresbreite. Was es jedoch punktgenau traf, war das Loch in unserem Donnerbalken. Durch das fiel der Köter jaulend in die Tiefe und war gleich darauf für immer verstummt. Ein andermal rutschte ich bei einer Wanderung aus, stürzte einen steilen Hang hinab und blieb mit dem Kopf gerade noch in Buschwerk hängen, ehe es Hunderte von Metern in die Tiefe ging.«

Ich tippe mit dem rechten Zeigefinger auf meine Augenklappe.

»Dabei haben Sie Ihr Augenlicht verloren?«

»Nur das rechte. Deshalb hat man ja zwei von der Sorte.«

Das aufgesetzte Lachen des Schreiberlings zeigt mir, dass ich an meinen Bonmots arbeiten muss.

»Wann immer mir etwas Schlimmes widerfuhr, es hätte auch wesentlich schlimmer enden können. Beruflich half ich meinem Onkel bei der Auslieferung diverser Güter, was bei den Mädchen ebenfalls Anklang fand.« Ich beuge grinsend meinen Bizeps, werde dann wieder ernst. »Aber nichts ist für die Ewigkeit. Tante Adi und ihr Mann stritten fortwährend ums Geld, da sie der Überzeugung nachhing, er würde es beim Kartenspielen verjubeln. Soweit ich weiß, stimmte das jedoch ganz und gar nicht. Der Onkel verjubelte das Geld nämlich bei einer Hure. Man munkelte, sie gab ihm das, was er zu Hause nicht bekam.«

»Abartigen Sex?«

»Ein verständnisvolles Ohr für seine Sorgen. Das Eheleben der beiden war also durchwachsen und als Paar verhungerten sie, wie man so schön sagt, bei voller Schüssel. Eines Nachts hatten die beiden wieder einmal einen kolossalen Streit. Als ich am Morgen darauf meinen Hofrundgang machte, fand ich den Onkel ertränkt im Schweinetrog vor. Tante Adi baumelte an einem Strick vom Scheunendach.«

Der Schreiberling blickt von seinem Notizbuch auf. »Dann waren Sie schon wieder allein?«

»Gut aufgepasst«, raune ich. »Allerdings war ich da gerade sechzehn geworden. Da vermeint man ja, dass einem die Welt zu gehören hat. Ich packte meine Siebensachen und machte mich dorthin auf, wo mir alles offenstehen sollte.«

»Ins Ruhrgebiet?«

Ich verenge die Brauen. »Wie kommen Sie denn darauf?«

»Wegen der Eisen- und Stahlhütten, die es dort gibt. Und Sie, der ursprünglich ebenfalls aus einer solchen Gegend kam –«

»Papperlapapp!« Ich verspüre einen Hauch von Zorn in mir aufkeimen. »Dort hätte ich mich nur zu Tode gerackert. Sie erinnern sich? Überall Ruß, schwarzer Lungenauswurf, und mit der Kerze zum Vierziger bläst man womöglich auch gleich sein Lebenslicht aus? Nein, mir schwebte etwas anderes vor, wie ein Traum, kaum zu erhaschen. Denn um Träumen nachjagen zu können, musste man in der Welt ein wenig rumgekommen sein oder zumindest davon gelesen haben. In meinem Fall traf Letzteres zu, nämlich aufgrund einer Anzeige in einer Gazette. Eine abenteuerliche Reise später fand ich mich in einem riesigen Hafen wieder – in Southampton.«

»In England? Sie ... waren Passagier auf der –«

Warum der Schreiberling abbricht, entzieht sich meiner Ratio. Es ist ja nicht so, dass wir beide uns gerade auf einem Dampfer mitten im Ozean befinden und das alleinige Aussprechen eines Namens ein Unglück heraufbeschwören könnte. Aber was weiß ich schon?

»Titanic«, führe ich seinen Satz zu Ende. »RMS Titanic, um genau zu sein. Und ja, auf ebendieser. Am Abend vor dem Auslaufen schlich ich mich wieselflink auf das Schiff, und dann –«

»Sie hatten keine Fahrkarte?«

Ich lache auf. »Wo denken Sie hin? Woher in aller Welt hätte ich sechsunddreißig Dollar nehmen sollen?«

»Beim … Kartenspiel gewinnen?«

»Machen Sie sich nicht lächerlich!«

Ich streiche eine schlohweiße Haarsträhne nach hinten, die mir bei meiner Empörung in die Stirn gerutscht ist. »Wer sich einen solch hohen Einsatz leisten kann, spielt doch nicht mit einem Habenichts wie mir, sondern bewegt sich in elitäreren Kreisen. Nein, ich habe mich in einem der Unterdecks versteckt und nach dem Auslaufen beim Kohleschaufeln im Maschinenraum mitgeholfen. Kräftig genug war ich, und die Augenklappe machte mich irgendwie verwegen. Zudem war die Titanic nur knapp zur Hälfte mit Gästen belegt, es gab also genügend freien Platz.« Ich merke, wie sich mein Blick verklärt. »Es hätte eine wahrlich feine Überfahrt nach New York werden können.«

»Wäre da nicht der Eisberg gewesen.«

Ich stutze. »Sie meinen, die Schuld lag beim Eisberg?«

Als Antwort erhalte ich betretenes Schweigen.

»Wahrlich erhellend, wie sich die Ansichten über die Jahrzehnte geändert haben, meinen Sie nicht?«, frage ich rhetorisch. »Wenn früher die Achse eines Wagens brach, hatte der Kutscher Schuld, weil er entweder ein Schlagloch übersehen hat oder weil er die Wartung vernachlässigte. Heutzutage sucht man die Schuld erst beim Konstrukteur, dann beim Hersteller und zuletzt bei der Straße selbst. Niemals bei dem, der die eigentliche Verantwortung hat.«

Der Schreiberling wagt nicht, von seinen Notizen aufzusehen.

»Der Eisberg …«, wiederhole ich spöttisch und merke, dass ich wohl bereits eine Nuance zu lange auf der Thematik herumreite. »Um es kurz zu machen: Schuld hatte der Kapitän, denn offenbar befahl er eine Reisegeschwindigkeit, die es nicht ermöglichte, in der gebotenen Zeit einem unvorhergesehenen Hindernis auszuweichen. Oder er hätte zumindest Order geben müssen, die Wachen im Krähennest mit Ferngläsern auszustatten. So aber mussten die Männer mit bloßem Auge Ausschau halten, was ein gewisser Frederick Fleet später auch zu Protokoll gegeben hat.«

Ich nippe an meiner Limonade.

»Aber das Unglück war nun mal angerichtet«, fahre ich in gemäßigtem Ton fort. »Und eigentlich hätte ich auch diesen Schrecken nicht überleben dürfen. Sie wissen schon, ›Frauen und Kinder zuerst‹.«

»Und doch haben Sie es.« Ein zaghafter Versuch, wieder auf Augenhöhe mit mir zu kommunizieren. Wie reizend.

»Offensichtlich. Denn ich hielt eines fest an mich gedrückt: eine kleine Schatulle mit ein paar Münzen darin. Und dem Brief. Die zwei Zehen, die mir im eisigen Wasser des Atlantiks abgefroren sind, waren ein Preis, den zu bezahlen ich nur allzu gern bereit gewesen war.«

»Aber danach begann Ihr kometenhafter Aufstieg in den Vereinigten Staaten?«

Ich muss lachen. »Na ja, retrospektiv betrachtet ist so ziemlich alles kometenhaft. Sogar das Aussterben der Dinosaurier.«

Keine Reaktion. Ich muss wirklich an meinen Bonmots arbeiten!

»Die gefühlte Wahrheit ist allerdings weit davon entfernt«, erkläre ich mit einem Schmunzeln. »Nachdem ich in New York angekommen war, habe ich jede nur erdenkliche Arbeit angenommen. Pferdemist aufsammeln, Reinigungsarbeiten, Zeitungen austragen, Schuhe putzen. Einfach alles. Als Lieferjunge habe ich dann gelernt, dass der Mensch argwöhnisch all jenen gegenüber ist, die er nicht als die ›seinen‹ betrachtet. Der Schwarze misstraut dem Chinesen, der Engländer dem Iren, der Katholik dem Protestanten. Und alle zusammen den Juden, die ihrerseits keinem Goi vertrauen. Ein völliger Irrsinn, aber so ist es eben. Also passte ich mich an. Einen italienischen Akzent intonierend, wenn ich in Little Italy zu tun hatte, devotes Verbeugen und ein ›xie xie‹ in China Town. Trinkfest für Briten und Iren. Ein Kreuz um den Hals oder eine Kippa auf dem Kopf für alle Gottesfürchtigen. Oberflächlich, zugegeben, aber es hat funktioniert. Auch begann ich, das Warenangebot entsprechend anzupassen. Dinge, die eine Erinnerung an die zurückgelassene Heimat erweckten, wurden zu Verkaufsschlagern. Und ab den Zwanzigerjahren natürlich der Alkohol. Das Einzige, was alle Volksgruppen vereinte. Auf meinem Weg durch das weite Land habe ich natürlich allerhand Abenteuerliches erlebt.«

»Sagen Sie nicht, es gab noch weitere Unglücke?«

»Natürlich. Wenn ich es nicht besser wüsste, könnte man mir gar unterstellen, ich zöge Unglück magisch an. Einen Zusammenstoß zweier Züge in Texas? Überlebt.«

Ich ziehe die Ärmel von Sakko und Hemd hoch, präsentiere wulstige Brandnarben – ein Andenken an den heißen Dampf, der bei dem Unfall ausgetreten war.

»Ein Erdbeben in San Francisco? Überlebt.«

Ich zeige auf die Narbe eines Schnitts auf meiner linken Wange.

»Einstürzende Brücken, Tornados.« In übertriebener Gestik deute ich an meinem Körper rauf und runter. »Nennen Sie es und ich habe es vermutlich erlebt – und überlebt.«

»Und der Brief?«

Ich klopfe auf die Brusttasche meines Sakkos. »Stets bei mir. Stets Glück gehabt.«

»Sie sind wahrlich von Glück beseelt.«

Seine Worte klingen aufrichtig.

Er greift unter den Tisch, holt etwas hervor und richtet es gegen mich, eine Serviette zur Tarnung darübergelegt.

Ich kneife die Augen zusammen – werde ich gerade mit einer Taschenpistole bedroht?

»Sie müssen vielmals entschuldigen«, setzt der Schreiberling an. »Aber auch ich bin vom Pech verfolgt. War ich schon immer. Daher meine ich, ist es an der Zeit, dass Ihr Glück weiterreist. Zu mir.«

»Sie sind nicht von der ›Times‹«, kombiniere ich haarscharf, während mein Herz zu rasen beginnt.

Der Schreiberling – oder Halunke, wie ich ihn ab sofort nennen werde – schüttelt den Kopf. »Ich habe über Sie in der Zeitung gelesen. Die meisten Menschen würden Ihre Verknüpfung zwischen Glück und dem Brief wohl als die liebenswerte Narretei eines alten Mannes abtun. Ich aber nicht. Ich glaube Ihnen. Und jetzt zeigen Sie ihn mir.«

Mit pochenden Schläfen fasse ich in die Innentasche meines Sakkos, ziehe ein speckig-braunes Kuvert hervor und lege es auf den Tisch. Bleigraue Striche lassen erahnen, dass darauf einst »An das liebe Christkind« gestanden hat. Immer noch ist es ungeöffnet.

»Geben Sie bitte her, dann sind Sie mich auch schon wieder los. Ich will Ihnen nichts tun.«

Ich spüre, wie meine Erregung in Wut umschlägt. Wütend auf mich selbst, weil ich so töricht war, nicht den Rat beherzigt zu haben, mein Geheimnis für mich zu behalten. Ich will gerade den Brief zu dem Halunken hinüberschieben, da lässt mich ein Aufschrei nach rechts blicken: Ein Kellner mit einer großen, schweren Porzellanschüssel in Händen stolpert über seine eigenen Schnürsenkel.

Blitzschnell schnappe ich mit der Linken mein Kuvert, mit der rechten Hand greife ich über den Tisch, packe den Halunken am Kragen und ziehe ihn zu mir.

Dort, wo sich eben noch der Kopf des anderen befand, saust nun die Schüssel vorbei und zerschellt dahinter mit einem Krachen an der Wand.

Kochend heiße Suppe ergießt sich über Tapete und Holzboden, Porzellansplitter verstreuen sich ringsum.

Keine Sekunde später ist das Spektakel vorbei.

Keuchend und nicht sicher, was geschehen ist, schaut mich der Halunke mit großen Augen an. Ich bemerke, dass er mehr und mehr realisiert, dass ich ihn gerade vor schwersten Verbrühungen bewahrt, ihm vielleicht sogar das Leben gerettet habe.

Er lässt die kleine Pistole wieder in seinem Sakko verschwinden. »Ich … weiß nicht, was ich sagen soll.«

»Ein ›Danke‹ würde für den Anfang schon gereichen.«

»Danke. Und bitte entschuldigen Sie.«

Wieder klopfe ich auf mein Sakko.

Hinter unserem Tisch versammeln sich Kellner, vergewissern sich, dass kein Gast zu Schaden gekommen ist, und sammeln die Scherben auf.

»Weil wir so nett am Plaudern waren«, sage ich mit Sarkasmus in der Stimme, »will ich meine Geschichte noch zu Ende führen. Denn das Beste kommt erst.«

Verdattert nickt der Halunke.

»Am vierundzwanzigsten Dezember '35 geriet in New York ein Omnibus auf spiegelglatter Fahrbahn ins Schlingern und krachte nur drei oder vier Schritte von mir entfernt in die Hausmauer.« Ich zucke mit den Schultern. »Im selben Augenblick spürte ich, wie etwas auf mich prallte und mich umriss. Benommen lag ich in einem Schneehaufen, die Sinne schwirrten mir. Schon wieder starrte ich auf etwas Hellweißes. Doch diesmal war es ein Streifen gleißenden Himmels über mir, gesäumt von Wolkenkratzern. Ich spürte, wie mir das Atmen schwerfiel, ließ meinen Blick an mir hinabwandern –«

Mein Mund ist trocken, ich nehme einen Schluck Limonade.

»Da lag eine Frau rücklings auf mir. Der Bus musste sie touchiert und auf mich geschleudert haben.«

Ich blicke auf den goldenen Ring, den ich am linken Ringfinger trage. »Maria. Das Kind deutscher Einwanderer. Ihre Eltern wollten ebenfalls dem tristen Leben entfliehen, wollten für ihre Tochter mehr als nur den verrußten Himmel, schwarz geatmete Lungen und eine Todeskerze mit vierzig.«

Dem Halunken entgleist das Gesicht. »Sie meinen doch nicht, dass sie –«

»Doch, genau das meine ich. Marias Eltern wohnten einst im gleichen Haus wie ich. Zwei Tage, bevor es Tante Rosa mit einer Zigarette abgefackelt hat, machten sie sich nach Amerika auf. Maria ist seither das wahre Glück in meinem Leben.«

Ich spüre eine Hand, die mir sanft auf die Schulter gelegt wird, wende mich um und sehe sie. Meine Frau. Sie lächelt mich mit jenem spitzbübischen Grinsen an, das ich so sehr an ihr liebe.

»Erzählst du wieder die immergleiche langweilige Geschichte?«, will sie wissen, ohne es böse zu meinen.

»Ich kenne eben nur diese«, antworte ich und lege meine Hand auf die ihre.

»Immerhin«, sage ich in Richtung meines immer noch verdutzt dreinblickenden Gegenübers, »ist sie die Verfasserin des Briefs.«

»Sie ... Sie haben den Brief geschrieben?«, stottert der Halunke.

»Das habe ich«, antwortet Maria sanft. »Damals, vor so vielen Jahren.«

»Was steht drin? Ich muss es wissen! Was haben Sie sich gewünscht?«

»Das kann ich Ihnen nicht sagen«, meint sie, »denn es ist nur für das Christkind bestimmt. Das verstehen Sie doch?«

Ich stehe auf und schenke dem Halunken ein Lächeln, der im Grunde nichts anderes als ein unbeholfener, vom Pech verfolgter Tölpel zu sein scheint.

»Frohe Weihnachten«, wünsche ich ihm und wende mich ab. »Und achten Sie auf sich.«

»Schreiben Sie doch auch einen Brief«, rät Maria. »Und geben Sie der Welt ein wenig, dann wird Ihnen bestimmt auch Gutes widerfahren.«

Hand in Hand verlasse ich mit Maria an meiner Seite das Café, wissend, was ich dem Brief ans Christkind zu verdanken habe.

Am nächsten Tag berichtet die Zeitung von einem Mann in einem Kaffeehaus, dessen Taschenpistole unerwartet losging, und von einer Kugel, die seinen Fuß durchbohrte.

Ich schmunzle. Denn jedes Mal, wenn sich der Halunke von nun an seine Narbe am Fuß ansieht, weiß er, dass ein wenig von meinem Glück auf ihn abgefärbt haben musste. Denn die Kugel hätte ja auch seinen Kopf treffen können …

IX.
Der Weihnachtsputz

1904

Mein Herz will ich dir schenken

(Verfasser unbekannt, ca. 1653)

Mein Herz will ich dir schenken,
Herzliebes Jesulein,
In deine Lieb' versenken,
Liebreiches Kindelein.

Nimm hin mein Herz, gib mir das dein,
Lass beide Herzen ein Herz sein,
O du herzliebes Jesulein,
Liebreiches Kindelein!

Wie liegst du da so gar veracht't,
Herzliebes Jesulein!
Hat dich dein' Lieb' so arm gemacht,
Liebreiches Kindelein?

O große Lieb', stark ist dein' Kraft,
Die uns hat Gott vom Himmel bracht,
O du herzliebes Jesulein,
Liebreiches Kindelein!

Von ganzem Herzen lieb' ich dich,
Herzliebes Jesulein;
Ich lieb' dich ganz inbrünstiglich,
Liebreiches Kindelein.

All's, was du hast, das gibst du mir;
All's, was ich hab', das schenk' ich dir.
Herz, Lieb' und Blut, Ehr', Seel' und Gut,
Dein soll es eigen sein.

Lieselotte Pulverdampf lief der Schweiß über das Gesicht, sammelte sich an Nasenspitze und Kinn und tropfte von dort aus auf den frisch gebohnerten Parkettboden. Immer wieder schmuggelte sich eine Träne in die salzige Transpiration, immer stieß Lieselotte einen stummen Fluch aus.

Dieser galt der Person, deretwegen sie seit Stunden auf allen vieren durch den Wohnsalon kroch, deretwegen mittlerweile ihre Knie schmerzten, als würden Nägel darin stecken, und deretwegen ihre ansonsten gepflegten Hände so schrumpelig aussahen wie die einer Wasserleiche.

Wie konntest du mir das nur antun, ratterte die Anklage gebetsmühlenartig durch Lieselottes Kopf, meist gefolgt von einem *Ich hasse dich!*

Die erhoffte Ablenkung durch die Arbeit hatte sich nicht eingestellt, und doch wollte Lieselotte nicht eher ruhen, bis sie nicht auch den letzten Fleck vom edlen Stabparkettboden gescheuert hatte. Vielleicht würde sie zumindest der Anblick des blitzblanken Salons erfreuen, wenn schon ihr Leben den Bach hinunterging.

Wie zur Hölle hatte es nur so weit kommen können? Warum war ihr nicht auch ein wenig Glück vergönnt, nach allem, was sie hatte durchmachen müssen?

Doch die Antwort auf ihre Fragen wurde von der Stille übertönt, die in der mondänen Wohnung herrschte. Einzig das gelegentliche Zwitschern und Flügelschlagen von Alberto, Lieselottes Kanarienvogel, durchbrach die schreckliche Einsamkeit, die in jedem Winkel der Räume herrschte.

Ein allerletzter Fleck wollte noch weggekratzt werden, dann war der Salon sauber – als Tribut büßte sie den letzten verbleibenden Rest ihres Zeigefingernagels ein.

Auch schon egal.

Ächzend und unter Aufbringung all ihrer Kräfte erhob

sich Lieselotte aus ihrer knienden Haltung, wobei sie wie eine Greisin anmutete und nicht wie die Frau Anfang vierzig, die sie war. Ihr zerbrechlich wirkendes, blasses Gesicht wies jene hohen Wangenknochen auf, die man gern der anmutigen Aristokratie zuschrieb. Ihre schmalen Lippen endeten in Mundwinkeln, die immer leicht keck nach oben zeigten. Und ihre schlanke Figur wies sie als jemand aus, der es sich leisten konnte, auf seinen Lebenswandel zu achten.

Erschöpft strich sich Lieselotte das Kopftuch ab, das vom Schweiß so nass war, als wäre sie damit im Regen spazieren gegangen. Dann leerte sie das Glas Rotwein, das auf der Anrichte stand.

Schluchzend begutachtete sie ihr Werk – der Salon wirkte, als könnte man bedenkenlos von jedem Flecken essen. Zumindest dies war ihr gelungen.

Mit beiden Händen griff Lieselotte den Putzeimer, in dem eine undefinierbare braune Brühe waberte, schleppte ihn hinaus auf den Flur und weiter zum Gemeinschaftsklo, wo sie ihn mit Bedacht entleerte. Sollte dabei etwas danebenschwappen und sie auch noch das stille Örtchen reinigen müssen, das schwor sich Lieselotte, würde sie ohne Umschweife aus dem Fenster springen, auf dass sie der Aufprall aus dem dritten Stock von allem Schmerz erlösen möge!

Doch das geschah nicht. Mit meisterlicher Präzision kippte sie die Brühe in die Schüssel, betätigte die Kette für den Spülkasten und beobachtete, wie klares Wasser all das mit sich riss, was sie in den letzten Stunden so mühsam von ihrem Parkett entfernt hatte.

Ein tiefes Seufzen, ein bewusstes Durchatmen und Lieselotte machte sich auf, zurück in ihre Wohnung, in der sie nun allein mit ihrem Kanarienvogel hauste.

Nachdem sie sich ihrer gänzlich durchgeschwitzten Kleidung entledigt hatte, wusch sich Lieselotte mittels einer Waschschüssel, schlüpfte in Spitzenunterwäsche und zog sich darüber ein adrettes Kleid an. Sie flocht sich die langen braunen Haare zu einem Zopf und nahm schließlich auf dem mit dunkelblauem Damast gepolsterten Diwan Platz.

Allmählich beruhigte sich der Herzschlag der Frau, allmählich begann sich das Gedankenkarussell in ihrem Kopf langsamer zu drehen.

Wie konntest du mir das nur antun? und *Ich hasse dich!* machten einem schier endlos gehauchten *Ach, Hermann* Raum.

Ein Tschilpen richtete Lieselottes Aufmerksamkeit auf den großen Käfig, der in einem Eck des Salons von der hohen Decke hing, gleich neben einem prächtig aufgeputzten Christbaum.

»Mein lieber Alberto«, sprach Lieselotte sanft zu dem gefiederten Tier, das so gelb war wie eine Zitrone. »Du hast es gut. Du hast alles, was du brauchst, bist vor Gefahren ebenso geschützt wie vor Enttäuschungen. All das zum Preis eines überschaubaren Lebensraumes.« Die Stimme der Frau greinte. »Schau mich an. Dreiundvierzig bin ich, einsam und verlassen.«

Dass ihr Kanarienvogel bereits sein ganzes Leben lang allein sein Dasein im Käfig fristete, schien für Lieselotte kein Widerspruch zu sein.

Sie schenkte sich das Glas mit Rotwein voll, trank zwei gute Schlucke.

Ach, Hermann.

Am heutigen dreiundzwanzigsten Dezember vor fünf Jahren hatte sie ihn kennengelernt, im Grunde noch gar nicht bereit für eine neue Liaison. War ihre Ehe doch erst kurz davor in die Brüche gegangen.

Lieselotte war aus der Straßenbahn ausgestiegen, auf dem vereisten Trittbrett ausgerutscht und einem Mann buchstäblich in die Arme gefallen – Hermann. Der hatte sie nicht nur gekonnt aufgefangen, er hatte nach einem Schreckmoment auch darauf insistiert, sie auf eine Tasse Trinkschokolade einzuladen. Den Vorwand, dass man manche Verletzungen erst bis zu einer Stunde später verspürte, hatte Lieselotte mit einem charmanten Lächeln quittiert.

Aus einer Tasse Trinkschokolade wurden zwei, gefolgt von ein paar Kölsch, gepaart mit einigen Korn. Hermanns blaue Augen hatten Lieselotte von Anfang an in ihren Bann gezogen, sein Lächeln empfand sie als warmherzig und ehrlich, und weder Verlobungs- noch Ehering verunstalteten seine kräftigen Hände.

Am nächsten Tag hatte Lieselotte allen Mut zusammengenommen und war Hermanns Einladung in seine Wohnung gefolgt. Dort verbrachten sie einen Tag voller Lachen, einen Abend voller kulinarischer Köstlichkeiten und eine Nacht voller Leidenschaft.

Seither galt das Paar als unzertrennlich. Lieselotte und Hermann besuchten gemeinsam Theater und Konzerte, gingen Hand in Hand spazieren und vermittelten jedermann, dass der eine nicht ohne den anderen existieren konnte.

Ein halbes Jahr später läuteten die Hochzeitsglocken. Aber anstelle eines rauschenden Fests begingen Lieselotte und Hermann ihren Ehrentag nur zu zweit, in dem Bewusstsein, den jeweils anderen Seelenverwandten gefunden zu haben.

Das Glück des Paares schien perfekt.

Die einzig düsteren Abende waren jene, die Lieselotte allein verbringen musste, weil Hermann – als Abteilungsleiter in einer Konservenfabrik – beruflich in anderen Städten zu tun hatte. Doch diese Gewitterwolken verflogen stets in dem Moment, wenn ihr Geliebter zurückgekommen war.

So hätte es ewig weitergehen können, der Ansicht war zumindest Lieselotte. Doch nichts währt ewig ...

Es begann wie der erste Riss, den man an einer neu ausgekalkten und für makellos erachteten Wohnung entdeckt. Eine Kleinigkeit, nur sichtbar, wenn man besonders prüfend maß – und doch der Anfang vom Ende. Allerdings war es weniger der entdeckte Makel, der jedem Perfektionisten schlaflose Nächte bereitete, es war die Gewissheit, dass der Riss nicht so klein bleiben würde. Er würde sich ausdehnen, würde sich wie ein Ast verzweigen, würde vor nichts Halt machen und letztendlich dazu führen, dass das ganze Gebäude irgendwann einstürzte.

Im Fall von Lieselotte und Hermann war dieser erste Riss vor einem Dreivierteljahr entstanden, als ihr Angetrauter voller Feuereifer verkündet hatte, sein Arbeitgeber würde ihn für ganze drei Wochen nach London schicken. Dort solle er die Optimierung von Produktionsabläufen bei der Konservenfabrik Crosse & Blackwell lernen, einst mitbegründet von den Pionieren der Haltbarmachung von Speisen: Bryan Donkin, John Hall und John Gamble.

Auch wenn Lieselotte den Enthusiasmus über metallene Fabrikation nicht teilte, so freute sie sich zumindest für ihren Gemahl. Dass sie die drei Wochen ob ihrer Einsamkeit mental durch die Hölle gehen würde, verschwieg sie ihm – davor wie danach. Beklemmungen bemächtigten sich ihrer, ließen sie an der Treue ihres Gemahls zweifeln, beschworen ein furchtbares Ende ihrer Ehe. Sie verbrachte die Tage im abgedunkelten Salon, wagte sich nur

sporadisch auf die Straße und das lediglich, um allernot-
wendigste Einkäufe zu tätigen. Das Ende der Welt war für
Lieselotte zum Greifen nahe – bis es plötzlich an der Tür
klopfte und Hermann vor ihr stand, mit einem Blumenstrauß und einem liebevollen Lächeln.

Daraufhin hatte sich der Riss wieder verkleinert, auch
wenn er nicht ganz verschwand …

Ein weiterer Riss kam jedoch schnell hinzu, diesmal in Form
eines alten Schulfreunds, den Hermann zufällig getroffen
hatte. Der lud ihren Gemahl ein, jeden Donnerstagabend
bei einer Runde Tarock mitzuspielen, was Hermann nur
zu gern wahrnehmen wollte.

Obwohl Lieselotte war, als würde man ihr den Boden
unter den Füßen wegziehen, hatte sie bereitwillig ihr Einverständnis gegeben, wieder wissend, dass dies ihren Mann
glücklich machte.

Und ebenso wissend, dass sie sehr genau prüfen wollte,
ob es diesen ominösen Freund überhaupt gab und ob tatsächlich tarockiert wurde – oder ob das Ganze nur ein
Euphemismus für irgendeine zügellose Ausschweifung
war.

Zu Lieselottes Beruhigung stellte sich jedoch heraus,
dass alles der Wahrheit entsprach. Sie hatte ihren Hermann
einfach so lange beschattet, bis sie sich mit eigenen Augen
davon überzeugt hatte, dass der Freund existierte und der
Kartenrunde nur Männer beiwohnten.

Wieder hatte sich der Riss verkleinert, auch wenn er für
sie nun deutlicher sichtbar blieb …

Dann kam jener schicksalhafte Abend vor fünf Wochen, der
sich in Lieselottes Gedächtnis eingebrannt hatte, als wäre er

gestern gewesen. Eigenartig nervös hatte Hermann gewirkt, den Blick unstet, die Hände fahrig.

»Bis Weihnachten wollen wir nun zweimal die Woche tarockieren«, hatte er ihr eröffnet. »Ob es danach überhaupt noch weitergeht, steht in den Sternen.«

Lieselotte hatte stumm genickt, gleich so, als würde ihr die Todesnachricht eines geliebten Menschen überbracht. So sehr war sie ihm also überdrüssig geworden, dass er bereits zweimal die Woche ohne sie zubringen wollte.

»Genieße deine Kartenrunde«, hatte sie schlicht entgegnet, war aufgestanden und zu Bett gegangen.

Auch der große Blumenstrauß, den er ihr am nächsten Tag überreichte, vermochte ihre Stimmung nicht zu erhellen. Vielmehr wirkte die Geste wie ein Schuldeingeständnis, ein tollpatschiger Versuch zur Beruhigung seines schlechten Gewissens.

Für einige Tage hatte Lieselotte sich daraufhin einzureden versucht, dass sich alles zum Guten wenden würde, immerhin hatte Hermann ihr noch nie Grund gegeben, seinen Worten nicht zu glauben. Doch dann versuchte sie erneut, ihm zu folgen, diesmal jedoch vergebens. Geschickt hatte er die Straßenbahn gewechselt, war in der Menge an Menschen, die von der Arbeit heimfuhren, untergetaucht.

Am darauffolgenden Morgen dann war Hermann kurz angebunden, gleich so, als könnte er es nicht erwarten, die gemeinsame Wohnung wieder zu verlassen.

Also hatte Lieselotte das Hemd aus der Wäsche genommen, welches Hermann am Abend zuvor getragen hatte, daran gerochen – und war wie vom Blitz getroffen dagestanden. Ein eigenartig süßlicher Duft hatte sich in den Fasern festgesetzt, eine Parfümnote, wie sie jene Frauen trugen, die auf Beutefahrt schipperten.

Während Lieselotte sich bemühte, sich nichts anmerken zu lassen, versuchte sie am darauffolgenden Donnerstag erneut, Hermann zu folgen. Wieder ohne Erfolg. Irgendwie musste er spüren, dass sie ihm folgte, oder zumindest gaukelte ihm das sein schlechtes Gewissen vor – so denn er noch eins hatte.

Lieselotte war, als würde sie den Mann an ihrer Seite überhaupt nicht mehr kennen.

Ach, Hermann.

Ein dringliches Klopfen an der Tür riss die Frau aus ihren düsteren Erinnerungen.

Beinahe war sie versucht zu rufen: »Hermann, öffne bitte die Tür!« Doch sie war allein. Also tat sie, was bisher seine Aufgabe gewesen war.

Zu Lieselottes Überraschung standen zwei Polizisten in Uniform im Gang, die Pickelhauben unter den Arm geklemmt.

»Guten Abend, Frau Pulverdampf«, sprach der ältere der beiden mit befehlsgewohnter Stimme. »Kriminalkommissar Kopernik. Wir haben ein paar Fragen an Sie. Dürfen wir hereinkommen?«

Nach einem kurzen Zögern bat sie die beiden Beamten in ihre Wohnung, schloss die Tür wieder und wies die Herren in den Wohnsalon.

»Kuschelig warm haben Sie es.« Kopernik ließ den Blick durch den Raum schweifen. Helle Tapeten mit floralen Motiven ließen das Zimmer groß und freundlich wirken. Die Fronten und Beschläge der Möbel aus edlen Hölzern waren makellos blank poliert. Auf Kommoden reihten sich teure Skulpturen und Schatullen aus Messing an Schalen und Vasen aus bemalter Keramik. Die schweren Vorhänge waren in auffällig gleichmäßigen Falten zur Seite gebunden. Das Prunkstück war jedoch der Weihnachtsbaum, dicht im Wuchs und über und über mit silbernen Kugeln, Rauschgoldengeln und Lametta behangen.

»Wirklich schön haben Sie es hier«, sagte der Kriminalkommissar voller Bewunderung und blickte dann zu Boden. »Und kein Teppich, der den wunderbaren Parkettboden versteckt. Echt schnieke.«

»Für Weihnachten muss eben alles blitz und blank sein, Herr Kriminalkommissar«, meinte Lieselotte. »Auch wenn –« Sie senkte den Blick. »Auch unter solchen Umständen. Wollen Sie sich setzen?«

»Danke, nein«, winkte der Polizist ab und sah ihr in die Augen. »Sie haben gestern früh Ihren Gemahl, Herrn Hermann Pulverdampf, als vermisst gemeldet?«

Lieselotte nickte traurig.

»Seit wann ist der Herr abgängig?«

»Vorgestern habe ich ihn eigentlich zum Abendbrot erwartet, aber er kam nicht.« Lieselotte schluckte. »Zuerst dachte ich, er wäre vielleicht mit ein paar Kollegen nach der Arbeit auf einen Weihnachtsumtrunk gegangen. Aber es wurde immer später. Na ja. Als er auch in der Früh noch nicht wiedergekommen war, habe ich seinen Dienstgeber kontaktiert. Aber auch dort hatte man nichts von ihm gehört.«

Kopernik warf seinem jüngeren Kollegen einen fragenden Blick zu, den dieser abnickte.

»Ihr Gemahl ist auch heute ganztägig seiner Dienststelle unentschuldigt ferngeblieben. Darum sind wir nun hier.«

Lieselotte setzte sich auf einen Stuhl. »Was ... heißt das? Ist ihm etwas zugestoßen? Ein ... Verbrechen?« Ihre Atmung wurde hastig, ihre Stimme schrill. »Das muss es sein! Warum sonst würde ein Kriminalkommissar zu mir kommen und –«

Der Polizist winkte ab. »Nur die Ruhe, meine Teure, davon können wir im Augenblick nicht ausgehen. Allerdings ist ein Verhalten wie das Ihres Mannes doch ungewöhnlich für jemanden, der sich in den letzten zehn Jahren keinen einzigen Tag krankgemeldet hat und sich auch sonst keine dienstrechtliche Verfehlung zuschulden kommen ließ.«

»Hermann ist ein guter Mann«, entfuhr es Lieselotte. Tränen liefen ihr über die Wangen.

»Haben Sie an ihm in letzter Zeit irgendwelche Veränderungen festgestellt? War er unpünktlich, war er nachlässig oder besonders akkurat? Oder verbrachte er ungewöhnlich viele Abende auswärts?«

Lieselotte schüttelte den Kopf.

Ein kurzes Zucken rund um die Augenwinkel der Frau ließ Kopernik hellhörig werden. »Seien Sie versichert, meine Teure, dass alles, was Sie uns sagen, auch unter uns bleibt. Sie müssen keinerlei Repressalien fürchten.« Er lächelte verständnisvoll. »Niemand wird gern belogen. Und wir verstehen, dass die Wahrheit zuweilen unangenehm sein kann.«

»Na ja. Zweimal die Woche war Hermann zum Tarockieren außer Haus. Bei wem genau, weiß ich nicht. Manchmal, da –« Sie brach ab.

Der Polizist kniete sich zu ihr, nahm sanft ihre Hand.

»Ich … schäme mich, ich weiß auch nicht, warum«, fuhr Lieselotte stockend fort. »Manchmal, also, genau genommen in den letzten Wochen, habe ich ein fremdes Parfüm an ihm wahrgenommen. Männer glauben ja, wir Frauenzimmer merken so was nicht, aber …«

»Ich verstehe. Und es wundert mich nicht, dass einer Dame, die so auf ihr Zuhause bedacht ist wie Sie, so etwas nicht entgeht.« Der Kriminalkommissar erhob sich wieder, suchte mit seinem Blick den Raum ab. »Fehlt etwas in Ihrer Wohnung? Barschaft? Schmuck? Kleidung?«

»Nein, also … mir wäre nichts aufgefallen.«

»Haben Sie die Kleidung Ihres Mannes durchgesehen?«

Wieder ein Kopfschütteln als Antwort.

Kopernik drückte kurz Lieselottes Hand, ließ sie dann los. »Vielleicht ist Ihnen wohler, wenn wir gemeinsam einen schnellen Blick über die Sachen von Herrn Pulverdampf werfen? Lassen Sie es mich so sagen: Wenn ein Teil der Wäsche fehlt, liegt die Vermutung nahe, dass er bewusst fortgegangen ist.« Er hob abwehrend die Hände. »Nicht, dass ich ein solches Verhalten goutiere. Sollte alles an seinem Platz sein, dann, na ja, Sie wissen schon. Dann kommen wir ins Spiel.«

Lieselotte schloss die Augen, atmete mehrmals tief ein und wieder aus, sammelte ihre Kräfte. Dann stand sie entschlossen auf.

»Wenn die Herren mir bitte folgen würden.«

Das Schlafzimmer präsentierte sich ebenso ordentlich zusammengeräumt wie der Wohnsalon, auch hier war alles blitz und blank. Über dem Ehebett aus edlem Kirschholz lag eine gemütlich aussehende Tagesdecke gebreitet, gesäumt von dick gefüllten Polstern. Auf einer Kommode aus gleichem Holz stand eine kunstvoll gearbeitete Kaminuhr aus Bronze. Der Sockel war aus Stein gehauen. Darauf erhob sich die feingliedrige Figur einer jungen Frau als Analogie »L'Aurore«, der Morgenröte, die auf die gülden gerahmte Uhr blickte.

»Ein wunderschönes Werk«, sagte der Kriminalkommissar voller Bewunderung. »Irgendwann möchte ich ein solches Kunstwerk selbst mein Eigen nennen.«

Lieselotte errötete zart. »Haben wir auf unserer letzten Frankreichreise erworben. Sie ist voller zauberhafter Erinnerungen.«

In diesem Augenblick wurde ihr der Verlust wieder bewusst, doch sie versuchte, Haltung zu bewahren.

»Mein Mann hat nie viel Kleidung benötigt.« Lieselotte öffnete einen schön gearbeiteten und reich verzierten Schrank. »Einige Hemden, Hosen, Gehröcke und –«

Lieselotte stutzte, holte ein Hemd nach dem anderen von den Kleiderhaken. Dann riss sie eine Lade auf, die gänzlich leer war.

»Seine Socken samt Sockenhalter … alle weg.«

Mit leerem Blick wandte sie sich dem Kriminalkommissar zu. »Er … hat tatsächlich Stücke seiner Wäsche mitgenommen.« Sie deutete auf ein großes leeres Fach im oberen Teil des Kastens. »Sein Koffer fehlt auch. Hermann hat ihn das letzte Mal verwendet, als er nach London reiste.«

»Danke, Frau Pulverdampf«, meinte der Polizist und gab seinem Kollegen mit einem Wink zu verstehen, dass sie das Schlafzimmer verlassen sollten. »Ich bedanke mich auch für Ihre Offenheit und wünsche Ihnen, dass Ihr Gemahl wieder zu Sinnen kommt und erkennt, was er an Ihnen hat.«

Lieselotte nickte knapp und mit einem verbindlichen Lächeln.

»Wissen Sie, meine Teure, zu Weihnachten fühlen sich viele Bürger überfordert. Manche rasten aus, andere nehmen Reißaus. Aber die meisten kommen schnell wieder zur Besinnung.«

»Ich danke Ihnen für Ihre freundlichen Worte, Herr Kriminalkommissar.«

»Sollte sich etwas ändern oder Ihnen noch etwas einfallen, zögern Sie nicht, auf die Wache zu kommen.«

Lieselotte begleitete die beiden Männer hinaus. »Ein frohes Fest Ihnen und Ihren Lieben.«

»Das wünschen wir Ihnen ebenso«, schoss es aus Kopernik, der sogleich nachlegte: »Sofern dies unter den gegebenen Umständen überhaupt möglich ist, natürlich.«

Die beiden Polizisten salutierten.

Lieselotte schloss die Wohnungstür und verriegelte diese.

Danach ließ sie sich wieder auf den Diwan fallen. »Mit solchem Besuch habe ich bei Gott nicht gerechnet, Alberto«, flüsterte sie Richtung des Kanarienvogels. »Gut, dass wir sauber gemacht haben. Sonst wäre die Polizei noch auf was weiß ich was für Verrücktheiten gekommen.«

Nun hatte sie es überstanden, dachte sie und nippte am Wein. Wie sehr sie sich doch in Hermann getäuscht hatte. Diese bittere Erkenntnis fühlte sich wie ein Dolch in ihrem Herzen an, sie betrachtete diese als ihre größte persönliche Niederlage. Auch wenn sie es bei Hermann anfangs nicht vermutet hätte, hatte er sich letzten Endes wie alle anderen Männer doch nur als eines einpuppt – als Schwein.

Lieselottes erster Mann hatte die damals Achtzehnjährige charmant um den Finger gewickelt. Er war fast doppelt so alt wie sie gewesen, weltgewandt und herrisch, aber in einer Art, zu der das junge Ding aufsehen konnte. Vater- und Heilandersatz in einem. Als sie sieben Jahre später erfahren hatte, dass er neben ihr noch drei Mätressen unterhielt, war mit ihr das Temperament durchgegangen – und sie mit einem Messer in der Hand auf ihn los.

Lieselottes zweiter Mann war mit neunundzwanzig nur knapp älter als sie selbst gewesen, ein Lebemann, wie er im Buche stand: Er trank, spielte und feierte. Bei ihm war sie sich gewiss, dass er all die Verrücktheiten, für die er bekannt war, in Zukunft nur mehr mit ihr unternehmen würde – eine eklatante Fehleinschätzung. Drei Jahre später stand ein unansehnliches Weibsbild vor der Tür, das Mondgesicht genauso rund wie ihr Bauch. Lieselotte hatte die Nebenbuhlerin augenblicklich zum Teufel gejagt, für Ehemann Nummer zwei jedoch wie bisher auch gewaschen, gekocht und gesorgt. Einzig ihrer Ungeduld blieb es geschuldet, dass er schon eine Woche später verstarb – die Dosis Arsen hatte sie schlichtweg zu groß bemessen.

Daraufhin zog sich Lieselotte zurück. Enttäuscht darüber, dass sie erneut betrogen worden war, erkannte sie, dass ihr wohl nicht jenes Glück vergönnt war, das andere Paare auf den Boulevards, in Cafés und Parks so dermaßen verschmitzt dämlich grinsen ließ.

Doch dann kam er.

Ach, Hermann.

Ein letztes Mal wollte Lieselotte alle Bedenken über Bord werfen, gab sich ganz und gar der Liebe hin. Und tatsächlich! Diesmal schien alles gut zu sein. Er hatte nur Augen für sie und sie las ihm jeden Wunsch von den Lippen ab …

Aber nun hatte auch Hermann sie verlassen. Allein hockte Lieselotte in jener Wohnung, an deren Tür sie an jenem vierundzwanzigsten Dezember vor fünf Jahren geklopft und von der aus ihr Hermann Einlass gewährt hatte – in sein Heim und in sein Herz.

Ihr Blick fiel durch die geöffnete Flügeltür ins Schlafzimmer, zur Kommode, auf der die schwere Kaminuhr stand. Dort blitzte aus der mittleren Schublade ein kleines Stück Leinen.

Wie von der Tarantel gestochen sprang Lieselotte auf, hastete hin und riss die Schublade auf. Darin lagen dicht gedrängt die Hemden, Unterhosen, Socken und Sockenhalter ihres Mannes. Schnell stopfte sie alles nach hinten, drückte die Schublade wieder zu, die diesmal nahtlos schloss. Nicht auszudenken, schoss ihr siedend heiß ein, wenn der Kriminalkommissar dies entdeckt hätte!

Dann bemächtigte sich Lieselotte ein feines Schmunzeln. Zum Glück verstanden Männer nichts von Ordnung und erkannten daher auch nicht, wenn etwas nicht ganz so war, wie es sein sollte.

Sonst hätte der Kriminalkommissar auch den wahren Grund erkennen müssen, warum sie errötete, als er die Kaminuhr ansprach. Mit geübtem Handgriff rückte sie diese auch noch zurecht, auf dass deren Längsseite parallel zum Abschluss der Kommode ausgerichtet war.

Lieselotte ging zu ihrem Kasten, holte von ganz hinten jenes schwarze Trauergewand hervor, das sie schon zweimal in ihrem Leben hatte tragen müssen, und hielt es sich vor den Körper. Stolz stellte sie mit Blick in den Spiegel fest, dass ihr das Kleid noch immer passen würde.

Mit Bedacht legte sie es auf jene Seite im Bett, auf der Hermann zu schlafen pflegte, wissend, dass dies ihre Mode für das nächste halbe Jahr darstellen würde.

Wieder sah sie in den Spiegel, schob die Brauen zusammen und ließ die Mundwinkel sacken.

»Natürlich weiß ich, dass Hermann nicht tot ist, Herr Kriminalkommissar«, intonierte sie mit weinerlicher

Stimme. »Aber tief in meinem Herzen spürt es sich an, als wäre er gestorben.«

Ihre Mitmenschen würden ihr mitleidvolle Blicke zuwerfen oder gram zunicken, überall würde sie auf Verständnis stoßen.

Irgendwann würde sie Hermann für tot erklären lassen, womit dann auch sein Hab und Gut auf sie überging. Und dies, davon war Lieselotte überzeugt, stand ihr selbstverständlich zu. Denn schließlich, sosehr sie das auch schmerzte, war ihr Hermann nun wirklich tot.

Ein winziger dunkler Fleck auf dem Steinsockel der Kaminuhr stach ihr ins Auge. Flugs leckte sie ihren Daumen ab und rubbelte so lange über die Stelle, bis der Fleck verschwunden war.

Ein letztes Andenken an jene schicksalhafte Nacht vor zwei Tagen ...

Wie jeden Donnerstag war Hermann erst spät nach Hause gekommen, leicht beschwingt und nach dem billigen Parfüm irgendeiner Hure stinkend.

Doch diesmal hatte Lieselotte auf ihn gewartet. Diesmal stellte sie ihn zur Rede.

»Ich flehe dich an«, stammelte Hermann, »es gibt keine andere außer dir, mein Lottchen. Du wirst mit deiner Eifersucht noch alles kaputtmachen.«

Doch genau das wollte Lieselotte in diesem Augenblick. Schnurstracks marschierte sie ins Schlafzimmer, packte die Kaminuhr und donnerte sie Hermann mit aller Kraft von hinten auf den Schädel.

Der sackte wortlos zusammen, blieb zuckend am Boden liegen, während ihm das Blut aus dem Schädel lief. Einen weiteren Schlag mit der Uhr auf den Kopf, dann rührte sich Hermann kein bisschen mehr.

Wenn Lieselotte ihn nicht haben konnte, sollte ihn auch keine andere haben!

In den Stunden darauf kam sie wieder zur Besinnung, überlegte, wie sie sich des Körpers entledigen könnte.

Ehemann eins hatte sie in Notwehr erstechen müssen, das konnte sie glaubhaft versichern.

Ehemann Nummer zwei war im Bette verstorben, tragisch und gänzlich unerwartet.

Aber Hermann?

Da kam ihr der dicke Abzugskanal in den Sinn, der sich in einem Nebenraum im Kohlenkeller befand und dort der Entsorgung von Unrat diente.

Mit einem Küchenmesser zerteile Lieselotte Hermann in tragbare Einzelteile, was ihr überraschend leicht von der Hand ging. So musste sich ein Pathologe fühlen, kam ihr in den Sinn, der schlicht seiner Profession nachging.

Danach packte sie den zerstückelten Leib in Hermanns Reisekoffer und schleppte diesen drei Stockwerke tief in den Keller – in mehreren Durchläufen und auf Zehenspitzen. Dort warf sie die Einzelteile in den Abzugskanal, wo sie sogleich im schwarzen Nichts verschwanden.

Den mit Blut vollgesogenen Teppich im Wohnsalon, der als Unterlage gedient hatte, zerschnitt Lieselotte in handgroße Flecken, mit denen sie nach und nach den Kaminofen fütterte, bis nichts mehr von ihm übrig war. Mit dem Koffer verfuhr sie ebenso.

Erst jetzt, als bereits die Morgendämmerung einsetzte, wollte sich Lieselotte eine kleine Rast gönnen, um wieder zu Kräften zu kommen und um danach den Parkettboden von den letzten Spuren der Tat zu reinigen.

Kuschelig warm haben Sie es.

Die Worte des Kriminalkommissars kamen Lieselotte

in den Sinn. Stimmt, führte sie gedanklich fort, der Perser und der Koffer haben ihren Zweck in jeder Hinsicht erfüllt.

Auch wenn sie nach wie vor Trauer umfing, so fühlte sie sich von Stunde zu Stunde befreiter – sie gehörte wieder sich selbst – niemand, der ihre Gedanken bestimmte, ihr Sorgen aufbürdete oder ihr Kummer verursachte.

Hermann wurde nun schlichtweg zu Ehemann Nummer drei degradiert.

Lieselotte Pulverdampf schenkte sich ein Glas Rotwein ein, hielt es Richtung ihres Kanarienvogels. »Auf uns, mein lieber Alberto! Auf unser neues Leben!«

Ein Zwitschern kam als Antwort.

Lieselotte leerte das Glas in einem Zug.

Dann ging sie ins Vorzimmer, holte die Post der letzten beiden Tage und nahm wieder am Diwan Platz. Mit einem sich ausbreitenden Gefühl allumfassender Entspannung blätterte sie zwischen Weihnachtspostkarten von Freunden und Bekannten und einem Brief, dessen Absender unleserlich gekritzelt war.

Lieselotte öffnete das Kuvert, entfaltete das darin enthaltene Blatt Papier und las die darauf festgehaltenen Worte.

Erst neugierig, dann mit zunehmendem Entsetzen …

Höchst geschätzter Herr Pulverdampf,

leider hatten wir vergessen, Ihnen die Bescheinigung über Ihren – jeden Dienstag und Donnerstag bei uns – erfolgreich absolvierten Tanzkurs auszuhändigen, was wir nun in der Anlage nachholen dürfen.

Wir hoffen, Sie waren zufrieden und dass Ihre neu erworbenen Tanzkünste Ihre so geschätzte Frau Gemahlin erfreuen werden.

Wir wünschen Ihnen frohe Weihnachten.
Herzlichst, Ihre Tanzschule Bellevue

X.
Das Krippenspiel

1907

Kommet, ihr Hirten

(Text: Carl Riedel, 1868 / Melodie: aus Böhmen, 19. Jhd.)

Kommet, ihr Hirten, ihr Männer und Fraun,
Kommet, das liebliche Kindlein zu schaun,
Christus, der Herr, ist heute geboren,
Den Gott zum Heiland euch hat erkoren.
Fürchtet euch nicht!

Lasset uns sehen in Bethlehems Stall,
Was uns verheißen der himmlische Schall,
Was wir dort finden, lasset uns künden,
Lasset uns preisen in frommen Weisen.
Halleluja!

Wahrlich, die Engel verkündigen heut
Bethlehems Hirtenvolk gar große Freud.
Nun soll es werden Frieden auf Erden,
Den Menschen allen ein Wohlgefallen.
Ehre sei Gott!

Ehrgeiz, so sagt man, ist die letzte Zuflucht des Misserfolgs. Doch die Verluste, die man bis zu dieser Erkenntnis erleidet, wiegen oft schwer …

Die letzten Herbstblätter hatten sich schon lange von den dürren Ästen gelöst und waren zur Erde geschwebt. Raschelnd hatte ein immer kälter werdender Wind sie vor sich hergetrieben, hatte sie zu Haufen geformt oder war ihnen unter die Fittiche gefahren, um sie ein letztes Mal in ungeahnte Höhen aufsteigen zu lassen.

Den ersten, lieblich tänzelnden Schneeflocken waren unzählige mehr gefolgt, sodass das bunte Laub und alles, was sich darüber erhob, seither mit einer hohen Schicht der weißen Pracht bedeckt blieb.

Hand in Hand mit dem Wintereinbruch hatten auch die Schornsteine der Häuser zu qualmen begonnen und vermittelten jenen, die im Freien zu tun hatten, die Hoffnung darauf, bald in die warme Stube einkehren zu können. Jene, die bereits in ihren Stuben saßen, genossen beim Anblick der Schneedecke durch die vereisten Fenster die Gewissheit, dass es der Herrgott gut mit ihnen meinte, so behaglich wärmte sie Kamin oder Ofen.

Je kürzer die Tage wurden, umso mehr nahm die Geschäftigkeit im Freien ab. Mit dem immer früher werdenden Einbruch der Nacht kam sie schließlich beinahe gänzlich zum Erliegen.

Dafür nahmen sich die Menschen mehr Zeit für die Familie. Handarbeiten wurden ebenso forciert wie Kartenspiele, in geselliger Runde ließ man das Jahr Revue passieren oder las seinen Lieben aus einem Buch vor. Oder lauschte, sofern man es sich leisten konnte, verzückt dem wunderschönen Krächzen, das aus dem Schalltrichter eines

Grammophons erklang, während eine Nadel über die Schellackplatte kratzte.

Aber auch wenn sich das alltägliche Leben entschleunigte, hieß das nicht, dass die Menschen die Hände in den Schoß legten. Im Gegenteil – manche von ihnen liefen gerade in der Vorweihnachtszeit zu Höchstleistungen auf.

So auch Familie Gercke.

Vater Eugen war ein talentierter Tischler, der das Handwerk wiederum bei seinem Vater gelernt hatte und dank eigenen Talents in der kleinen Stadt, in der er lebte und arbeitete, höchstes Ansehen genoss. Für seine Handschlagqualität war er bekannt, für seine zwanghafte Genauigkeit berüchtigt. Er liebte deutsche Opern, deutsche Speisen und deutsches Bier.

Franziska, Eugens Gemahlin und seine erste große Liebe, führte im Haus ein strenges, dennoch liebevolles Regiment. Über ihre Familie ließ sie nichts und niemanden kommen. Ihr meisterhafter Umgang mit der Nähnadel war in der ganzen Stadt geachtet, sodass viele Damen ihre eingerissenen Kleider lieber zu ihr trugen denn zu einer der Näherinnen. Auf das Verengen von Kleidung hatte sie sich spezialisiert, ein Erweitern lehnte sie jedoch strikt ab – die betroffene Mamsell sollte einfach weniger in sich hineinstopfen. Unter ihren Bekannten galt Franziska als asketische Frau, als zielstrebig und ruhig. Außer es trug jemand Schmutz ins Heim, dann brach die Hölle los.

Eugen und Franziska waren mit drei Töchtern gesegnet, von denen Agnes mit sechzehn Jahren die älteste war. Ihr schwarzes, seidig glattes Haar verwöhnte sie jeden Morgen und jeden Abend mit exakt einhundert Bürstenstrichen. Auch sonst war sie äußerst auf dessen Pflege bedacht, setzte es weder zu viel Sonne noch zu viel Wasser aus und gönnte den Spitzen einmal die Woche ein wenig Schwei-neschmalz. Und obwohl sich ihre schulischen Leistungen auf höchstem Niveau bewegten, sah sie ihre Zukunft an der Seite eines wohlhabenden Adeligen, eines verwegenen Großindustriellen oder eines leidenschaftlichen Poeten – aus reicher Familie.

Die beiden jüngsten Gerckes waren die achtjährigen Zwillingsschwestern Helene und Karla. Wann immer sie nach draußen gingen, konnten sie sich der neugierigen Blicke anderer Menschen gewiss sein. Denn sie teilten nicht nur ein gänzlich identes Äußeres, sondern auch eine seltene Pigmentstörung. Der Volksmund nannte Menschen wie sie »Kakerlaken« oder »Albinos«, ohne es böse zu meinen – was jedoch nicht bedeutete, dass derlei Kategorisierungen die beiden Mädchen nicht immer wieder aufs Neue kränk-ten. Ihre langen, weißblond gelockten Haare waren dafür ihr ganzer Stolz und die einzige Vorliebe, die sie mit ihrer großen Schwester teilten.

Was nun Familie Gercke in der Vorweihnachtszeit zu Höchstleistungen anspornte, war das alljährliche Krippen-spiel, das in der Stadtpfarrkirche aufgeführt wurde. Eugen zimmerte dafür Kulissen, Franziska schneiderte Kostüme, die drei Töchter halfen überall dort, wo noch eine helfende Hand gebraucht wurde.

Alles in allem hätten die Tage bis zum Heiligen Abend in der Familie Gercke unter emsiger, dennoch wohlfeiler Anspannung verlaufen können, gekrönt vom Krippenspiel am vierundzwanzigsten Dezember.

Doch so einfach konnte das Leben schlichtweg nicht sein – denn noch jemand beteiligte sich an den Vorberei-tungen.

Vorhang auf für Familie Walther.

Otto, das Familienoberhaupt, war stolz darauf, ein Palindrom als Name zu haben, auch wenn dies natürlich nicht seine Errungenschaft war. Neben Eugen Gercke war Otto der zweite Tischler in der Stadt. Oder eben die Nummer eins, wie er mit Blick auf sein handwerkliches Geschick nicht müde wurde zu betonen. Ihm war der Betrieb nicht in den Schoß gefallen, alles hatte er sich selbst erarbeitet, und seinen Wohlstand verstand er auch zu genießen. Er liebte französisches Parfüm, italienische Pasta und russischen Wodka.

Das nötige Kleingeld für Haus und Werkstatt hatte jedoch seine Frau Ruth mit in die Ehe gebracht. Ihr Vater war mit dem Handel des Farbstoffs »Schweinfurter Grün« zu Reichtum gekommen, der jedoch auch seinen frühen Tod begründete – war der Farbe doch Arsen beigesetzt. Dieser Schicksalsschlag hatte Ruth schon in jungen Jahren in die Hände der zwei gefährlichsten Professionen des Reichs getrieben – Priester und Zuckerbäcker. Beide Laster waren ihr geblieben. Die Liebe zu Naschwerk erklärte ihre opulente Leibesfülle, ihre Liebe zu Gott ihren täglichen Kirchenbesuch. Nachdem sie lange um ein Kind gebetet hatte, war es auch nicht verwunderlich, dass Ruth schließlich ihrer ersten und einzigen Tochter den Namen Dörte gab – empfand sie die Empfängnis doch als Gottesgeschenk.

Dörte war, wie Agnes, sechzehn Jahre alt, besaß widerspenstiges hellblondes Haar und war im Gegensatz zu ihrer Mutter von lieblicher Statur. Trotzdem sie der Herrgott mit zwei Augen geschlagen hatte, die denen eines milchgebenden Weideviehs glichen, genoss Dörte ein unbeschwertes Leben, zumal sie in der Schule bei allen beliebt war.

Auch Familie Walther war im alljährlichen Krippenspiel engagiert – Otto konstruierte ebenfalls Kulissen und Ruth kümmerte sich um die Ausstattung. Dörte hatte im letzten Jahr bereits Bühnenerfahrung mit ihrer Darstellung als Caspar gesammelt, es jedoch etwas übertrieben, als sie sich das Gesicht mit Schuhcreme besonders schwarz gefärbt hatte – selbst nach zwei Wochen war ihre blässliche Haut noch nicht wieder porentief rein geworden.

Doch all das gehörte der Vergangenheit an. Nach dem Krippenspiel war vor dem Krippenspiel, und so tagten auch in diesem Jahr die Oberen der Stadt, um die jeweiligen Arbeiten sowie die Akteure für die anstehende Aufführung zu bestimmen.

Im Gasthaus »Zum roten Lurch« hatte sich versammelt, wer in der Stadt Rang und Namen hatte – oder schlicht nur Geltungsdrang.

Der Bürgermeister hielt eine ausschweifende Rede über Tradition und Bedeutung des Krippenspiels für seine Gemeinde und über die Notwendigkeit, die Weihnachtsbotschaft den Menschen wieder näherzubringen. Immerhin versinnbildlichte die Geburt Jesu die »Familie«. Und er fabulierte darüber, die Werte der Gemeinschaft nicht über die eigenen Bedürfnisse zu stellen – wissend, dass zumindest er als Bürgermeister über der Gemeinschaft stand. Mit selbstgerechter Zufriedenheit beendete er schließlich seine Aneinanderreihung von Allgemeinfloskeln und übergab das Wort an den Pfarrer.

Auch der wusste kaum Gutes über die neue Zeit zu berichten. Er prangerte den unnötigen verkitschten Tand an, der an den Ständen am Weihnachtsmarkt vor dem Rathaus feilgeboten wurde, nur um darauf hinzuweisen, wie dringend notwendig die Wiederherstellung des vergoldeten Kreuzes am Kirchturm sei, in das im Sommer ein Blitz gefahren war.

Und wie jedes Jahr wiederholte er, was jeder im Saal wusste, der in der Stadt aufgewachsen war:

Im Jahre 1223 war der fromme Mönch Franz von Assisi aus Palästina nach Italien zurückgekehrt, wo er in der Stadt Greccio nächtigte. Dort erinnerten ihn die Felsenhöhlen an Betlehem, das er ebenfalls besucht hatte, woraufhin er seinen Freund, den Castellar von Greccio, Giovanni Velita, bat, ein Krippenspiel auszurichten. Dieses fand daraufhin in einer Grotte statt, wo Männer und Frauen rund um die Krippe standen, gesäumt von Esel und Ochse – eine stille Momentaufnahme der Geburt des Heilands. Die Darstellung war ein dermaßen großer Erfolg unter der Bevölkerung, dass sich die Kunde darob wie ein Lauffeuer bis über die Grenzen Italiens hinaus verbreitete.

Somit war nicht nur des Menschen Erlöser, sondern auch die Tradition des Krippenspiels geboren.

Vielleicht, meinte der Pfarrer, habe seine Stadt nicht jene staubige Anmut, die Palästina innewohnte. Dafür jedoch sei das Krippenspiel auf deutschem Boden in jeder Hinsicht opulenter. Selbst die Mohren seien schwärzer als dort unten, fügte der Pfarrer mit einem Augenzwinkern Richtung Dörte Walther hinzu, die schlagartig rot anlief.

Gelächter und Applaus schallten durch das Gasthaus.

Launig löste der Bürgermeister den Hirten der Gemeinde wieder ab, wartete geduldig, bis alle im Saal ihm die notwendige Aufmerksamkeit widmeten. Auch er freue sich auf das diesjährige Krippenspiel, sprach er und hob dozierend den Zeigefinger. Aber es gebe eine gewichtige Änderung! Seine Tochter Käthe, die in den letzten Jahren die Gottesmutter verkörpert hatte, könne in diesem Jahr leider nicht erneut in die Rolle schlüpfen.

Der Bürgermeister wies sein Kind an, aufzustehen, was die

junge Frau auch tat, wobei sie sich mit beiden Händen den kugelrunden Bauch hielt. Eine schwangere Maria – das darzustellen würden sich nicht einmal die vermaledeiten Protestanten trauen, feixte er und erntete dafür johlenden Zuspruch.

Aus diesem Grund könnten sich nun junge Frauen als Darstellerinnen der Maria bewerben. Die Auswahl würden er, der Pfarrer, der Arzt und der Leiter der Gendarmerie treffen, so der Bürgermeister, und zwar in genau zehn Tagen. Die Kriterien seien einfach: der darzustellenden Gottesmutter so nahe wie nur irgend möglich zu kommen.

Noch während der Bürgermeister wieder Platz nahm, sprangen zwei junge Frauen auf und bewarben sich damit unisono für die vakante Stelle – Agnes Gercke und Dörte Walther.

Die Blicke, die sich die beiden Kontrahentinnen dabei zuwarfen, glichen Dolchen.

In dem Moment erkannten auch die übrigen Familienmitglieder der Gerckes und Walthers, dass es in diesem Jahr etwas zu entscheiden galt, was schon seit Jahren unterschwellig brodelte: Welcher der beiden Väter war der bessere Tischler? Welche der beiden Mütter die bessere Ausstatterin? Schlicht – welche der beiden Familien würde über die andere triumphieren?

Ruth tat den ersten Schritt. Sie warf dem Pfarrer, dem sie bei ihren täglichen Besuchen immer wieder das eine oder andere Naschwerk mitbrachte, einen schmachtenden Blick zu. Der versicherte ihr mit einer beschwichtigenden Geste, dass sie nichts zu befürchten hatte. Ruth wähnte mit dem Pfarrer sogleich auch Gott auf ihrer Seite, und der kümmerte sich bekanntlich um die Seinen.

Zur Überraschung aller stand jedoch eine dritte junge Frau auf. Viktoria Borkowsky, siebzehn Jahre jung. Ihr

Antlitz war von graziler Anmut, ihr braunes, gelocktes Haar fiel ihr gewellt auf die Schultern. Trotz oder vielleicht gerade wegen ihrer ärmlichen Bekleidung sah sie aus, als sei sie dem Marienbildnis eines alten Meisters entstiegen.

Ein Raunen ging durch die Anwesenden.

Agnes und Dörte richteten ihre gegenseitige Abneigung sogleich auf die neue Anwärterin. Auch ihre Väter straften Viktorias Familie mit verachtenden Blicken.

Die Borkowskys waren erst vor einem halben Jahr in die Stadt gezogen, genauer gesagt in ein kleines Haus am Rande des Hauptplatzes. Dort bewohnten sie das Oberge-schoss, während sie zu ebener Erde eine Bäckerei eröffneten.

Leonhard, das Familienoberhaupt, ging in seiner Profes-sion auf, er war mit Leib und Seele Bäcker. Besonders zu den Feiertagen kreierte er mit Vorliebe neue Variationen tradi-tioneller Backwaren. Die Ruhe, die er während der Arbeit in seiner Backstube ausstrahlte, wurde nur von der Hin-gabe übertroffen, mit der er sich seiner Familie widmete. Mit dem Allmächtigen jedoch befand er sich auf Kriegs-fuß, hatte der ihm doch alle drei seiner Söhne innerhalb ihrer ersten drei Lebensjahre geraubt. Seine Tochter hatte längst die gefährlichen Kindesjahre besiegt und trug daher zu Recht den Namen Viktoria.

Leonhards Gemahlin Luise kümmerte sich um den Ver-kauf in der Backstube. Sie genoss es, mit ihren Kundinnen zu schwatzen, und konnte so nach nur wenigen Tagen den neuen Laden als erste Anlaufstelle für Klatsch und Tratsch etablieren.

Der Bürgermeister klatschte freudig in die Hände. Auch wenn seine Tochter mit der Darstellung der Maria die Latte so hoch gelegt habe, dass sie wohl für immer unerreichbar bleiben würde, sagte er, dürfe sich seine Stadt glücklich schätzen, aus drei dermaßen wunderschönen Mariendarstellerinnen auswählen zu können.

Mit einem laut vorgetragenen Trinkspruch beendete der Bürgermeister den offiziellen Teil des Abends.

Aufgrund der großen Menge an Bier, Wein und Schnaps, die an diesem Abend konsumiert worden war, schienen die Einwohner besonders tief und fest zu schlafen.

Alle bis auf zwei: Eugen Gercke und Otto Walther.

Die beiden Väter lagen in ihren Betten, wenn auch an gänzlich unterschiedlichen Orten, so doch vereint in ihren starren Blicken an die Zimmerdecke, in ihren Gedankenwelten, die sich nur um das bevorstehende Krippenspiel drehten, und im Schmieden ihrer Pläne, der jeweiligen Tochter zum Sieg zu verhelfen.

Doch was in einsamen Nachtstunden wie ein wohlfeiler Plan klang, wirkte bei Tageslicht keineswegs so vielversprechend wie gedacht. Zumal zwar jeder von beiden gewinnen wollte, jedoch ohne sich dabei strafbar zu machen.

Den Anfang machten die Kinder der Familien selbst.

Am neunten Tag vor der entscheidenden Abstimmung bildeten sich unter den Schülern Gruppen, die jeweils eine Kandidatin unterstützten, während sie die andere ablehnten. Dies betraf jedoch ausschließlich Agnes und Dörte – denn Viktoria Borkowsky, der Neuen und Dritten im Bunde, gab niemand eine Chance. Zu wenig integriert war ihre Familie, zu wenig verwurzelt in der Geschichte der Stadt, und zu polnisch klang der Name.

Die Hänseleien unter den Gruppen nahmen immer stärkere Ausmaße an, zumal sie sich gegenseitig aufschaukelten. Wurde eine Kandidatin an den Haaren gezogen, stellte man der anderen ein Bein. Wurden der einen Mitschriften gestohlen, schmierte man der anderen Leim auf die Schulbank. Selbst das energische Einschreiten der Lehrer bewirkte keine Linderung der Eskalationsspirale, es verlangsamte höchstens die Geschwindigkeit der Gehässigkeiten.

Wenn Agnes und Dörte nach dem Unterricht nach Hause kamen, entging keinem Familienmitglied, wie sehr die jungen Frauen unter den Auseinandersetzungen litten. Alsbald bemächtigten sich tiefe Augenringe beider, Appetitlosigkeit förderte Unkonzentriertheit und Schlafstörungen.

Agnes hatte das Gefühl, dass ihr beim Bürsten ihrer Haare selbige im Übermaß ausgingen, Dörte, dass sich die gesamte Welt gegen sie verschworen hatte. Ans Zurücktreten dachte jedoch keine von beiden, denn den Sieg gönnten sie einander nicht.

Das Unbehagen ihrer Töchter schlug auch den Vätern aufs Gemüt.

Am achten Tag vor der entscheidenden Abstimmung gerieten die beiden Männer bei der ersten Besprechung über das neu zu gestaltende Bühnenbild für das Krippenspiel aneinander. Jede Kleinigkeit wurde geneidet, jeder Kulissenentwurf des anderen beanstandet. Schließlich konnten sich die beiden Tischler doch noch auf eine strikte Trennung der jeweils anzufertigenden Bühnenbauten einigen – wenn auch erst nach Androhung des Ausschlusses beider. Der Pfarrer hatte für eitle Spitzfindigkeiten nämlich kein Verständnis.

Mehr Verständnis hatte der Mann Gottes für Ruth Walther und ihre Sorgen. Besonders, wenn er mit ihr über selbige bei köstlichen Butterplätzchen, süßen Engelsaugen, würzigen Honig-Pfefferkuchen oder fruchtig-aromatischen Gewürz-Florentinern reden konnte.

Tag für Tag verpackte Ruth geschickt ihre Ambitionen – ihre Tochter Dörte sollte die Stimme des Pfarrers für die Darstellung der Maria erhalten. En passant streute sie ihre Sorge über den zweifelhaften Ruf der Konkurrentin, verknüpfte sie das Ansehen der Stadt mit der Qualität des Krippenspiels und verglich gar die Frömmigkeit ihrer jungfräulichen Dörte mit jener der darzustellenden Mutter Gottes.

Mit Vergnügen lauschte der Pfarrer den geschickten Ausführungen der Frau, durchschaute er doch die vermeintlich perfide Intervention. So wurde er zumindest für die Dauer des Besuchs bestens unterhalten und konnte sich zeitgleich die mitgebrachten Leckereien einverleiben.

Am sechsten Tag vor der entscheidenden Abstimmung herrschte zwischen den Familien Gercke und Walther Eiszeit. Sahen die Mütter einander zufällig bei Besorgungen, wechselte eine von ihnen die Straßenseite, denn selbst ein böser Blick war zu viel der Aufmerksamkeit für die Gegenspielerin. Die beiden Väter sprachen beim Aufbau ebenso wenig miteinander wie ihre Töchter in der Schule.

Wie es nur so weit kommen konnte, fragte Eugen Gercke, während er auf Ruth Walther lag und ihr dabei in die Augen sah. Seit drei Jahren pflegten die beiden eine heimliche Liaison, trafen sich einmal die Woche im Speicher eines verlassenen Kontors. Trotz der Kälte, die vorherrschte, schwitzten ihre Körper unter den Felldecken, ihre Haut klebte aneinander.

Für Ruth stellte der Ehebruch keinen Widerspruch zu ihrem Glauben dar, legte sie doch Matthäus' zweites Gebot »Liebe deinen Nächsten« nur etwas großzügiger aus. Dass eine Frau zudem auch Bedürfnisse hatte, verstand der Allmächtige mit Sicherheit, auch wenn Otto diese nicht mehr zu haben schien.

Eugen wiederum begehrte das, was er in seinem Heim schmerzlich vermisste: die kuschelige Wärme eines Weibes, das sich nicht anspürte, als läge er auf einem Sack voller Hirschgeweihe.

Auf seine Frage die interfamiliären Zwistigkeiten betreffend wusste Ruth jedoch keine Antwort. Natürlich bedauerte sie den Streit, der die eigentlich besinnliche Vorweihnachtszeit zerstörte. Andererseits wollte sie auch, dass ihre Familie glücklich war, und ihr Gemahl und ihre Tochter verfolgten nun mal das Ziel, den Wettbewerb zu gewinnen.

In den Armen des anderen liegend versprachen sich Eugen und Ruth, dass nach Weihnachten alles wieder so werden würde, wie es zuvor gewesen war, und hofften innigst, dass dem auch so war.

Denn bis zum Anbruch des neuen Jahres würden sie ihre Schäferstündchen aussetzen.

Am fünften Tag vor der entscheidenden Abstimmung klagte Dörte nach einer Kostümprobe weinend ihrer Mutter, dass Franziska Gercke sie vorsätzlich in ein unvorteilhaftes Kleid gezwängt habe. Die Mutter tröstete ihr Kind, während Otto wortlos aufstand, das Haus verließ und Richtung der Stadtpfarrkirche schritt, wo das Spiel aufgeführt werden sollte.

Am vierten Tag vor der entscheidenden Abstimmung kippte bei der Bühnenbesprechung ein Kulissenteil in Form eines Hauses, das Eugen gefertigt hatte, vornüber und verfehlte nur um Haaresbreite die drei Heiligen Könige. Die Attrappen von Pferd und Ochsen begrub es jedoch unter sich.

Nach dem ersten Schrecken untersuchte Eugen die Ursache für das vermeintliche Unglück und musste erkennen, dass jemand seine penibel ausgeführte Arbeit sabotiert hatte. Otto grinste breit. Das konnte Eugen natürlich so nicht hinnehmen.

Daher bezahlte er einen einfältigen Stalljungen dafür, zu prahlen, im Besitz von Dörtes Jungfräulichkeit zu sein. Die Aufregung in der Stadt war ebenso groß wie kurzlebig. Nach eingehender Befragung durch Otto und zwei seiner Gesellen sowie ihren sechs Fäusten knickte der Stalljunge ein und gestand.

Am dritten Tag vor der entscheidenden Abstimmung widerrief der Knecht öffentlich seine Ehrschneiderei.

Als Vergeltung entwendete Ruth sämtliche Nähutensilien von Franziska aus der Sakristei, die als improvisierte Garderobe diente. Niemand verdächtigte die fromme Frau, die sich ohnedies das ganze Jahr über täglich in der Kirche aufhielt. Franziska hingegen, für ihre Genauigkeit bekannt, wirkte nun konfus und von der Rolle. Die damit einhergehende Häme genoss Ruth in vollen Zügen.

Am zweiten Tag vor der entscheidenden Abstimmung musste Agnes in der Schule feststellen, dass Dörtes widerspenstiges hellblondes Haar wie von Zauberhand geglättet ihr Gesicht umschmeichelte, was ihr trotz oder gerade wegen ihrer großen Augen ein faszinierend scheues Erscheinungsbild verlieh.

Die junge Frau verfluchte die Konkurrentin, die nun aussah wie die personifizierte Unschuld.

Am Nachmittag desselben Tages überschüttete Agnes ihr geliebtes schwarzes Haar mit einem neuartigen Mittel, das ihr der Apotheker nur widerwillig ausgehändigt hatte: »Chenie's Haarfarbe Fo«. Dabei handelte es sich um eine neuartige Tinktur zum Bleichen von Haaren, deren mögliche Nebenwirkungen umfangreich auf der Verpackung dokumentiert standen. Unter anderem enthielt es zwei Prozent p-Phenylendiamin, das Ekzeme und Haarausfall verursachen konnte. Doch was war schon die potenzielle Gefahr einer Substanz, die Agnes kaum auszusprechen verstand, gegen eine real existierende Bedrohung in Form von Dörte Walther? Welcher deutsche Mann, fürchtete Agnes, zog nicht eine blonde Frau einer dunkelhaarigen vor? Und immerhin saßen vier deutsche Männer in der Jury.

Zwei Stunden später gellte ein Aufschrei durch das Haus der Gerckes.

Agnes hockte in ihrem Zimmer, inmitten ihrer einstigen Haarpracht, das Haupt so kahl wie das eines Neugeborenen. Damit, weinte sie bitterlich, war die Wahl für sie gelaufen, der Traum zerstört, das Ansehen der Familie ruiniert.

Doch Franziska akzeptierte die Entscheidung nicht und wusste zu handeln. Nach einer schallenden Ohrfeige für Agnes' Dummheit rief sie ihre Zwillingstöchter Helene und Karla zu sich, entlieh das Rasiermesser ihres Mannes und begann, den beiden Mädchen ebenfalls die Köpfe zu scheren.

Während das Geheul der Zwillinge immer lauter durchs Haus drang, rückte Eugen immer näher an den Schalltrichter seines Grammophons. Daraus tönte das Duett von Mozarts »Die Hochzeit des Figaro«, innbrünstig dargebracht von Berta Kiurina und Josie von Petru. Eugen schloss die Augen, bemüht, sich in die Ablenkung zu vertiefen, und wischte sich dabei eine Träne aus dem Augenwinkel.

Nach getanem Werk sammelte Franziska die abgeschnittenen weißblonden Haare der Zwillinge ein und eilte zu einer Freundin, die sich als Perückenmacherin verdingte.

Unter allen ihr möglichen Versprechungen vermochte es die Mutter schließlich, ihre Freundin zu überreden, in weniger als zwei Tagen das Unmögliche zu schaffen – eine Perücke für Agnes aus den Haaren ihrer Geschwister zu fertigen.

Den darauffolgenden Tag durften die drei geschundenen Mädchen zu Hause verbringen. Agnes nicht nur wegen der fehlenden Haare, sondern auch wegen der malträtierten Kopfhaut, die immer wieder in blutigen Rissen aufplatzte.

Am letzten Tag vor der entscheidenden Abstimmung fühlte sich Dörte siegesgewiss. Sie wusste zwar nicht, warum ihre Konkurrentin der Schule ferngeblieben war, deutete es aber als Zeichen ihres nahenden Triumphes.

Auf dem Nachhauseweg wurde sie jedoch von Agnes' Anhängern abgepasst. Die zerrten sie in eine Seitengasse und beschmierten ihr Gesicht so stark mit schwarzer Schuhcreme, dass sie nur mehr erneut für die Rolle des Caspars vorsprechen konnte.

Auch wenn sich Ruth mit Leibeskräften bemühte, das Antlitz ihrer Tochter mit Kernseife und Schwämmen unterschiedlicher Rauheit abzuschrubben, blieb das Ergebnis äußerst unansehnlich. Denn überall dort, wo die Schuhcreme entfernt werden konnte, war die Haut aufgescheuert, wund und knallrot.

Der Tag der entscheidenden Abstimmung war gekommen.

Im Gasthaus »Zum roten Lurch« hatten sich der Bürgermeister, der Pfarrer, der Arzt sowie der Leiter der Gendarmerie getroffen und sich im Geheimen beraten. Im Anschluss daran wollten sie die Kandidatinnen noch ein letztes Mal persönlich antreten lassen.

Den Beginn machte Agnes.

Zitternd ob der juckenden Kopfhaut, der scheuernden Perücke und der Entbehrungen der letzten Tage stakste sie vor das Gremium. Bemüht trug sie vor, warum sie die geeignetste Mariendarstellerin war und was es für sie und ihre Familie bedeutete, würde sie die Rolle zugesprochen bekommen. Und doch konnte sie nicht davon lassen, sich immer wieder auf der – zugegeben meisterhaft fabrizierten – Perücke zu kratzen. Das bewirkte, dass diese vor- und zurückrutschte und Agnes dabei aussah wie jemand, den Jesus einst wohl geheilt hätte.

Maria gereichte das nicht zu Ehren.

Irritiert vom veränderten Erscheinungsbild der jungen Frau dankte ihr der Bürgermeister, bat sie, an der Seite Platz zu nehmen, und ließ dann die zweite Kontestantin in den Saal kommen.

Dörte trat wesentlich selbstbewusster auf als Agnes, doch hielt sie ihren Kopf stets gesenkt, sodass ihre seidige Haarpracht geschmeidig ihr Gesicht verdeckte. Als der Pfarrer sie aufforderte, doch das Kinn zu heben, um sich einen besseren Gesamteindruck von ihr machen zu können, offenbarte sie ihr Antlitz, das eine dicke Schicht weißer Schminke bedeckte. Optisch mischte sich so ihre Haar- mit der Hautfarbe, was bewirkte, dass Dörte aussah wie die ältere Version der Gercke-Zwillinge, die bekanntlich unter einer Pigmentstörung litten.

Und das hatte Maria sicherlich nicht.

Auch die zweite junge Frau bat der Bürgermeister, Platz zu nehmen, wieder mit äußerst irritiertem Ausdruck im Gesicht.

Dörte setzte sich neben Agnes. Als sich die beiden ansahen, erblickten, was das Wetteifern und der grenzenlose Ehrgeiz aus ihnen gemacht hatte, kamen beiden die Tränen.

Viktoria betrat den Saal.

Ihr Gang wirkte liebreizend, ihr Augenaufschlag gütig. Ihr braunes Haar war gesund und kräftig, ihr Gesicht ohne Rötungen oder Krätzen.

Bürgermeister, Pfarrer, Arzt und Gendarm nickten sich in stummer Übereinkunft zu. Jeder der Anwesenden erkannte – vor ihnen stand die personifizierte Maria!

Doch bevor der Bürgermeister etwas sagen konnte, hob Viktoria die Hand – und erklärte, sie sei nur gekommen, um höflich zu verkünden, dass sie nicht die Maria spielen werde. Zunächst einmal hätte sie gehofft, dass sie, als Neue in der Schule, durch ihre Bewerbung neue Freunde finden würde. Das war jedoch nicht geschehen – zu sehr waren die Schüler mit dem Wetteifern der zwei Lager beschäftigt gewesen. Zudem wollte sie weder auf sich selbst noch auf ihre Familie jenen Neid ziehen, der offenbar in der Stadt herrschte, wenn es sich um solch prestigeträchtige Rollen handelte. Und zu guter Letzt wolle sie lieber ihren Eltern helfen, die für den Heiligen Abend etwas Besonderes geplant hatten.

Erstaunt über die offenen Worte der jungen Frau entließen die Dorfgranden Viktoria, dankten ihr und sprachen zugleich die Hoffnung aus, dass sie sich im nächsten Jahr wieder bewerben werde.

Nachdem Viktoria den Saal verlassen hatte, richtete sich die Aufmerksamkeit des Gremiums wieder auf Agnes und

Dörte. Gewiss, dass nun eine Entscheidung fallen würde, ergriffen die beiden Kontrahentinnen mit einem Mal die Hand der anderen, drückten sie, wie es nur beste Freundinnen taten.

Dann erhob sich der Bürgermeister, um seine Entscheidung bekannt zu geben.

Der vierundzwanzigste Dezember war gekommen.

Bei den verbliebenen Proben hatte es weder Unfälle mit Kulissen noch mit Requisiten gegeben, auch die geschneiderten Kostüme passten allen Darstellern perfekt.

Agnes' Haare hatten zu wachsen begonnen und bildeten bereits einen feinen Flaum auf der zuvor nackten Kopfhaut.

Dörtes Gesicht war bar jeder Schuhcreme, auch wenn der eine oder andere Schorf noch abheilen musste.

Als das Krippenspiel begann, saßen die beiden vormaligen Kontrahentinnen nebeneinander auf der Kirchenbank, erneut Hand in Hand. Beide hatten erkannt, wie sinnlos das eigene Verhalten war, und beschlossen, in Zukunft Probleme gemeinsam zu meistern.

Neben ihnen hatten ihre jeweiligen Familien Platz genommen, in stiller Andacht und ohne die anderen mit Blicken oder Gesten zu strafen. Das Verhältnis der beiden Väter war noch weit davon entfernt, so amikal zu sein wie das ihrer Töchter. Dennoch neidete keiner von beiden mehr des anderen Leben.

Den kurzen, aber vielsagenden Blick zwischen Eugen und Ruth hatte niemand sonst bemerkt, er gehörte nur den beiden.

Auf der Vierung der Kirche begann das Krippenspiel.

Esel und Pferd standen geduldig am Futtertrog, die drei Weisen sowie zwei Engel harrten am Rand ihres Auftritts.

Joseph betrat die Szenerie, gefolgt von Maria.

Eine weit geschnittene Tunika aus fließenden Stoffen bemühte sich dabei redlich, den Bauch der hochschwangeren Tochter des Bürgermeisters zu kaschieren.

Außer den beiden Familien und noch einer Handvoll anderer Einwohner waren die Bänke jedoch unbelegt, die Kirche wie leer gefegt.

Am Hauptplatz vor dem Gotteshaus, an das sich auch das Rathaus reihte, tummelten sich all jene, die in den Jahren zuvor stets der Vorstellung beigewohnt hatten.

Grund dafür war der kleine ebenerdige Laden am Rande des Platzes. Dort verkaufte Leonhard Borkowsky frische, herrlich duftende Backwaren und seine Frau Luise köstlich duftenden, heißen Gewürzwein.

Den hatte sie mit ein wenig Korn angereichert, woran sich jedoch niemand zu stören schien, im Gegenteil – die Stimmung unter allen Bewohnern der Stadt war höchst ausgelassen.

»Frohe Weihnachten«, wurde einander entgegengeschmettert, die Menschen umarmten sich, lachten, scherzten, feierten.

Die stillste Nacht im Jahr wurde zu einer der lautesten und zugleich herzlichsten.

Doch eine Tradition wurde dennoch beibehalten: Mit einem Klingelbeutel bewaffnet ging Viktoria umher, sammelte Spenden für das Waisenhaus in der Nachbarstadt. Die Bürger gaben gern und reichlich.

Denn das verschmorte goldene Kreuz auf dem Kirchturm konnte noch warten …

XI.
Jólakötturinn

1912

Jólakötturinn

(Text: Bastian Zach, frei nach dem Gedicht »Jólakötturinn«
von Jóhannes úr Kötlum)

Kennst du denn die Weihnachtskatze
Dieses ungeheure Biest
Niemand weiß, wo ihr Zuhause
Doch du bangst, wenn du sie siehst.

Messerscharf sind die Schnurrhaare
Und ihr Buckel riesengroß
Tatzen, Krallen, nur zum Fürchten
Wer erträgt den Anblick bloß?

Schaust du ihr in ihre Augen
Glühend wie ein Feuerpaar
Hat die letztes Stund' geschlagen
Sie frisst dich mit Haut und Haar.

Nur wer Strickwerk hat bekommen
Den verschont die Weihnachtskatz'
Zischt und faucht und schleicht von dannen
Springt hinfort mit einem Satz.

Daher mühen sich die Frauen
Weben bis der Tag anbricht
Bunte Kleider, Hosen, Söckchen
So die Katze kommet nicht.

Acht' auch du vorm Fest darauf, dass
Jeder, Kind wie Mann wie Frau
Neue Kleidung hat am Abend
Frohe Weihnacht – und Miau!

Die dunkelste Zeit im Jahr war angebrochen. Nur knappe fünf Stunden am Tag kroch die Sonne matt über das Firmament, das zumeist mit grauen Wolken verhangen war. Der Rest der Zeit gehörte der Nacht.

Auch die Natur war verstummt. Einzig das gelegentliche Gezeter von Raubmöwen und Eissturmvögeln schallte über die vereisten Fjorde.

Das Land war weitläufig, karg und äußerst spärlich besiedelt.

In einem Dorf unweit der Küste brannten in wenigen Stuben der kleinen bunt bemalten Holzhäuser Kerzen oder Talglampen, die meisten Zimmer begaben sich in die Obhut des Schlafes.

Nur in einer Kammer herrschte trotz der Dunkelheit keine Spur von Nachtruhe. Lauernd wie Habichte verharrte ein Geschwisterpaar in seinen Betten, lauschte jedem ungewöhnlichen Geräusch abseits des Knarzens des Gebälks.

Obwohl Snorri und Fjóla längst hätten schlafen sollen, war von Müdigkeit keine Spur – zu aufgeregt waren die blond gelockten Kinder. In dieser Nacht würden sie sich nicht hinterrücks vom Schlaf übermannen lassen wie in den Nächten davor. In dieser Nacht, so hatten sie sich fest vorgenommen, würden sie einen von *ihnen* aufspüren – einen der dreizehn Jólasveinar. Die bekannten Weihnachtsgesellen waren Brüder und lästige Raufbolde, Diebe und Tunichtgute.

Seit dem zwölften Dezember suchten die Rabauken die Menschen heim, jede Nacht ein anderer von ihnen, und verblieben dort. Bis an Aðfangadagskvöld, dem Heiligen Abend. Dabei stahlen sie Milch und Geschirr, naschten an Pfannen und Töpfen, angelten sich Würste und Kerzen und trieben vielerlei anderen Unfug.

Nach dem Vierundzwanzigsten verließen die Gesellen die Menschensiedlungen wieder, jede Nacht ein anderer, bis am sechsten Januar mit Kertasníkir der Letzte von ihnen das Weite suchte.

Würden Snorri und Fjóla einen von ihnen fangen, davon waren die Geschwister überzeugt, würde das Weihnachtsfest heuer besonders feierlich werden, denn sie hätten alle anderen Menschen vor den rauen Gesellen bewahrt.

Fünf der Brüder waren den Geschwistern in den vorangegangenen Nächten bereits durch die Lappen gegangen: Stekkjastaur, Giljagaur, Stúfur, Þvörusleikir und Pottaskefill.

Snorri, der vor wenigen Wochen seinen zehnten Geburtstag gefeiert hatte, richtete aufgeregt ein Ohr Richtung Tür.

War da jemand unten in der Küche zugange?

Die neunjährige Fjóla tat es ihrem Bruder gleich, wenn auch deutlich verunsichert. »Ist Askasleikir schon da?«

Ihr Bruder schüttelte den Kopf und bedeutete ihr, still zu sein.

Anders als seine Brüder galt Askasleikir als scheuer Einzelgänger, der es in den Häusern allein auf die Askur abgesehen hatte – hölzerne Essgefäße in Form eines Fässchens, von denen jeder Bewohner eines Hauses eines sein Eigen nannte. Manche der Askur waren mit kunstvollen Schnitzereien verziert. Allen gemeinsam war, dass der Name des jeweiligen Besitzers hineingeschnitzt wurde. Immerhin wollte man nicht die Speisereste eines anderen verzehren.

Deshalb hatten Snorri und Fjóla ihre Askur während des Abendmals nicht ganz geleert, sondern einen Rest darin belassen und diesen mit je einem Deckel aus Holz abgedeckt, damit ihre Mutter es nicht bemerkte.

Nachdem ihre Eltern zu Bette gegangen waren, hatte sich Snorri noch einmal in die Küche geschlichen. Dort hatte er seinen Askur und den seiner Schwester auf ein Netz gestellt, das ihr Vater zum gelegentlichen Fischen verwendete, und die Leine zum Zuziehen des Netzes bis zur Treppe gelegt.

Nun musste sich der Weihnachtsgeselle nur noch bemerkbar machen …

Fjóla, die wie ihr Bruder aufrecht in ihrer hölzernen Bettstatt saß, fielen immer wieder die Augen zu und das Kinn auf die Brust, doch schlafen gehen wollte sie auf Biegen und Brechen nicht.

Auch Snorri merkte, wie er immer schläfriger wurde. Vielleicht wäre die morgige Nacht besser dazu geeignet, der Gesellen habhaft zu werden?

Ein dumpfes Scheppern riss Snorri aus seinem Dämmerzustand. Auch Fjóla war mit einem Mal hellwach.

Das Geschwisterpaar nickte sich einig zu, dann schlüpften sie aus ihren Betten und tapsten zur Tür, vorsichtig einen Fuß vor den anderen setzend.

Am Türspalt lauschte der Junge, doch die dumpfen Geräusche, die von unten heraufdrangen, hielten an!

Er zwängte sich durch den Spalt, um kein unnötiges Knarren durch die Scharniere zu erzeugen, stieg dann die Treppe nach unten, eine Stufe nach der anderen.

Fjóla folgte ihm auf Schritt und Tritt.

Am Fuß der Treppe angekommen verharrten die Geschwister – tatsächlich! Irgendeine kleine, bucklige Gestalt machte sich an ihren Askur zu schaffen!

Als hätten sie es schon Hunderte Male geübt, ergriffen Snorri und Fjóla zugleich das Seil am Fuß der Treppe, verstärkten den Griff und zogen in einer einzigen Bewegung daran.

Das Netz zog sich zu.

Die Geschwister stürmten zu der sich darin windenden Gestalt, Snorri eine eherne Pfanne in der Hand, die er sich gerade geschnappt hatte, Fjóla einen großen Kochlöffel.

Kurz bevor sie zuschlagen wollten, vernahmen sie jedoch ein rührseliges Wimmern, das sie innehalten ließ.

Kein rauer Geselle war ihnen ins Netz gegangen, kein windiger Dieb, sondern ein Zwerg, dessen Augenbrauen ebenso buschig und struppig waren wie sein Vollbart und der sich ängstlich zusammenkauerte.

»Was willst du, Askasleikir, du Tunichtgut?«, herrschte ihn Snorri dennoch an.

»Kein Leid will ich euch zufügen, ich schwöre es!« Die Stimme des Weihnachtsgesellen klang tief und rau.

»Du wolltest unsere Askur stehlen!«, setzte Fjóla das Verhör fort. »Gestehe!«

»Das wollte ich nicht, ganz bestimmt nicht!«

»Jedes Jahr treiben du und deine Brüder Schabernack in unserem Hause. Und heuer soll alles anders sein?«

»Wenn ich es euch doch sage. Seht selbst!«

Askasleikir streckte seine Zunge heraus, die ungewöhnlich groß und rot war. Trotz der Dunkelheit in der Küche war jedoch deutlich zu erkennen, dass sich keinerlei Speisereste darauf befanden.

»Ich habe euer Essen nicht angerührt«, nuschelte der Geselle, immer noch mit herausgestreckter Zunge. »Auch nicht das eurer Nachbarn.«

Snorri und Fjóla warfen sich einen überraschten Blick zu, besahen sich dann den seltsamen Kerl genauer. Gekleidet war er in eine verfilzte Weste aus braunem Fell, darunter trug er ein schmutzig grünes Hemd. Die blaue Hose war mehr geflickt als ganz. Sein Gesicht wirkte grobschlächtig und plump und war doch geprägt von jener feinen Hinterlist, die wohl nur durch jahrzehntelange Untaten zustande kommen konnte.

Als die Geschwister die Schlagutensilien senkten, schien auch die Anspannung des Gefangenen nachzulassen.

»Was suchst du dann in unserem Heim?«

»Ich suche nicht etwas, ich suche jemanden«, sagte er mit aufrichtiger Stimme. »Wenn wir sie nicht finden, wird kein Weihnachtsfest mehr sein wie zuvor.«

»Sie?«, wiederholte Fjóla irritiert.

Der Geselle nickte. »Jólakötturinn ist ausgebüxt und nicht mehr zurückgekehrt.« Er schluchzte. »Wir befürchten das Schlimmste.«

»Jólakötturinn? Die … Weihnachtskatze?« Ungläubig wischte sich Snorri die goldblonden Haare aus der Stirn. »Jólakötturinn ist fort?«

Askasleikir nickte schwerfällig. »Ich weiß nicht, wo ich noch nach ihr suchen soll. Jede Truhe habe ich geöffnet, jede Scheune durchsucht, jedes Haus durchkämmt. Nichts. Ich verstehe es nicht.«

Etwas tollpatschig befreite sich der Geselle aus dem Netz, blieb matt am Holzboden hocken. Er blickte zu den beiden Kindern auf. »Vielleicht könnt ihr mir ja helfen?«

Snorri stieß ein Schnauben aus, als hätte man ihm gerade den dümmsten Witz der Welt erzählt. »Wir sollen dir dabei helfen, Jólakötturinn zu finden? Jene schwarze Katze, deren Krallen messerscharf aus ihren buschigen Pranken ragen? Deren Fauchen einem das Blut in den Adern gefrieren lässt und deren Schnurrhaare spitz wie Nadeln sind?«

»Aber sie ist doch unser Hauskätzchen«, schluchzte Askasleikir.

»Ein Hauskätzchen, das Kinder besonders gerne mag.«

Fjóla hob ohnmächtig die Arme. »Und zwar um sie zu verspeisen!«

Der Zwerg nickte, als wäre das selbstverständlich. »Doch nur jene, deren faule Eltern ihnen keine neue Kleidung weben.«

»Ach, und das findest du nicht ungerecht?« Snorri stemmte die Hände in die Hüfte. »Wenn schon, dann sollte Jólakötturinn doch die Eltern der Kinder bestrafen. Denn was können die Kinder dafür?«

Askasleikir wischte sich den Rotz unter seiner geröteten Nase in den rechten Ärmel. »Eine gute Frage, mein Kind. Die könntest du Jólakötturinn stellen, wenn du sie findest.«

Energisch deutete Snorri zur Haustür, die wie alle im Dorf nie versperrt war. »Verschwinde, bevor wir unseren Vater holen. Er ist Holzfäller. Und du weißt sicherlich, was dir dann blüht.«

Der Zwerg rappelte sich auf.

Den Kopf hängen lassend trottete er durch den Raum, murmelte dabei: »Ach, du süße Jólakötturinn. Wo bist du nur?«

Er öffnete die Tür, warf einen letzten Blick auf das Geschwisterpaar. »Ihr beide habt ein schöneres Weihnachten verdient als jenes, das kommen wird. Es tut mir leid.«

Dann verschwand er in der Nacht.

Erst jetzt, als sich Snorri und Fjóla allein in der dunklen Küche gegenüberstanden, dämmerte beiden, was sie gerade erlebt hatten. Nicht nur, dass sie einen der dreizehn Jólasveinar fangen konnten – er hatte sie auch noch um Hilfe gebeten. Wie oft dies wohl vorgekommen war, seitdem Menschen auf der Insel lebten? Sie wussten es nicht. Was sie jedoch zu wissen glaubten, war, was zu tun sei.

»Ich habe gehört, dass die Weihnachtsgesellen sonderbar sein sollen«, meinte Snorri trotzig. »Aber uns um Hilfe zu bitten, finde ich wirklich –«

»Wunderbar!«, unterbrach ihn seine Schwester verzückt.

»Wie bitte?«

»Stell dir vor, wir finde das Kätzchen, und dann –«

»Kätzchen? Jólakötturinn ist ein garstiges schwarzes Biest mit loderndem Feuer in den Augen, das uns fressen will.«

Fjóla winkte ab. »Das wissen wir nicht. Bis heute Abend hätten wir doch auch nie für möglich gehalten, dass uns ein Weihnachtsgesell um Hilfe bittet, oder?«

Snorri schwieg verstimmt.

»Vielleicht werden wir ja sogar belohnt? Außerdem soll die Weihnachtskatze nur am vierundzwanzigsten Dezember Kinder fressen, hat Móðir immer gesagt.«

»Und du glaubst, sie weiß das, weil sie der Katze bereits begegnet ist und mit ihr ein Schwätzchen geführt hat?« Snorri beugte sich zu seiner Schwester und flüsterte unter vorgehaltener Hand: »Ich glaube, Móðir hat nur weitererzählt, was man ihr erzählt hat.«

Fjóla zuckte mit den Schultern, denn hinterfragen wollte sie ihre Mutter eigentlich nicht. Dann sah sie ihren Bruder herausfordernd an. »Ich werde Jólakötturinn suchen gehen. Du kannst ja hierbleiben, wenn du zu viel Angst hast.«

In einer breiten Fontäne staubte der pulvrige Schnee, als Snorri dagegentrat.

»Zu viel Angst«, murmelte er zornig. »Ich und zu viel Angst.«

So leise sie nur konnten, hatten sich die beiden Geschwister aus dem Haus geschlichen und waren erst vor der Tür in die dick mit Fell gefütterten Jacken geschlüpft. Der Pelz, der ihre Kapuzen säumte, ließ ihre Gesichter noch kleiner und zerbrechlicher wirken, als sie waren.

Mit spielerischem Ehrgeiz stapfte Fjóla voraus durch den schrecklich kalten Weihnachtsschnee, ihr Bruder folgte ihr mit zwei Schritten Abstand.

Schnell gelangten sie an den Rand des Dorfes.

Vor den beiden breitete sich eine weite Ebene aus, deren Boden im Sommer pechschwarz war und eigenartig wulstig geformt – erstarrte Lava eines nahe gelegenen Vulkans. Nun jedoch war alles dick mit der weißen Pracht überzogen.

Snorri kniff die Augen zusammen, versuchte, in der Dunkelheit etwas zu erkennen.

»Ich glaube, das war eine ganz schön blöde Idee. Wenn Jólakötturinn überhaupt in der Nähe ist, könnte sie überall sein. Egal in welche Richtung wir gehen, es wird die falsche sein.«

Fjóla presst die Lippen aufeinander, denn natürlich wusste sie, dass ihr Bruder recht hatte. Die Kälte, die ihr ins Gesicht stach, und die Nacht, die alles verschluckte, verursachten in ihr ein beklemmendes Gefühl.

»Ich hätte ihr wirklich so gern geholfen«, gestand das Mädchen. »Aber ich glaube, du hast recht.«

Ihr Bruder reckte die Brust. »Natürlich habe ich das.«

Kaum hatte der Junge zu Ende gesprochen, lief seine Schwester plötzlich in Richtung des Sees, der sich unweit von ihnen erstreckte. Mit seiner undurchdringlich wirkenden schwarzen Oberfläche lag er in der Landschaft wie ein riesiger Obsidian.

Snorri hastete seiner Schwester hinterher.

Am Ufer angekommen wollte er sie gerade fragen, warum sie losgelaufen war, da hörte auch er es – ein feines Miauen.

Gemeinsam durchforsteten die beiden die Umgebung, versuchten zu orten, woher die Klagelaute kamen.

Schließlich fand Snorri, wonach sie suchten – ein Kätzchen mit rötlichem Fell hatte sich heillos in einem Fischernetz verfangen. Regungslos lag es in der Kälte, kaum mehr fähig, die Laute von sich zu geben.

Während Fjóla noch zu ihm lief, hatte ihr Bruder das Tierchen bereits befreit und steckte es vorn in seine Jacke, die er dann wieder zuknöpfte.

»Ihm wird gleich wieder warm werden«, beschwichtigte er seine Schwester, als er deren besorgten Blick bemerkte.

Tatsächlich hörte das Kätzchen auf zu miauen und schnurrte ob der behaglichen Wärme, die in der pelzgefütterten Jacke herrschte.

»Lass uns nach Hause gehen«, meinte Snorri, während er sich umdrehte.

Doch seine Schwester blieb stehen. »Siehst du das?«

Sie deutete auf tiefe Schleifspuren im Schnee, die von ihnen wegführten und Richtung der dunklen Berge verliefen. »Die Spuren sind frisch.«

Snorri zuckte mit den Schultern. »Könnte ein Polarfuchs gewesen sein, der sich auch in einem Netz verheddert hat, oder sonst was. Komm!«

Doch Fjóla kniete sich in den Schnee, streckte die rechte Hand aus und legte sie flach in einen Pfotenabdruck im Schnee. »Das müsste aber der größte Polarfuchs sein, den Ísland je gesehen hat.«

Snorri beugte sich über seine Schwester, sah, was sie sah: Ihre kleine Hand ruhte inmitten des Abdrucks eines großen Sohlenballens, den vier faustgroße Zehenballen flankierten, vor denen sich wiederum irgendetwas Scharfes tief in den Schnee gekrallt hatte.

Der Junge schluckte. »Du hast recht, das war kein Polarfuchs. Aber wenn der Abdruck von einer Katze stammt, müsste es die größte Katze der Welt sein.«

»Jólakötturinn«, flüsterte Fjóla andächtig und folgte mit ihrem Blick den Schleifspuren in die Ferne. »Zumindest werden wir sie kaum übersehen, wenn wir sie finden.«

Das Mädchen rappelte sich auf.

Sie putzte sich den Schnee von den Beinen und steckte sich die strohblonden Haare unter die Kapuze. Dann ergriff sie die Hand ihres Bruders und marschierte los.

Immer weiter entfernten sich die Kinder vom Dorf, ließen erst die Behausungen, dann den dunklen See hinter sich. Immer tiefer ins Innere der Insel lockten sie die Schleifspuren.

Trampelpfade einer Rentierherde kreuzten ihren Weg, ebenso die Fährten anderer Wildtiere. Doch Jólakötturinn blieb wie vom Erdboden verschluckt.

Obwohl Wind die Wolkendecke mit einem Mal wegfegte und unzählige Sterne Nadelstichen gleich vom Himmel funkelten, wurde es um das Geschwisterpaar immer finsterer.

Am Horizont erhob sich die Silhouette von Dimmuborgir, drohend und unheilverkündend. Einst ein See aus glühender Lava, war die Stätte seit Äonen erkaltet. Seine bizarr anmutenden Gesteinsformationen glichen karstigen Türmen, Wehrmauern und Toren und erweckten den Anschein, es handle sich um die Ruinen einer riesigen Festungsanlage, die einst Elfen und Trollen Schutz bot. Doch jedes Kind auf der Insel wusste ob der wahren Bedeutung des Ortes: Er beherbergte das Tor zur Unterwelt, und nicht nur das. Dimmuborgir diente einer ganz besonders garstigen Fami-

248

lie als Zuhause – Grýla, Leppalúði und ihren dreizehn Jólasveinar, den Weihnachtsgesellen.

Grýla war eine Riesin, die, mit einem großen Sack gewapp-
net, durch das Land zog, um unartige Kinder aufzusammeln
und aus ihnen Eintopf zu kochen. Ihre Leibspeise vermochte
jedoch niemals ihren unendlichen Hunger zu stillen.

Leppalúði war Grýlas dritter Ehemann, ein fauler Kerl,
der kaum die gemeinsame Höhle verließ und ebenfalls
Geschmack an Kindern hatte.

Zusammen hausten die beiden mit ihren Söhnen, den
Weihnachtsgesellen, und mit Jólakötturinn, der Weihnachts-
katze. Hier, von Dimmuborgir aus, brachen sie auf, um ihr
Unwerk zu treiben.

»Da will ich nicht hingehen«, meinte Snorri und wandte
den Blick immer wieder von den pechschwarzen ruinen-
haften Gebilden ab.

»Müssen wir auch nicht. Denn wenn Jólakötturinn dorthin gelaufen wäre, wäre sie ja bereits zu Hause und Askasleikir hätte sie nicht gesucht. Außerdem führen die Spuren
in die entgegengesetzte Richtung.«

Fjóla deutete auf die Abdrücke.

»Ich frage mich, warum die Weihnachtskatze nicht nach
Hause gelaufen ist«, sprach Snorri, mehr zu sich selbst.

Dann wandten sich die Kinder von der unheilverkün-
denden Stätte ab und folgten weiter den Spuren im Schnee,
immer tiefer hinein in die karge Ödnis …

Snorri und Fjóla keuchten vor Erschöpfung. Mittlerweile
stolperten sie mehr durch den Schnee, als sie gingen.

»Wir haben es versucht. Aber ich sehe kaum noch die
Hand vor Augen«, murmelte Snorri. »Es hat keinen Zweck,
wir sollten umkehren.«

Seine Schwester nickte zustimmend.

In dem Augenblick erschien ein Lichtstrahl am Himmel, dann noch einer und noch einer, bis schließlich leuchtende Kaskaden am Firmament wehten, als wären sie an ein Band gereiht. Säulen aus Licht in Smaragdgrün, Violett und Scharlachrot tauchten die vereiste Landschaft darunter in ein sonderbar prächtiges Farbenspiel, das der Nacht jegliche Bedrohung raubte.

Die Augen von Snorri und Fjóla erstrahlten. Sie wussten, dass dies ein Zeichen war. Ein Zeichen, sich noch nicht geschlagen zu geben.

Ächzend stapften sie weiter durch den hohen Schnee, als die Abdrücke abrupt endeten.

Die beiden Geschwister sahen sich suchend um. Aber nirgends schienen sich die Schleifspuren fortzusetzen.

»Es ist, als hätte der Erdboden Jólakötturinn verschluckt«, flüsterte Snorri und sah sogleich zu seinen Füßen hinab. »Vielleicht hat er das ja auch?«

»Dann müssten wir doch ein Loch sehen, oder?«, entgegnete Fjóla trotzig, aber ebenfalls im Flüsterton.

Sie bückte sich, griff in den Schnee und holte etwas hervor – ein schwarzes Haar, lang wie ihr Unterarm und spitz wie eine Nadel.

»Ein Schnurrhaar von Jólakötturinn«, mutmaßte Snorri ehrfürchtig und wandte seine Aufmerksamkeit auf jene Stelle im Schnee, die weiträumig niedergetrampelt war und die im grünen Polarlicht geheimnisvoll funkelte. »Vielleicht hat sie sich hier kurz geputzt und dabei das Schnurrhaar verloren?«

»Vielleicht. Und danach?«

Der Junge stellte sich in die Mitte der Stelle, imitierte im Ansatz das Verhalten einer Katze. Er wirbelte herum, wies mit dem Schnurrhaar in der Hand auf eine hellere Stelle inmitten einer Formation aus Lavagestein, aus deren Zentrum feiner Dampf austrat. »Sie ist dorthin gesprungen.«

Fjóla machte einen argwöhnischen Gesichtsausdruck. »So einen riesigen Satz? Woher willst du das wissen?«

»Ich würde es so machen. Es liegt dort weniger Schnee, und wenn sie tatsächlich ein Netz mitgeschleift hat, wie die Spur vermuten lässt, kann sie es dort vielleicht leichter wieder abmachen.«

»Wäre ihr das gelungen, wäre sie doch schon längst wieder zu Hause, bei Grýla, Leppalúði und deren Kindern. Oder nicht?«

Snorri fröstelte.

Sanft drückte er gegen die Ausbuchtung seiner Jacke an seiner Brust, unter der das Kätzchen schlummerte. Als er spürte, wie es atmete, wandte er sich seiner Schwester zu. »Lass uns noch dorthin gehen und sehen, ob es stimmt. Danach gehen wir heim, versprochen.«

Fjóla nickte tapfer, obwohl sie mittlerweile der Mut verlassen hatte.

Die letzten Meter durch den Schnee schienen kein Ende nehmen zu wollen, doch dann hatten sie jenen Punkt erreicht, zu dem Snorri zuvor geblickt hatte – und tatsächlich lagen hier, auf dem gefrorenen schwarzen Gestein, Reste von Tauwerk sowie borstige Haare, die das Ausmaß der grässlichen Weihnachtskatze nur erahnen ließen.

In der Felswand dahinter klaffte eine große ovale Röhre, als hätte sich ein gewaltiger urzeitlicher Wurm in das Gestein gebohrt, die eigenartig funkelte.

»Du hast recht gehabt«, sagte Fjóla mit matter Stimme. »Aber jetzt will ich heim.«

»Gehen wir.«

Ein erbarmungswürdiges Raunzen, das aus der Höhle dröhnte, ließ die beiden Kinder jedoch innehalten.

Die Geschwister sahen sich an, wussten, dass es nun kein Zurück mehr gab …

Die Lavaröhre wand sich ins Erdreich hinein. Ihr Boden bedeckte erkaltete Lava. Ihre Seitenwände und die Kuppel waren mit einer dicken Schicht aus Eis überzogen, die das Polarlicht von draußen auffing und schillernd weiterleitete, sodass es beinahe taghell war. Zudem blies ein Strom aus warmer Luft durch die Röhre, als würde an ihrem Ausgangspunkt Wasser gekocht.

»Jólakötturinn hat die Wärme gesucht«, sagte Fjóla mit zitternder Stimme. »Ich glaube, dass sie ganz schön erschöpft war.«

Ein erneutes schrilles Raunzen ließ das Mädchen verstummen.

In den Eisscharten der Gewölbedecke bewegten sich mit einem Mal seltsam gebrochene Formen, Fragmente eines Körpers, der hin und her zuckte.

Snorri griff Fjólas Hand. Das Mädchen nickte ihrem Bruder entschlossen zu.

Im Gleichschritt näherten sie sich einer Biegung, hinter der etwas kauerte, der Ursprung der Klagelaute.

Die Kinder lugten um die Biegung, doch mannshohe Stalagmiten versperrten ihnen die Sicht. Was sie jedoch erkennen konnten, war ein Fischernetz, das sich um die Tropfsteine gewickelt hatte.

»Jólakötturinn?« Fjólas Stimme klang brüchig. Das Mädchen räusperte sich, setzte kräftiger nach: »Jólakötturinn, bist du das?«

Ein Maunzen kam als Antwort.

Hand in Hand umrundeten Snorri und Fjóla die Stalagmiten, verharrten aber im Schutz des letzten.

Gemeinsam zählten sie: »Einn, tveir, þrír.«

Dann machten sie den Schritt aus ihrer Deckung heraus und sahen – eine grässliche schwarze Katze, so groß wie ein Pferd.

Hilflos lag sie am steinigen Boden, hatte ihren ganzen Körper angespannt. Von ihrem Buckel stand das Fell ab, als bestünde es aus einem Meer von Speeren, ihre Krallen waren ausgefahren und glichen riesigen Sicheln, die einen Mann mühelos entzweischneiden konnten. Pfoten und Beine hatten sich jedoch heillos in dem Tauwerk verfangen. Die glühenden Augen des Biests wirkten hilflos und matt.

»Wir wollen dir nichts tun«, stammelte der Junge, hielt dabei jedoch das gefundene Schnurrhaar gegen das Tier gerichtet wie einen Degen. »Wir sind gekommen, um dir zu helfen.«

Die Weihnachtskatze hielt inne.

Dann stieß sie ein markerschütterndes Fauchen aus, das unmissverständlich klarmachte, was sie von dem Hilfsangebot hielt.

»Tu uns nichts«, versuchte sich Fjóla. »Wir waren das ganze Jahr über artig und Mutter hat alle Wolle verwoben. Wir wollen dir wirklich nur helfen.« Sie drückte den Arm ihres Bruders, der das Schnurrhaar hielt, nach unten. »Askasleikir hat uns darum gebeten.«

Beim Namen des Weihnachtsgesellen stutzte Jólakötturinn. Was folgte, war ein kätzisches Kauderwelsch aus Maunzen, Gurren und Kreischen.

Snorri gestikulierte hilflos. »Wir verstehen dich nicht.«

Die Weihnachtskatze schien zu überlegen, sprach dann mit einer Stimme, die süßlich einlullend und schrecklich abstoßend zugleich klang: »Ich brauche eure Hilfe nicht! Aber seht, was mir euresgleichen angetan haben.« Sie sah zu dem verknoteten Fischernetz. »Nicht einmal meine scharfen Krallen oder meine Spitzen Zähne konnten mich davon befreien. Die Menschen hassen mich.«

»Du … frisst auch ihre Kinder«, warf Fjóla ein.

»Nur die, denen die Eltern keine Kleidung weben.«

»Aber du bestrafst die falschen!«, rief Fjóla erbost. »Die Kinder können doch nichts dafür!«

»Da hast du unrecht, meine Kleine.« Jólakötturinn entblößte das diabolische Grinsen eines Haifischs. »Ich bestrafe die Richtigen. Denn für die Eltern ist der Verlust ihres Kindes die höchste Strafe, die es gibt.«

Das Geschwisterpaar sah sich überrascht an. Beiden wurde bewusst, dass die Weihnachtskatze recht hatte – zumindest aus ihrer Sicht.

»Außerdem soll es Ansporn sein, nicht der Untätigkeit zu frönen und auch anderen, die weniger haben, zu helfen. Ich weiß nicht, was daran falsch sein soll.« Jólakötturinn knurrte gefährlich leise. »Und jetzt geht, bevor ich auch euch fresse!«

Snorri und Fjóla traten erschrocken einen Schritt zurück.

Da tönte ein zartes Miauen aus der Jacke des Jungen.

Jólakötturinn formte mit ihren ohnehin schon schmalen Augen Schlitze. »Was habt ihr da? Sprecht!«

Zögerlich knöpfte Snorri seine Jacke auf, bis der Kopf des rotfelligen Kätzchens neugierig herausragte.

»Wir haben sie dort gefunden, wo auch du dich mit dem Fischernetz verheddert haben musst«, erklärte Fjóla. »Ihr erging es wie dir. Daher haben wir sie befreit und mitgenommen, sonst wäre sie erfroren.«

Mit einem Mal strampelte das Kätzchen kräftig unter der Jacke. Es machte einen Satz, sprang heraus und trippelte unverblümt auf die schwarze Weihnachtskatze zu.

Keiner der beiden Geschwister vermochte das Kätzchen rechtzeitig davon abzuhalten.

Doch zu ihrer Überraschung verhielt sich Jólakötturinn dem kleinen Tierchen gegenüber nicht feindselig, im Gegenteil. Als das Kätzchen seinen Kopf gegen den von Jólakötturinn rieb, begann diese so laut zu schnurren, dass die Höhle erbebte.

Snorri und Fjóla standen da wie angewurzelt, ungläubig ob des unwirklichen Schauspiels.

Schließlich putzte das Kätzchen noch Jólakötturinn, oder besser gesagt, es leckte mit seiner kleinen Zunge über einen ebenso kleinen Fleck am Fell des riesigen Biests.

Dann trottete es wieder zu Snorri und sah maunzend zu ihm auf.

Der griff das Pelzknäuel und steckte es wieder zurück in die Geborgenheit und Wärme seiner Jacke.

Zum ersten Mal seit ihrer Begegnung entspannte sich Jólakötturinns Körper.

»Ich gestehe, ihr scheint so redlich zu sein, wie ihr sagt«, raunte die Weihnachtskatze. »Ich verspreche, euch nichts zu tun. Vielleicht … könntet ihr mir auch helfen?«

Ohne zu zögern, holte Snorri sein Messer hervor, das er stets in einer Lederscheide am Gürtel trug, und begann sogleich, das Fischernetz durchzuschneiden.

Schließlich war es geschafft.

Jólakötturinn streckte sich, zerriss dabei die letzten Reste des Tauwerks. Dann stellte sie sich zum ersten Mal auf ihre Tatzen und wandte sich den Kindern zu.

Instinktiv drückte Snorri seine Schwester schützend hinter sich, das Messer fest umklammert.

Jólakötturinn machte einen Schritt auf die beiden zu, senkte dann aber das Haupt und schloss die Augen.

So zögerlich, als würde er ein Walross vor sich haben, streckte der Junge seine Hand aus, streichelte über das schwarze borstige Fell des Tieres, von der feuchten Nase aufwärts.

Erneut begann die Weihnachtskatze tosend zu schnurren.

»Seid meines Dankes sicher«, raunte sie. »Und nun klettert auf meinen Rücken, ich bringe euch nach Hause.«

Auch wenn Snorris und Fjólas Eltern ihrem Nachwuchs tags darauf kein Wort glaubten, so bewunderten sie doch den Einfallsreichtum der Geschwister. Das rotfellige Kätzchen, das mit einem Mal im Haus war, umsorgten sie liebevoll.

So vergingen ruhige Tage, bis zum Vorabend von Aðfangadagskvöld.

Da kam Fjóla aufgeregt zu ihrem Bruder gelaufen.

»Ásta, unsere Nachbarin«, stieß sie keuchend aus. »Ásta wird gefressen werden!«

Snorri runzelte die Stirn. »Was soll das heißen?«

»Sie hat mir erzählt, dass sie morgen wohl keine Kleidung bekommen wird, weil ihre Mutter seit Wochen krank ans Bett gefesselt und ihr Vater nur am Trinken ist!«

Der Junge überlegte kurz, nickte dann knapp. »Ásta ist so groß wie ich. Auch wenn Jólakötturinn ihren Vater für seine Trägheit bestrafen will, werde ich das nicht zulassen.«

»Werden *wir* das nicht zulassen«, korrigierte ihn Fjóla.

Inmitten der Nacht stahlen sich die Geschwister erneut aus dem Haus, überquerten den Weg, der das Dorf durchlief, und schlichen sich in das Haus, in dem Ásta wohnte.

Dort legten sie Snorris Pullover, den ihm die Mutter schon für Weihnachten gestrickt hatte, vor den Ofen.

Auf dem Weg nach Hause überkamen den Jungen jedoch Zweifel. »Was, wenn Jólakötturinn das Geschenk nicht anerkennt? Was, wenn sie –«

»Wenn sie was?«

Die Stimme durchfuhr Snorri und Fjóla wie ein Blitz.

Aus dem dunkelsten Schatten ihres Hauses löste sich ein ebenso dunkles Biest, mit feuerroten Augen und messerscharfen Krallen.

»Jólakötturinn!«, entfuhr es den Kindern im Gleichklang.

»Du hast deine Kleidung verschenkt, damit irgendjemand anders verschont wird?«

»Nicht irgendjemand. Sie heißt Ásta!«, entfuhr es Snorri trotzig.

Die Weihnachtskatze knurrte kurz, grinste dann jedoch.

»Edelmut sollte stets belohnt werden«, raunte sie.

Plötzlich durchfuhren das Biest schrecklich zuckende Spasmen. Jólakötturinn riss das Maul auf, das voller spitzer Zähne war, stieß dann abscheuliche Würgelaute aus.

Schließlich erbrach sie ein Wollknäuel, das so groß war, dass es den Kindern bis zur Hüfte reichte.

»Ihr beide braucht euch nie wieder Gedanken darüber zu machen, ob ihr genug zum Anziehen habt«, sprach die Weihnachtskatze und wünschte ihnen ein frohes Fest: »Gleðileg jól.«

Dann machte Jólakötturinn einen Satz und war in der Nacht verschwunden.

»So war das damals«, schloss Snorri seine Erzählung, der nun ein alter Mann mit tiefer Stimme und dichtem weißem Vollbart war.

Die beiden Mädchen, die vor dem Kamin saßen, sahen ihren Großvater ungläubig an.

»Das hast du doch gerade erfunden, oder?«, fragte das eine.

»Ich glaub auch nicht, dass es so eine schreckliche Katze gibt«, sagte das andere naseweis und strich der getigerten Katze über den Rücken, die schnurrend in ihrem Schoß lag.

»Das Schöne an Geschichten ist«, meinte Snorri, »dass man sie glauben kann oder auch nicht. Aber meine stimmt. Und das Kätzchen auf deinem Schoß ist eine direkte Nachfahrin von jenem Tier, das Fjóla und ich damals befreit haben.«

Eine betagte Frau ergriff Snorris faltige Hand.

»Ich kann eurem Großvater nur beipflichten«, sagte Ásta. »Wäre er damals nicht gewesen, wer weiß, was mir widerfahren wäre.«

Die beiden Alten teilten ein Lächeln, das nur jene Seelen hervorbrachten, die innigste Liebe miteinander verband.

»Aufgrund von Jólakötturinns Wollknäuel wurde ich schließlich Weber«, fuhr der Großvater stolz fort. »Damit kein Kind in unserem Dorf jemals wieder am Weihnachtsabend Angst haben musste, gefressen zu werden.«

Das Mädchen mit der Katze auf dem Schoß schob argwöhnisch die Brauen zusammen. »Und das Knäuel ist nie zu Ende gegangen?«

»Bis heute nicht, mein Schatz. Bis heute nicht.«

Dankbar sah Snorri seine Liebsten an, die im Schein des knisternden Kaminfeuers um ihn saßen – seinen Sohn und dessen Gemahlin, seine beiden Enkelkinder und Ásta, seine Frau, allesamt in neue Pullover gehüllt, von ihm selbst gestrickt.

Der alte Mann erhob sich ächzend aus seinem Lehnstuhl, gab vor, Pfeifentabak aus der Küche holen zu wollen.

Doch er füllte seinen Askur mit Schafmilch und stellte ihn vor die Haustür.

Keinen Herzschlag später schlich Jólakötturinn aus den Schatten, laut schnurrend.

»Hier hast du, meine Kleine«, meinte Snorri zu dem riesigen Biest und kraulte ihm das struppige Kinn. »Auf dass wir uns auch im nächsten Jahr wiedersehen mögen. Gleðileg jól.«

XII.
Anastasia

1875

Stille Nacht, heilige Nacht

(Text: Joseph Mohr, 1818 / Melodie: Franz Xaver Gruber, 1818)

Stille Nacht! Heilige Nacht!
Alles schläft; einsam wacht
Nur das traute heilige Paar.
Holder Knab' im lockigen Haar,
Schlafe in himmlischer Ruh!
Schlafe in himmlischer Ruh!

Stille Nacht! Heilige Nacht!
Gottes Sohn! O wie lacht
Lieb' aus deinem göttlichen Mund,
Da uns schlägt die rettende Stund'.
Jesus in deiner Geburt!
Jesus in deiner Geburt!

Stille Nacht! Heilige Nacht!
Hirten erst kundgemacht
Durch der Engel Alleluja,
Tönt es laut bei Ferne und Nah:
Jesus der Retter ist da!
Jesus der Retter ist da!

»Frohe Weihnachten, meine Lieben!«, tirilierte Sieglinde Piperek und betrat den Schindelwagen, in dem eine behagliche Wärme herrschte.

»Mutter!«

Toni rutschte vom Sessel. Das Lächeln in seinem Gesicht verriet nicht, ob er sich tatsächlich freute oder ob es nur jene säuerliche Gefühlsstimmung übertünchen sollte, mit der man unliebsame Familienzusammenkünfte ertrug.

Hastig schloss die Frau Ende fünfzig die Tür hinter sich und ließ damit die eisige Kälte draußen, die Wien seit Tagen umklammert hielt. Dann beugte sie sich hinab, um ihren kleinwüchsigen Sohn zu begrüßen.

»Fühl dich umarmt«, sagte sie und fügte mit Mitleid heischender Mimik hinzu: »Ich muss aber erst wieder zu Atem kommen. Der Weg zu euch abseits des Wurstelpraters ist ja so anstrengend, als müsste man die Alpen erklimmen. Und wohl nicht minder gefährlich.«

»Dir auch einen gesegneten Abend.«

Mitzi, Tonis Verlobte und ebenfalls kleinwüchsig, erhob ihren Becher mit Gewürzwein und prostete der Neuangekommenen zu. Anstalten, aufzustehen, unternahm sie ebenso wenig wie den Versuch, Freude vorzugaukeln.

Denn die empfand sie schlichtweg nicht.

Erst im letzten Jahr hatte sie Tonis Mutter kennengelernt und war zu dem Schluss gekommen, dass die Frau alles vorschützte, nur um keine ehrliche Empathie zeigen zu müssen. Mitzi sprach Sieglinde zwar nicht ab, dass sie tief in ihrem Herzen Liebe und Zuneigung empfinden konnte, doch ihr pathetisches Gehabe machte eine Mördergrube daraus.

Nachdem Mitzi und Toni ihr im Jahr davor bei der »Beseitigung« einer Leiche geholfen hatten, hatten sie bei ihr zumindest einen Stein im Brett. Doch der schien von Besuch zu Besuch kleiner zu werden.

Das opulente Weihnachtsfest in einem Hotel, zu dem Sieglinde das Paar im letzten Jahr im Anschluss geladen hatte, war so prunkvoll wie oberflächlich verlaufen, und nachdem Sieglinde am siebenundzwanzigsten Dezember schließlich abgereist war, hatte Mitzi einen Seufzer der Erleichterung ausgestoßen, den man bis nach Paris hatte hören können – so zumindest empfand es die ehemalige Löwenbändigerin.

Seither war es still um Tonis Mutter geworden. In bekannter Manier war sie durch Europa gereist, hatte sich überall dort einquartiert, wo sie jemand aushielt – finanziell wie nervlich, wie Toni treffend formuliert hatte.

Immer dann, wenn Sieglinde ein neues Quartier aufgeschlagen hatte, verfasste sie einen Brief an ihren Sohn, in dem sie in den höchsten Tönen von den Vorzügen ihres neuen Zuhauses schwärmte, von den Menschen dort und ihren Eigenheiten.

All das schrieb sie in ihrem nächsten Brief in Grund und Boden, monierte, was sie zuvor in den Himmel gelobt hatte. Jedes Mal kam sie zu dem Schluss, dass sie von ganzem Herzen froh war, dem Moloch entflohen und nun im nächsten vermeintlichen Himmel angekommen zu sein – natürlich nur bis zum nächsten Brief.

Was Mitzi ihr jedoch neidete, waren die vielen Städte, die Sieglinde bereiste: von Wien nach Budapest, von Prag bis nach Berlin, von Köln nach Zürich. Doch was das viele Reisen bei Sieglinde nicht zu bewirken vermochte, war, dass sie Fremdem gegenüber toleranter oder zumindest aufgeschlossener wurde. Im Inland waren es die Ausländer, die alles schlechter werden ließen – selbst wenn sie der Monarchie angehörten. Im Ausland hatten ebenfalls die Einheimischen an allem Schuld, was Sieglinde auf die Nerven ging.

Mitzi strich sich ihre blonden Locken zurecht, trank ihren Gewürzwein aus, atmete tief durch und gesellte sich neben ihren Verlobten.

»Schöner Pelz«, bemühte sich Mitzi um ein Kompliment.

»Danke, meine Liebe«, entgegnete Sieglinde, zog ihre Hände aus dem Muff und legte ihre Pelzmütze ab. Dann schmiegte sie ihre Wange an den braunen Pelzkragen ihres Kleidungsstücks. »Ist ein Rotfuchs.«

»Na, ein Rotfuchs wird für das Ensemble kaum gereicht haben«, versuchte Toni sich im Scherz. »Wohl eher eine ganze Rotfuchs-Dynastie.«

»Sei ned so deppat, Anton!« Sieglinde verzog unwirsch das Gesicht und rümpfte die spitze Nase. »Ich wollte einen aus Hermelin, aber dem angeblich so wohlsituierten Herrn war das offenbar zu teuer.«

»Sapperlot!« Toni fuhr sich durch seine kurzen schwarzen Haare. »An deiner Stelle hätte ich mich mit einem so billigen Stück wie dem da nicht abgegeben«, raunte er und empfing dafür von seiner Verlobten einen Stoß in die Rippen.

Doch Sieglinde schien die Spitze nicht verstanden zu haben. »Ich hätte ihn eh beinahe nicht angenommen. Aber ich hab mich breitschlagen lassen, weil das Anastaserl den gleichen bekommen hat.«

»Genau! Wo ist denn dein Hundsviech?« Noch ein Stoß in Tonis Rippen.

Sieglinde blickte an ihren linken Pelzärmel herab, in dessen Beuge ein Knäuel ruhte, in Form, Farbe und Art gleich dem Mantel.

Toni stellte sich auf die Zehenspitzen, kniff die Augen zusammen. »Das ist jetzt aber nicht wahr, Mutter.«

»Was du immer hast?« Die großgewachsene Frau griff das Knäuel und hielt es ihrem Sohn vor die Nase – der weiße Zwergpudel steckte eingequetscht in einem Hundemantel, der ebenfalls aus Rotfuchs gefertigt war.

»Dein Hund trägt Pelz?« Mitzi stammelte die Worte mehr, als sie sie sprach.

Tonis Augenmerk fiel auf die Pelzschuhe, in denen die Pfoten des Pudels steckten. »Und er hat … Pelzpatschen an?«

»Was glaubst, wie dem armen Viecherl sonst kalt ist, bei dem ganzen Schnee da draußen?«

»Ja«, meinte Toni entgeistert. »Das fragen sich bestimmt auch all die Kinder, die nur mit ein paar Fetzen um die Füße gewickelt draußen herumlaufen müssen.«

Sieglinde setzte das Hündchen auf den Holzboden des Schindelwagens, das ihren Sohn sogleich anknurrte.

»Was kann das Anastaserl dafür, dass es so viele Raben-eltern gibt?«

Toni wollte gerade zu einer Tirade gegen schlechte Eltern mit dem Fokus auf schlechte Mütter ausholen, doch der warnende Blick seiner Verlobten ließ ihn schweigen. Dafür bemerkte er etwas anderes.

»Täuscht das, oder ist Anastasia ein wenig sehr viel fül-liger als letztes Jahr?«

»Sie isst halt so gern«, gab sich Sieglinde leicht pikiert. »Aber im Geiste ist sie immer noch zierlich.«

Toni lachte auf. »Ein urblader Wauwau, das ist sie!«

»Hör nicht auf den blöden Kerl«, flüsterte seine Mutter, während sie dem Pudel den Mantel auszog. »Leibesfülle ist ein Zeichen von Wohlstand, also kränk dich nicht.«

»Kränk dich nicht«, knurrte Toni zu seiner Verlobten. »Die drei Worte hat sie zu mir noch nie gesagt.«

Mitzi tätschelte ihm die Wange. »Gräm dich nicht. Du siehst ja auch nicht aus wie ein Fass auf vier Pfoten.«

»Im Frühjahr ist der Speck wieder weg«, meinte Sieglinde schnippisch. »Ihr werdet schon sehen.«

Toni winkte ab. »Muss nicht sein, Mutter.«

Die Frau schlenderte durch den Wagen. »Schön habt ihr es«, sagte sie. »Klein, aber fein. Ein Glück, dass ihr weniger Platz braucht als normale Menschen.«

»Normale Menschen?« Mitzis Gesicht lief rot an.

Doch nun war es Toni, der sie wiederum mit einem Händedruck zur Ruhe kommen ließ.

Sieglinde hob einen Tannenzweig, der an einer Wand hing und den Sterne aus Stroh sowie anderes Schmuckwerk zierte.

»Hat Mitzi selbst gebastelt«, verkündete Toni mit Stolz in der Stimme.

»Bezaubernd«, pflichtete ihm seine Mutter bei. »Was so kleine Hände alles vermögen. Großartig!«

Mitzi wandte sich ihrem Becher zu, schenkte ihn halb voll mit Gewürzwein, füllte den Rest mit Schnaps auf, der in einer kleinen Flasche danebenstand, und leerte das Getränk auf ex.

Währenddessen war Sieglinde aus ihrem Mantel geschlüpft, hatte ihn an einen Haken an der Tür gehängt und setzte sich in Ermangelung eines Möbelstücks für ihre Größe auf einen Polster auf den Boden.

»Also, wie habt ihr beiden euch den heutigen Heiligen Abend vorgestellt?«

Toni setzte sich auf seinen Stuhl, blickte auf seine Taschenuhr. »Es ist sieben Uhr Abend. In einer Stunde gehe ich rüber zum Wirt und hole unser Essen. Mitzi hat dort heute Vormittag eine köstliche Fischsuppe mit Karpfen zubereitet, die halten sie uns warm. Im Anschluss essen wir hier, es gibt eine kleine Bescherung und danach besuchen wir die Messe.«

»Sehr schön.« Sieglindes Worte klangen aufrichtig.

»Darf ich dir einen Gewürzwein aufwarten, Mutter?« Die nickte.

Anschließend stießen die drei mit ihren Bechern auf einen ruhigen und besinnlichen Abend an.

Der Eisenofen im Wagen verströmte angenehme Wärme, der Duft des Gewürzweins durchzog den Raum.

Mitzi, Toni und Sieglinde hatten einen bereits mehrfach nachgeschenkten Becher neben sich stehen.

Sieglindes Wangen, normalerweise blass und eingefallen, waren zart gerötet. Auf ihrem Schoß schlief zusammengerollt Anastasia, die immer noch die Pelzschuhe anhatte. Immer wieder knurrte das Tier im Schlaf oder strampelte mit den kleinen Beinen, als würde es etwas hinterherjagen.

Mitzi und Toni saßen Hand in Hand auf ihren Stühlen, die Rücken gegen die Holzverkleidung des Wagens gelehnt.

Von den Spannungen, die zu Sieglindes Ankunft geherrscht hatten, war nichts übergeblieben.

Toni streckte sich gähnend. »Ich werde unser Essen holen, was meint ihr?«

Das angenehme Schweigen wertete der kleinwüchsige Mann als Zustimmung.

Während Toni vom Sessel rutschte und sich seinen Mantel anzog, hob Anastasia neugierig den Kopf.

Sie stieß ein kurzes Knurren aus, dann sprang sie von Sieglindes Schoß, trippelte in die Ecke des Schindelwagens neben der Tür und hockte sich, das Hinterteil ober dem Boden schwebend.

Toni erstarrte. Mit regungsloser Miene beobachtete er die dunkle Lache, die sich auf dem Boden ausbreitete.

Dann stürmte er auf das Hündchen zu, die Arme in die Höhe gereckt, als wollte er ein wildes Tier verscheuchen.

»Schleich dich!*«, brüllte er wütend.

Anastasia wich zurück, senkte den Kopf und legte die Ohren an. Dann schnellte sie im Wagen hin und her, wie eine Murmel, die man mit einer Steinschleuder verschossen hatte.

»Schatzerl!« Sieglinde versuchte hektisch, ihren Hund einzufangen.

Toni stieß eine Tirade nach der anderen aus.

Mitzi rollte mit den Augen und schenkte sich vom Gewürzwein nach.

Nachdem sich die Situation ein wenig beruhigt hatte – Anastasia drückte sich in eine Ecke, Sieglinde schlich beschwichtigend auf sie zu –, warf sich Toni den Schal um die linke Schulter, setzte seinen Hut auf und öffnete die Tür.

»Bis gleich«, stieß er zwischen den Zähnen hervor.

Da schoss der Hund aus seiner Deckung, an seinem Frauchen und dem kleinwüchsigen Mann vorbei und hinaus in die klirrende Winternacht.

Die drei Menschen starrten in die Dunkelheit, unfähig, etwas zu sagen oder zu tun.

Der Hund war fort.

Schließlich zuckte Toni mit den Schultern. »Zum Glück hat sie ihre Pelzpatschen an. Die kommt schon wieder.«

»Die kommt schon wieder?« Mitzi blieb buchstäblich der

---

* Wienerisch: Geh weg!

Mund offen. »Das ist doch kein verdammter Jagdhund, der eine Witterung aufgenommen hat! Das ist ein verzogener Schoßhund! Der überlebt keine zwei Stunden!«

»Anton, du hast mein Hündchen auf dem Gewissen.« Sieglinde brach in Tränen aus. »Einmal im Leben bin ich glücklich, und du machst alles zunichte.«

Toni wollte entgegnen, dass seine Mutter noch nie glücklich gewesen sei und es auch niemals sein werde, da das eigene Unglück und das Beobachten des Unglücks anderer das war, was ihrem Leben Antrieb verlieh. Doch er verkniff sich die Worte, wissend, dass die nächsten Tage die Hölle sein würden, könnten sie Anastasia nicht wiederfinden.

Tod oder lebendig.

Mitzis Blick schnellte zwischen ihrem Verlobten und dessen Mutter hin und her. Sie verstand, warum Sieglinde weinte. Und sie verstand auch, was in Toni vorging. Wollte sie auch nur den Hauch eines besinnlichen Abends genießen, galt es nur eins zu tun: »Kommt, gehen wir sie suchen. Das Viecherl mag zwar ein schneller Läufer sein, aber Durchhaltevermögen hat es bei dem Leibesumfang keins. Ich glaub, wir werden sie schnell wiederfinden.«

»Einen bladen weißen Hund im Schnee finden«, knurrte Toni misslaunig, während er durch das knöchelhohe Weiß stapfte. »Bei meinem Glück steige ich noch auf ihn drauf.« Er musste über sich selbst lachen. »Zumindest hätte ich ihn dann gefunden.«

Doch von Anastasia fehlte jedes Anzeichen. Die Spur, die sie in der weißen Pracht gezogen hatte, vermengte sich schnell mit jener, die vom geschäftigen Treiben von Mensch und Tier hinterlassen worden war.

Zudem warfen die Gaslaternen nur ungenügendes Licht auf die Trottoirs, sodass diese wirkten, als hätte man einige Lichtkegel im dunklen Nichts postiert.

Toni pfiff in die Schwärze der Nacht, überzeugt, dass dies gänzlich sinnlos war.

Die Aufregung und Angst, die seine Mutter zuvor ob des Tieres gezeigt hatte, hätte er gern in seiner Kindheit erlebt. Sieglindes Nervenkostüm zur damaligen Zeit würde er jedoch als vielmehr gleichgültig beschreiben, zumindest bei allem, was nicht sie selbst betraf. Bei ihr hingegen war immer alles eine Katastrophe, ein Beinaheweltuntergang.

Gab es einmal nichts zu bemängeln, schützte sie alles Mögliche vor, was passieren könnte – eine eigenartige Form der Hysterie, wie Toni früh feststellte.

Dennoch wollte er Anastasia finden, wissend, dass ihm seine Mutter den Verlust nie verzeihen, schlimmer noch, ihm ewig vorhalten würde.

»Anastasia!«, rief Toni in die Nacht, sah dabei seinen Atem gefrieren, während sein Blut vor Wut kochte. »Anastasia! Komm her und alles ist gut! Ich bin auch nicht mehr böse wegen dem Lackerl!«

Seine geballte Faust schalt seine Worte jedoch Lügen.

»Anastasia!«

Mitzi hielt sich den Pelzkragen ihres purpurroten Mantels zu. Aufgrund ihrer Größe fiel es der Kleinwüchsigen schwer, im Schnee voranzukommen. Daher wählte sie die Abkürzung zur Praterallee, denn dort hatten Kutschen und Fuhrwerke den kristallinen Niederschlag längst platt gefahren.

Dort angekommen blickte sie die Allee rauf und runter. Doch beide Enden erloschen im Nichts der Nacht. Sie entdeckte nur ein Fuhrwerk, und das hatte es anscheinend eilig, von hier wegzukommen.

Wie gerne würde sie jetzt auf dem Wagen sitzen, dachte Mitzi, und sich einfach forttragen lassen. Aber es half nichts.

»Anastasia!«

Mitzi kniff die Augen zusammen, versuchte zu erkennen, ob das Hündchen womöglich bereits unter die Räder gekommen war. Doch nichts dergleichen vermochte sie zu sehen.

Mitzi stieß einige Flüche aus, die einem Tramwayfahrer die Schamesröte ins Gesicht getrieben hätten.

Dann machte sie sich wieder auf den Weg zu ihrem Schindelwagen, hoffend, dass das vermaledeite Vieh schon zurückgekehrt war.

Mit pochendem Herzen stakste Sieglinde Piperek durch den Wurstelprater, zwischen versperrten Schaubuden und geschlossenen Attraktionen, vorbei an unbeleuchteten Trinkhallen, Karussells und Hutschen*, und hatte dabei beide Hände in ihrem Rotfuchs-Muff vergraben.

»Anastaserl!«, rief sie mit brüchiger Stimme. »Anastaserl! Komm zum Frauli! Du willst doch nicht, dass ich mir eine Erkältung hole?«

Sie blieb stehen, sah sich um. Dann stampfte sie wütend auf.

Wie hatte es das Gfrastsackl** wagen können, einfach fortzulaufen? Hatte er es nicht gut bei ihr? Gab sie ihm nicht alles, was ein Hundeherz begehrte? Zugegeben, wenn sie Herrenbesuch hatte, durfte Anastasia nicht im Bett schlafen,

---

* Schiffsschaukeln
** Wienerisch: böse / heimtückische Person. Kann aber auch auf Tiere angewandt werden.

aber das hatte sie bereits gelernt. Dafür durfte sie fressen, was sie wollte. Selbst mit Naschwerk wurde sie verwöhnt!

Sieglindes Blick geriet hektisch. Sie mochte weder die Nacht noch die Kälte sonderlich leiden. Genau genommen erzeugte beides in ihr ein Gefühl der Beklemmung, eine schreckliche Vorahnung, etwas Schlimmes könnte ihr zustoßen.

Den geselligen Lärm, der aus der offenbar einzigen geöffneten Gaststätte drang, interpretierte sie als Wink des Schicksals. Wer würde ihr schon einen Moment zum Aufwärmen übel nehmen?

»Ihr seid beide schon zurück?«

Mit verdutzter Miene betrat Toni den Schindelwagen. Mitzi und Sieglinde saßen sich gegenüber, jede eine dampfende Tasse Tee vor sich.

»Mir war saukalt«, gestand Mitzi. »Und in der Finsternis hab ich sowieso nichts sehen können. Schon gar keinen weißen Hund im Schnee.«

»Was du nicht sagst.« Toni beugte sich Richtung seiner Mutter und schnüffelte. »Hast du etwa Zirbenschnaps getrunken?«

Sieglinde stemmte die Hände in die Hüfte. »Welchen Ton erlaubst du dir? Ich bin immer noch deine Mutter!«

»Meine Mutter, die einige Zirbis gezwitschert* hat, wie mir scheint. Und da wir so einen Schnaps nicht im Hause haben, gibt es am heutigen Abend nur eine Restauration, die ihn ausschenkt. Eine, die eigentlich nur für abnormale Menschen wie mich und Mitzi gedacht ist.«

»Als ich gestand, deine Mutter zu sein, gewährten sie mir Einlass.« Sieglinde gebar sich, als wollte sie etwas von

---

* Wienerisch: getrunken

272

ihren Schultern abschütteln. »Deiner Mutter war eben kalt und ich hatte Angst. Oder willst du am Heiligabend zur Vollwaise werden?«

»Vollwaise? So ein Blödsinn! Aber wieder Einzelgänger zu werden, wäre vielleicht ein anzustrebendes Ziel. Denn der einen Frau ist zu kalt und die andere hatte Durst. Nur ich durfte mich in der Saukälte abstrudeln. Kein Wunder, dass ihr immer auf uns Männer angewiesen seid.«

Mitzi sprang erbost auf. »Was er nicht sagt, der Herr Einzelgänger! Aber wie ich sehe, hast auch du Anastasia nicht gefunden, oder hast du sie irgendwo in der Hosentasche versteckt?«

»Mitnichten«, fuhr Toni in gefälligem Tonfall fort, wippte dabei auf den Zehenspitzen auf und ab. »Aber ich wollte meine beiden Damen eben überraschen.«

»Wirklich? Du hast sie gefunden? Mein Gott, Anton, das ist das schönste Geschenk, das du mir je gemacht hast!« Sieglindes Augen glänzten vor Verzückung.

Toni ging noch einmal nach draußen und kam sogleich mit etwas Weißem, Flauschigem an der Leine wieder, das erbarmungswürdig winselte.

»Ta-da!« Voll Stolz präsentierte der Kleinwüchsige das Tier, gleich einem Zirkusdirektor.

»Ana –« Sieglinde blieben die Silben im Hals stecken.

Mitzi klappte die Kinnlade hinunter.

Toni verstand die Welt nicht mehr. »Was denn?«

»Das … das ist nicht Anastasia«, sagte seine Verlobte, nachdem sie sich gefangen hatte.

Als würde er aus allen Wolken fallen, schnellte Tonis Blick zu dem Hund, den er an der Leine führte und der ihn nun mit großen schwarzen Knopfaugen anschaute.

»Diese Promenadenmischung ist nicht einmal dieselbe

Rasse!« Sieglinde brach in Tränen aus. »Mein Gott, Anton, das ist das schlimmste Geschenk, das du mir je gemacht hast!«

Toni ließ die Leine fallen, das Antlitz gerötet. »Ich ... ich hab Anastasia gerufen und da kam der Hund gelaufen. Was wollt ihr von mir?«

»Herrschaftszeiten!«, fluchte Mitzi. »Manchmal bist du so schlau wie ein Erdapfel! Wann ist Sieglindes Hund je zu dir hingelaufen? Anastasia hasst dich!«

»Beruht auf Gegenseitigkeit.«

»Aber darum geht's grad nicht, oder?« Mitzis Stimme überschlug sich in Höhen, die mehr für Hundeohren geeignet waren.

»Ich sollte ausziehen, um ein Hundsviech zu retten, und ein Hundsviech habe ich gerettet.« Er steckte die Hände in die Hosentaschen. »Das ist mehr, als ihr zustande gebracht habt!«

»Geliebter Toni«, sagte Mitzi in gespielt seidenweicher Art. »Wenn du weiter so deppat bist, kannst du gleich noch einmal ausziehen. Und zwar von hier und für längere Zeit.«

»Sehr witzig. Wessen Köter ist das dann?«

»Woher soll ich das wissen? Was ich aber weiß, ist, dass deine Mutter in Tränen aufgelöst ist, ich knapp vor einem Nervenzusammenbruch stehe und dass am Heiligen Abend in unserem Schindelwagen ein fremder Hund steht.«

Toni verschränkte trotzig die Arme vor der Brust. »Wie es mir dabei geht, interessiert offenbar niemanden.«

Wie auf Befehl schmiegte sich der fremde Hund an sein Bein und legte sich anschließend auf seine Schuhe.

»An Weihnachten hat sie ihre ganze Familie abgeschlachtet«, sprach Mitzi und formte theatralisch mit ihrer Hand einen Halbbogen in der Luft. »Liest man so eine Schlagzeile, kann man nur den Kopf schütteln. Aber für mich klingt das im Augenblick ziemlich verlockend.«

Sie wandte sich Sieglinde zu, die immer noch hemmungslos weinte. »Du, krieg dich wieder ein und zieh dich an!«

Mit Blick auf ihren Verlobten: »Du, wage es nicht, dich auszuziehen!«

Dann betrachtete sie den fremden Hund, der es sich gerade gemütlich gemacht hatte. Mitzi packte ihn, hielt seine Schnauze an das Lackerl, das Anastasia zuerst im Schindelwagen gemacht hatte, sah dann dem Tier todernst in die Augen. »Und du: Finde den verfluchten Köter!«

Friedlich schwebten Schneeflocken zur Erde, während drei Gestalten durch den Schnee stapften. Die Nacht zeichnete sie wie Scherenschnitte gegen die spärliche Beleuchtung, während sie sich von etwas leiten ließen, das vor ihnen an seiner Leine zerrte.

In einem nicht erkennbaren Muster schnellte die weiße Promenadenmischung hin und her, erschnupperte Düfte, die nicht da zu sein schienen, folgte unkenntlichen Spuren.

Immer tiefer führte der Hund Toni, Mitzi und Sieglinde in den ausgestorben wirkenden Wurstelprater, dessen geschwungene Gassen und Quergassen inmitten der Nacht einem albtraumhaften Labyrinth glichen.

Vor einem gemauerten Gebäude, dessen Seiten von stilisierten Türmen flankiert wurden, blieb der Vierbeiner mit einem Mal wie angewurzelt stehen, die rechte Pfote erhoben. Wie ein Jagdhund, die kleine Schnauze pfeilgerade auf die Schaubude gerichtet.

Über deren Front kündeten große gemalte Lettern von »dressierten Wölfen, Schlangen und Krokodilen«.

»Na, wunderbar«, meinte Toni entnervt. »Die Spürnase hat auf andere Tiere angeschlagen.«

Mitzi richtete sich ihre alte, abgegriffene Fellmütze. »Ich glaube, er hat was anderes gewittert.«

Sie deutete auf eine kleine, kaum wahrnehmbare Spur im Schnee, die zwar zu dem Gebäude hinführte, kurz davor aber einen Haken schlug und an der Seite der Schaubude nach hinten verlief.

»Ich kann vor lauter Tränen nicht klar sehen.« Sieglindes Stimme triefte vor Selbstmitleid. »Wenn mich der Herrgott jetzt holen würde, wär es mir nur recht.«

»Ich glaub, der will uns noch ein wenig mit deiner Anwesenheit beglücken«, gab Toni trocken zurück.

Mitzi war unterdessen zu der Schaubude gelaufen und untersuchte die Spur im Schnee. Sie beugte sich nach vorn, griff etwas und hielt es in die Höhe – ein winziger Schuh aus Pelz.

Sieglinde stürzte zu ihr, entriss ihr das Fundstück und besah es sich von allen Seiten. »Der gehört dem Anastaserl!«

»Bist du sicher, Mutter? Es gibt doch bestimmt mehrere Wauwaus, die mit Pelzschlapfen durch den Prater stiefeln.«

»Sei ned so deppat, Anton!«, sprachen Sieglinde und Mitzi im Gleichklang.

Mit gebotener Vorsicht führte die Promenadenmischung die drei rund um das Gebäude, an dessen Hintereingang eine Kutsche samt Pferd auf jemanden zu warten schien. Die Tür zum Gebäude war nur angelehnt.

Der Hund knurrte leise.

»Ich glaub nicht, dass es hier mit rechten Dingen zugeht«, meinte Toni, mehr zu sich selbst. Er band den Hund mit der Leine an einem Eisengitter fest, fuhr dann mit den Fingern über das helle, zersplitterte Holz des Türrahmens des Hintereingangs. »Das Schloss hat jemand aufgebrochen. Ist noch nicht lange her.«

Mitzi packte ihren Verlobten am Mantel und hielt ihn fest.

»Das ist der Moment, wo man die Polizei holt«, flüsterte sie mit Nachdruck.

Toni nickte. Einen Augenblick später erschallte aus dem Gebäude das ängstliche Kläffen eines Hundes.

»Anastaserl!« Sieglinde stürmte an ihrem Sohn vorbei, riss die Tür auf und hastete in das dunkle Gebäude.

»Vielleicht will sie der Herrgott ja doch schon bei sich haben.«

Mitzi wollte etwas Geharnischtes entgegnen, besann sich eines Besseren und folgte Sieglinde in die Dunkelheit hinein. Toni hielt sie mit eisernem Griff im Schlepptau.

Die Luft in den hohen Räumlichkeiten des Hauses roch muffig und schwer, eine drückende Schwüle trieb Toni und Mitzi den Schweiß aus allen Poren.

Im zwielichtigen Dunst schälten sich Truhen und Schaukästen bläulich aus der Finsternis, überließen es der Fantasie, welch fremdartige Monstrositäten sie beherbergten.

Immer wieder schallte ein Kläffen durch die Hallen, zu dem sich nun ein aufgeregtes Stimmengewirr mischte – das zweier Männer.

Toni fluchte leise. Trotz ihres hektischen Voranschleichens suchte er fieberhaft nach etwas, das er als Waffe zweckentfremden konnte. Schließlich griff er etwas, das sich wie ein Stock anfühlte.

Die beiden Kleinwüchsigen bogen um mehrere Ecken, dann kamen sie – zeitgleich mit Sieglinde – in einen großen

Raum, in dessen Boden ein Becken eingelassen war, randvoll gefüllt mit schwarz schimmerndem Wasser. Drum herum verlief eine hüfthohe Einzäunung.

Davor lag eine große, längliche Kiste, deren Deckel geöffnet war. Daneben standen zwei gedrungene Männer in geschundener Kleidung, die etwas anbrüllten, das am Boden vor ihnen saß und sie ankeifte.

»Anastasia!«

Sieglindes Aufschrei richtete die Aufmerksamkeit der beiden Männer blitzartig auf sie, ihren Sohn und dessen Verlobte.

»Wer da?«, brüllte der eine.

Der andere hob schlicht eine Eisenstange. »Jetzt seid ihr dran!«

In diesem Augenblick machte Anastasia einen Satz nach vorn, verbiss sich in der linken Hand des Mannes mit der Eisenstange.

Der schrie auf, versuchte, das Hündchen abzuschütteln, das an ihm hing, als wäre es mit seiner Hand verwachsen.

Sein Komplize entriss ihm die Eisenstange, wägte ab, zögerte – dann schlug er damit zu.

Der Aufprall der Stange auf der Hand des anderen tönte wie ein trockener Ast, der zerbrach, unmittelbar gefolgt von einem Geräusch, das klang, als würde man herzhaft von einer Stange Hartwurst abbeißen.

Anastasia wurde durch den Raum geschleudert, prallte von einer Wand ab und kam schließlich verdattert vor Toni zu liegen.

Das Tier schüttelte sich, als wäre es gerade aus dem Wasser gestiegen. Dann spuckte es Toni einen abgebissenen Finger vor die Füße, gleich einem Mitbringsel.

Mit heraushängender Zunge schaute es den Kleinwüchsigen mit großen Knopfaugen an, offenbar in Erwartung eines Lobes.

»Nicht dein Ernst«, sagte Toni ungläubig. »Schon wieder ein Finger?«

Während sich der Verletzte schmerzverzerrt die blutende Hand hielt, richtete sich die Aufmerksamkeit des anderen wieder auf die unliebsamen Zeugen.

»Eine alte Vettel und zwei Abnormitäten? Hat der Präuscher heut Ausgang?«

»Mäßigen S' sich, Sie Unhold!«, fuhr ihn Sieglinde an. »Das sind keine Abnormitäten! Das sind mein Sohn und seine Verlobte!«

Die Miene des anderen verfinsterte sich. Er schritt auf die drei zu, die Eisenstange schlagbereit.

Ohne nachzudenken, entriss Sieglinde Toni das, was er zuvor als Waffe entwendet hatte, richtete es gegen den Angreifer. »Keinen Schritt weiter, oder –«

»Oder was?« Der Mann schnaubte verächtlich. »Fängt's zu regnen an?«

Erst jetzt wurde Mitzi, Toni und Sieglinde bewusst, welchen Gegenstand diese als vermeintliche Waffe in der Hand hielt – einen eleganten Regenschirm.

Mit einem Aufschrei, der einem Krieger würdig war, machte Sieglinde einen Schritt nach vorn, öffnete dabei den Regenschirm, der sich mit dumpfem Klang entfaltete. Dabei raubte er den dreien jedoch die Sicht.

Ein paar stolpernde Schritte erklangen, ein erschrockener Ausruf, gefolgt vom Platschen des Wassers.

Die anschließende Wasserfontäne brandete zur Gänze auf den Schirm.

Überrascht faltete Sieglinde das Utensil wieder zusammen.

Von den Männern fehlte jede Spur.

»Nicht schlecht, so ein Parapluie«, staunte Toni.

Hektisches Plantschen und Schreie richteten das Augenmerk der drei auf das Becken, in das die beiden Männer offenbar vor Schreck gefallen waren und in dem sie nun wild mit den Armen umherruderten – und in dem ein gepanzertes Etwas schwamm, das sie urplötzlich nach unten riss.

Augenblicke später war es still in der Halle, bis auf das rhythmische Schaukeln des Wassers.

»War das ... ein Krokodil?« Sieglinde wurde blass im Gesicht.

Mitzi zuckte mit den Schultern. »Eher dero zwo. Wir hatten in unserer Tier-Menagerie auch ein Krokodaxl: ›Giganto‹.« Sie grüßte ironisch Richtung Becken. »Bon Appétit!«

Sieglinde schnappte sich Anastasia, drückte sie fest an sich. »Ich lass dich nie wieder los, mein süßes Hundi, das versprech ich dir.«

»Die Arme«, raunte Toni seiner Verlobten zu und musterte die große, längliche Kiste neben dem Becken. »Schaut so aus, als wollten die beiden ehrenwerten Herren die Krokodile stehlen.«

Sieglinde schüttelte irritiert den Kopf. »Wofür nur, um alles in der Welt?«

»Was weiß ich?«, entgegnete Toni und wies salopp auf den Mantel seiner Mutter. »Frag mal deine Rotfüchse.«

Mitzi rollte mit den Augen. »Alsdann. Halten wir fest, dass Anastasia zwei Diebe gestellt hat und dass die beiden Panzerechsen im Becken Geschmack an ihnen gefunden haben. Das ist nun alles so, wie es ist. Aber wenn es konveniert, würde ich gern schnell von hier verschwinden, bevor die Polizei eintrifft und uns Einbruch und versuchten Diebstahl in die Schuhe schiebt.«

Anastasia schleckte sich über die blutverschmierte Schnauze und bellte ihre Zustimmung.

Die Fischsuppe mit Karpfen schmeckte herzhaft würzig, das dazu gereichte Brot war außen knusprig, innen flaumig und wunderbar dafür geeignet, die letzten Reste aus dem Teller zu tunken.

Toni lehnte sich gegen die hölzerne Bank, strich sich genüsslich über den Wanst. »Ah, jetzt bin ich wunschlos glücklich. Wobei –«

Er bedeutete der Kellnerin, ihm noch ein Bier zu bringen.

Gemeinsam mit Mitzi und Sieglinde saßen sie in jenem Gasthaus nahe dem Vélocipède-Museum, das eigentlich nur den Schaustellern und denen vorbehalten war, die sich gegen Geld begaffen ließen: Mundkünstler, Rumpfmenschen, kurz – jeder, der ob seiner Größe, seines Haarwuchses oder seines Aussehens aus der Norm fiel.

Viele von ihnen hatten sich hier versammelt, um Weihnachten im Kreise ihrer Lieben zu begehen – ihren Gleichgesinnten.

Auf der Bank neben Toni hatte Anastasia sich zusammengerollt und schlief. Neben ihr wachte die Promenadenmischung.

»Jö! Da ist ja der Sepperl!« Eine junge Frau, der anstelle von Armen nur Stümpfe gewachsen waren, stand mit einem Mal und mit verklärtem Blick neben dem Tisch. »Der Schlawiner ist mir heute Nachmittag entwischt.«

»Ist gleich zu mir gelaufen. Gute Menschenkenntnis, dein Hund. Eine echte Spürnase«, meinte Toni und reichte der Frau die Leine. »Bittschön, Leni.«

Die hob den rechten Fuß, an dem sie keinen Schuh trug, und griff die Leine gekonnt mit den Zehen. »Dank dir, Toni.« Sie warf ihm ein Busserl zu. »Bist der Beste.«

Dann gesellte sie sich mit ihrem Hund an einen anderen Tisch.

Toni lächelte charmiert, wissend, dass ihn Mitzi wohl anfunkelte.

»War eine gute Idee von euch, dass wir hier feiern«, meinte Sieglinde ehrlich. »Ich bereite euch immer so viel Ärger zu Weihnachten, stimmt's?«

»Stimmt«, entgegnete Mitzi, ebenso ehrlich. »Aber dafür ist Familie schließlich da.«

Sieglinde erhob ihr Schnapsglas, voll mit rostrotem Zirbenschnaps. »Auf euch, meine Kinder. Danke. Und frohe Weihnachten.«

Mitzi und Toni taten es ihr gleich.

»Frohe Weihnachten!«

Alle Bücher von Bastian Zach:

**1. Fall: Donaumelodien –
Praterblut**
ISBN 978-3-8392-2650-6

**2. Fall: Donaumelodien –
Totentaufe**
ISBN 978-3-8392-0021-6

**3. Fall: Donaumelodien –
Leichenschmaus**
ISBN 978-3-8392-0125-1

**4. Fall: Donaumelodien -
Fiakertod**
ISBN 978-3-8392-0349-1

Krimispiel:

**Donaumelodien
Escape – Der Schatz im
Stephansdom**
EAN 4260220581833

weitere:

**Donaumelodien –
Morbide Geschichten**
ISBN 978-3-8392-2708-4

O Tannengrauen
ISBN 978-3-8392-0283-8

O Weihnachtsgrauen
ISBN 978-3-8392-0499-3

GMEINER SPANNUNG

WWW.GMEINER-VERLAG.DE
Wir machen's spannend